暗夜鬼譚

空蝉挽歌（うつせみばんか）〈後〉

瀬川貴次

集英社文庫

目次

CONTENTS

ANYAKITAN

馬頭鬼あおえが語る

登場人物

夏樹【なつき】

帝のおそば近くに仕える蔵人っていう職務についていて、真面目で優しい善いひとなんですが……。死んでしまった友人の一条さんを甦らせようと、禁断の冥府下りを実行しちゃいました。真面目なひとだからこそ、いったん思いこむとガムシャラに突っ走っちゃうんでしょうねえ。あの日本三大怨霊のひとり、菅原道真公の血をひいているわけだし、そう考えるとなんだか心配だなぁ。

一条【いちじょう】

陰陽師の修行をしている陰陽生で、夏樹さんのお隣に住んでいます。男装の美少女かと疑われるほど容姿端麗なんですけどぉ、中身はけっこうズボラで乱暴で、お友達も夏樹さんしかいないんですよ。そんな、殺しても死なないようなひとだったんですが、左大臣の別荘で何者かに矢を射かけられ、お亡くなりになって、その後、夏樹さんの熱い友情のおかげで甦ってこれたんですが……。ま、それで済むはずがないんですよね。

深雪【みゆき】

夏樹さんのいとこで、伊勢という名で弘徽殿の女御さまの女房をつとめています。一条さんに負けないくらいの猫かぶりで、宮中では才気あふれる若女房、夏樹さんには意地悪ばかり、でも本当は夏樹さんが大好きっていう、ややこしいことになっています。わたしは応援してますけどぉ、夏樹さんの鈍さも筋金入りですからね。いっそ、一条さんの師匠の賀茂の権博士に乗り換えちゃいませんかと推奨中です。

あおえ

青い瞳も愛くるしい馬の頭に、たくましい人間の身体を備えた麗しの馬頭鬼。冥府では獄卒として働いていましたが、些細なことで追放され、一条さんの邸の居候となりました。きっと、薔薇のごとく華やかに激しく生きるさだめなのでしょう。そんなわたしはいま、西国に向かう夏樹さんたちを、陰から見守りながら追跡していたところ、昔の同僚だった牛頭鬼のしろきといっしょに海に落ちて、行方不明になっております！

藤原久継【ふじわらのひさつぐ】

東の市で、暴れ牛から夏樹さんを颯爽と助けたかたです。夏樹さんはガッツリとハートをつかまれ、〈心のアニキ〉として慕っています。でも、どうやらこのひとが、今回の事件の首謀者らしくて。夏樹さんはその正否を確かめるため、久継さんの赴任地である九州の大宰府へと、一条さんといっしょに向かったんですけど……。

セレブなかたがた

帝の寵妃の弘徽殿の女御さまは、左大臣の姫君。女御さまの兄上で、中納言の定信さん。異母姉の美都子さんは、夏樹さんの上司、頭の中将さんの奥方でもあります。そんなセレブ一家のお邸に、不思議な馬（わたしじゃないんですってば）が夜な夜な現れ、悪さをするようになったんです。操っていたのは、なんとあの久継さん！　どうやら、彼は定信さんや頭の中将さんと、過去に何かあったらしく……。

本文デザイン／AFTERGLOW
イラストレーション／Minoru

暗夜鬼譚
ANYAKITAN
空蝉挽歌〈後〉

第一章　遠（とお）の朝廷（みかど）

　確かに彼だ。

——と、夏樹（なつき）には思えた。少なくとも、顔だちはそっくりそのままだ。しかし……。

大宰府（だざいふ）政庁内の一室で大監（だいげん）・藤原久継（ふじわらのひさつぐ）と向き合った夏樹は、喉から出かかったうめき声をかろうじて呑（の）みこんだ。

平安の都を一条（いちじょう）とともに旅立って、筑前国（ちくぜんのくに）の大宰府へたどり着くまでの半月の間、そうでなければいいのにとずっと願い続けていたのに、裏切られてしまった——かもしれない。断言するのはまだ早い気がする。だが、そうである可能性はとても高い。とても。

　思考は千々に乱れてしまう。そんな混乱を相手に気取（けど）られぬようにするため、夏樹は相当な努力を自らに強いねばならなかった。

　あけ放たれた窓からは山の緑のにおいをはらんだ涼風が吹いてきているのに、夏樹の全身はじっとりと汗ばんでいる。ついさっきまで気にもしていなかった蝉（せみ）の声が、いまはひどく耳障りだ。外に向かって怒鳴りつけてやりたいくらいに。

精神の糸が尋常でなく張り詰めているのを、自分でも感じる。見えない手できりきりと絞りあげられているかのようだ。が、

「大江夏樹――六位の蔵人です」

と名乗った声は、内心の動揺にまったく影響されていなかった。

用意してきた当たり障りのない用件を、いたって事務的に口にしている。そんなふうにちゃんと言える自分が信じられない。こっそり振り返って、従者という名目で背後に控えている一条に、

「何か術でも使っているんじゃないのか」

と訊いてみたいくらいだった。

とはいえ、けして夏樹の演技が完璧なわけではない。覚悟していたにもかかわらず衝撃が強くて、考えている自分としゃべっている自分が乖離してしまっていた。すました顔でよどみなくしゃべる一方で、目の前に座している男に変化がないかどうか、気持ちの上では血眼になって探している。その差は自分でも滑稽なくらいだ。

少しでも気持ちを落ち着けようと、都で逢った久継と大監・藤原久継との異なる点を心の中であげていく。

まずは衣装。目の前に座した大監は官人らしく、二藍（青みのある紫色）の袍をこざ

っぱりと着こなしている。水干（すいかん）姿だったり、白の単（ひとえ）と指貫袴（さしぬきばかま）のみだったりと、ずっと略装だった都での彼とは、印象がかなり違う。

それに髪もきっちりと結われている。都での彼は、短いざんばら髪のせいで結うこともできず、烏帽子（えぼし）をしょっちゅう落としてしまうと言っていた。いまはそんなこともなく、普通の成人男子なみに長い髪は結われて形よくまとまり、冠も正しい位置におさまっている。

装いが違えば印象もかなり違ってくる。型にはまらぬ豪快な雰囲気のあった久継が鳥辺野（とりべの）で笛を吹いている光景は、夏樹の頭の中でもしっくりとなじんでいるが、目の前のいかにも遣（や）り手そうな男ではそうもいくまい。

となるとやはり別人か——

姿そのものはまごうことなくあのひとだ。他人の空似などという言葉ではとても片づけられない。だが、姿を真似（まね）るだけならば、物の怪（もののけ）の類いにもできるだろう。

たとえば、こんな話を聞いたことがある。

とある貴族に仕えている下女が、山科（やましな）の家へ行くようにと同僚の舎人（とねり）から伝言を受け、言われた通りに向かってみると、あるじの妻がそこにいて、いつもより愛想よく迎えてくれる。そのまま山科で働いているうちに四、五日が経（た）ち、今度はあるじの妻から木幡（こはだ）の家に行ってくれと頼まれる。五歳になる自分の娘をそこに置いて、さっそく木幡に行

ってみると、そちらにいたひとびとからは、

「いままでどこにいたのか」

と口々に言われる。驚いて山科に戻ってみれば例の家は影も形もなく、子供は繁みの中でたったひとりで泣いている。なんのために誰がこんなことをしたのかわからず、きっと狐の仕業であろうよと、ひとびとは語り合ったという。

知人に化けて、ひとをたぶらかす物の怪もいる。もちろん、同じ人間同士でも平気で嘘をつき合う。だまされてはいけない。目をしっかりと見開いて、真実を見極めなくては。

そうでなければ、不調の一条に無理をさせてまで――あおえとしろきを嵐の海に見捨ててまでして西国へ来た甲斐がない。

「そういえば藤原の大監どのは……」

表向きのことをひと通り語り終えた夏樹は、これから私的なことに話を切り替えますよと合図するように、かりそめの笑顔をつくった。久継も夏樹に合わせるように微笑む。都での彼とは違う、形ばかりの笑み。

「どうぞ、藤の大監とお呼びください。もうひとりの大監が源姓で、源の大監と呼ばれておりますので」

「そうですか。では、藤の大監どの、あなたは昔、わたくしの上司の頭の中将さまと親

しかったそうですね」

　久継はわずかに目を見張ったが、それはけして不自然な反応ではなかった。

「ええ。都にいた時分に、かのおかたとは懇意にさせていただきました」

　昔を懐かしむように、久継は伏し目がちになる。口もとにはうっすらと、偽りではない優しい笑みが浮かぶ。そこには思い出を語る頭の中将と共通するものが、確かに存在していた。

「互いの生まれ育った家が近いというただそれだけの繫がりしかありませぬのに、家格も遥かに劣るわたくしにも分け隔てなく接してくださいました。実は、都からのご使者が蔵人所のかたとうかがって、あのかたのことを聞かせていただけるやもと、少なからず期待していたのですよ。もう十年以上も経っておりますし、あちらはわたくしのことなど忘れておられるでしょうが……」

「いえ、そんなことはありません」

　夏樹の口調につい力が入る。

「頭の中将さまはいまでもあなたのことを友人だと思っていらっしゃいます。その証拠に、わたくしが大宰府へ旅立つおり、あなたとの思い出を懐かしげに語ってくださいました。落馬の話だとか、ふたりして盗賊に間違えられた話だとか――」

　あのときの憔悴しきった上司の姿がはっきりと脳裏に浮かぶ。あれから半月が経った。

いまごろはどうしているだろうか。

責任感の強いひとだから、いくらなんでももう出仕して、たまった仕事の片づけに追われているだろう。そうやって仕事に没頭すれば、いくらか気をまぎらわすことができるかもしれないが、やりすぎてかえって身体を壊しはしまいかと心配にもなる。

頭の中将がどれほど苦しんでいるか、もっと直接的な言葉で伝えられればいいのに。藤の大監が怪馬の乗り手であるという確証がない以上、慎重にならざるを得ない夏樹は、もどかしくてたまらなかった。

「そう、それから……」

頭の中将の声が記憶に甦る。

（意中の姫君の邸前でばったり鉢合わせしたり――）

上司から聞いたその話にふれようとして、夏樹はうっと言葉に詰まった。いまは頭の中将の正妻である美都子が、かつて久継の恋人だったのを思い出したのだ。

意中の姫君とは美都子のことだったのかもしれない――違うかもしれない。どちらにしろ、こんな場所で会った早々切り出すには、この話題は危ういと夏樹は判断した。

「それから、頭の中将さまは何をおっしゃっておいででしたか？」

と、久継が興味深げに促す。夏樹は消えかけていた笑みをどうにか作り直して、場を取り繕った。

「一度では語りきれぬくらい、いろいろな話をうかがいましたよ。大宰府に下られてからのあなたご自身のお話も、ぜひ聞いてくるようにと重ね重ね言われました。十年の時間が経ち、都と西国とに遠く離れてしまわれても、頭の中将さまの中で、あなたは昔と変わらず大事なご友人であり続けているのですね」

それなのに、どうして。

言葉にできない問いが、そのまま両刃の剣となって夏樹を責める。疑惑を吐き出してしまえれば楽になれたかもしれないのに。これを久継にぶつけるために大宰府まで来たのに。

針で心の臓をつつかれているかのように、胸が痛む。が、夏樹は何度も『まだ、そのときではない』とおのれに言い聞かせ、痛みに耐えた。それに引き換え、久継はいたって平静な表情で頭を下げる。

「このような取るに足らぬ身に、もったいないことでございます」

本気でそう思っているのか、ただの謙遜にすぎないのか。こんなふうに些細な言葉ひとつを勘ぐるのも、こちら側に先入観があるからなのか。夏樹にはいまの自分が冷静であるという確証が持てず、微妙なところの判別ができない。

「それはそうと、今宵、歓迎の宴を催したいのですが」

「宴ですか……」

とてもそんな気分ではない。見ず知らずの大勢にかこまれての酒宴など、もともと好きではないのだ。半月あまり、ずっと旅をし続けてきた直後で、本当にくたびれ果ててもいる。かなうことなら遠慮したいくらいだ。

「長旅でお疲れではございましょうが」

と、夏樹が乗り気でないのを見抜いて久継が言う。夏樹もそれを理由に招きを断ってしまいたかったが、そうするわけにもいかない。久継と接する機会を少しでも多く設け、彼の真意を探らなくてはならないのだ。

「喜んで出席させていただきますとも」

「それはようございました。都のお話をもっといろいろとおうかがいしたく存じますし、上司の大弐(だいに)もぜひともお会いしたいと申しておりましたから。では、宴の用意が整いますまで、宿でごゆるりとお休みくださいませ」

その言葉をしおに、久継は案内の者をつけて夏樹たちを政庁から送り出す。

最初から最後まで、藤の大監・藤原久継に不審な点はなかった。そう言わざるを得ない。

気疲れした割にはなんの収穫もない会見を終え、夏樹は少なからず落ちこんでいた。裏山から吹きおりてくる風も、緑の草のにおいも、いまはさわやかでもなんでもない。強い陽射(ひざ)しと蝉の声が神経を逆なでするばかりだ。

都の夏はねばつくように蒸し暑いが、ここはさらに南の地だけに光の強さが違うような気がする。ひなたと影の差が明瞭で、光は目に痛いほど強烈だ。久継もこれほどわかりやすかったらよかったのに。

一条を振り返ると、夏樹と違って彼は汗ひとつかいていなかった。倦怠を誘う夏の暑さにも、毛すじほども乱れない。久継と会見して思うことはたくさんあるだろうに、その表情からは何も読み取れない。

あいかわらず男装の姫君のように美しく、どこぞの御曹子といってもおかしくない気品を漂わせている。従者という立場で夏樹に付き従っているが、彼のほうがよっぽど朝廷の使者らしく思えた。

「大丈夫か」

と、一条が周囲をはばかるように小声で耳打ちする。従者らしい言葉使いをすれば声をひそめる必要もないのに、あえていつもの口調で話しかけてくれる。そんな小さなことに、夏樹はなんとなくホッとした。

「顔色が悪い。いまにも倒れそうだぞ」

「そうか？　大事ないさ。暑さのせいだよ」

嘘ではない。それでも一条は何か言いたげな顔をしていたが、案内役の下級官人が馬を牽いて近づいてきたので押し黙った。

「では、宿へご案内いたします」

緊張気味の下級官人は、自分たちとほぼ同い年と思われた。その笑顔は愛嬌たっぷりで、小鼻の周辺に散ったそばかすが余計に彼を幼く見せている。

いかにも人のよさそうな印象で、けして緊張を強いられるような相手ではない。しかし、いまの夏樹には知らない人間と対峙すること自体が苦痛だった。

「案内はしなくていい。場所はもうわかっているし」

疲れているせいで口調が冷たくなる。若い官人はあからさまに傷ついた顔をした。

「いえ、ご遠慮などなさらないでください。都からのお客人にご無礼があってはなりませんし……」

おびえるような上目遣いで見られると、なおさらいらついて、罪もない者相手に怒鳴りつけたくなる。都の権力をかさにきるような真似はしたくないが、そんな厭な手段を使ってでもこの少年を追っぱらってしまいたい。

しかし、夏樹は実行しなかった。むしろ、ほんの一瞬でもそうしようかと思った自分に、激しい自己嫌悪をおぼえた。

（これじゃあ……まるで頭の中将さまを怒鳴りつけていた中納言さまと同じじゃないか）

黙りこんでしまったふたりの間に、すかさず一条が割って入ってきた。

「申し訳ございません。新蔵人さまには宿で休まれる前に立ち寄られたい場所があるのです」

初めて一条の美貌に気づいたのか、若い官人は何度も瞬きをしつつ、穴があくほどその顔をみつめた。そこへさらに微笑みかけられ、たちまち彼は赤面し、しどろもどろになってしまった。

「そ、そうなのですか?」

世慣れた宮中の女房にからかわれている自分を見るようで、夏樹はいささか複雑な思いがした。早く彼を解放してあげたくて、一条の嘘に乗ることにする。

「ああ。この者の言う通り、宿に行きたいのはやまやまだが、その前にあれを済ませておかないとどうにも落ち着かなくてね」

「それはどちらでのご用なのでございましょう?」

一条が適当な返事をする前に、応えは夏樹の口をついて出てきた。

「菅原道真公の社だよ。大宰府にはこの地で没した菅公を祀った社があると聞いてね」

思いつきではない。せっかくここまで来たのなら、母方の曽祖父を祀る宮をぜひとも訪れなくてはと旅の途上でも考えていたのである。

「母方が菅公の血すじに連なっているもので、この機会に先祖にご挨拶をと」

「なるほど、わかりました。近くですので、このままご案内いたします」

全然わかっていない。夏樹は勢いを盛り返してきそうないらいらに待ったをかけ、ひきつった笑顔で応えた。

「いや、あくまでも私的な用だから、大宰府の官人のかたを同行させるのも心苦しい」

「ですが、何かありましてからでは……」

「新蔵人さまにはわたくしが付いております。どうぞ、ご心配なさいますな」

見目善き都人ふたりに詰め寄られて、若い官人はますます頬を赤く染めた。いいのだろうかと悩みつつも、これ以上は反対できない。そんな葛藤がそばかすといっしょに顔に出ている。

「……でしたら、政庁を出られた前の通りを東へまっすぐ進まれてください。しばらくして北に折れれば、天満宮(てんまんぐう)の楼門が見えてまいりますので。たいした距離ではございませんが、本当に本当にお気をつけてくださいませ」

そう言うと、純朴な彼は夏樹たちの前から逃げるように駆け去っていった。


都からの客を送り出し、政庁の一室でひとりきりになった久継は、鬢(びん)のおくれ毛を指先でいじりつつ、仕事の文書に目を走らせていた。

文書は山と積まれてあり、見終わったものは次々と脇によけていくのだが、未読の山はなかなか減らない。大宰府は西海道（九州および壱岐・対馬）を統轄する官庁であり、設置の最大の目的は対外防備と外交応接。大監はその大宰府の監察官のようなもので、組織が大きい分、多忙を極めていた。

「さて、当面の問題は……」

独り言ちていると、あわただしい足音が外の簀子縁（外に張り出した廊）から聞こえてきた。

「失礼いたします！」

勢いよく部屋に入ってきたのは、そばかすいっぱいの若い官人だった。久継は文書から顔を上げずに軽くうなずく。

「すみません、訴訟の件でご相談したいことがあると少典さまが。それから、また新しい文書が……」

若い官人は額の汗をぬぐって一気にしゃべろうとする。久継は文面を見たまま、右手を軽く上げただけでそんな彼を黙らせた。

「ちょっと待った。きみには都からのお客人を案内するよう頼んだはずだが」

「はい、そうですけれども……」

叱られると思ってか、官人は急に元気をなくしてしまった。おそらく、にぎやかに飛びこんできたのも、その件をごまかすためだったに違いない。

「あの、あのかたがたは天満宮へ行かれました。私的な参拝だから案内はいらないと申されまして……」

「天満宮へ？」

初めて久継が視線を上げ、相手の顔を真っ向から見据える。あがり症なのか、官人はそばかすがまぎれてわからなくなるほど赤面した。

「はい。新蔵人さまの母方が菅原道真公のお血すじに連なっていらっしゃるとかで、宿で休む前にぜひとも行ってみたいと。わたくしもお供しようとしたのですが、お邪魔のようでしたのでご遠慮いたしました。それとも、やっぱりいっしょに行ったほうがよろしかったでしょうか？」

「そうだな……最近、このあたりもタチの悪い者がうろついていて物騒だから。あんな、いかにも育ちのよさそうな若者がふたりきりでいたら、すぐ目をつけられてしまうかもしれない」

「では、いますぐ追いかけます！」

あわてて部屋を飛び出そうとする官人を、久継は笑いながら引き止めた。

「行かなくてもいい。彼らとてそれなりに太刀（たち）が使えるだろうし、ほうっておいてほしいと言うのならそうしてやろう」

「しかし、都からのお客人に何事かありましてからでは」

「大丈夫だ。見た目ほどやわな連中ではあるまい。それより、訴訟がどうしたと？」

「あ、はい、紀少典さまのお知り合いに領地の件で訴訟を起こしたいかたがいらっしゃるそうで、ぜひとも藤の大監さまのお知恵をお借りしたいと」

「やれやれ、少典はまたどこぞの未亡人に泣きつかれたらしいな」

ため息をひとつついて、久継は立ちあがった。山と積まれた仕事をあとにして、若い官人とともに部屋を出ていく。

彼がひとたび簀子縁を歩き出すと、四方八方から声がかかってきた。

「藤の大監さま、安楽寺から荘園の件で問い合わせが来ておりますが」

「市に盗品が出まわっているという訴えが、また」

「昨年の租税のことで二、三、教えていただきたいのですが」

「水城の修復費用の計算ですけれど、これでよろしいのでしょうか？」

「おいそがしいところ申し訳ありません。文の代筆をお願いしたく」

「うちの妹が、この間のお返事をぜひともうかがいたいと申しております」

公的なもの、私的なもの、大監の管轄外のものも全部ごちゃまぜで、次から次へと依頼が降ってくる。久継はそのたびに足を止め、

「あとで文書をまわしてくれ」

「急がないのなら、それは明日以降に」

「その件はわたしより源の大監に訊いたほうがいい」

「今回は勘弁してくれよ」

と素早く判断を下し、必要がないと思われるものには笑顔で黙殺していく。どんな答えが返ってこようと、言われたほうは納得するのだから判断そのものも適切なのだろう。

そんな上司の頼もしい姿を、若い官人はそばかすの浮いた頰を真っ赤に染め、尊敬のまなざしでみつめていた。彼の想いは純粋で、その瞳には一点の曇りもなかった。


夏樹と一条は、久継とそばかすだらけの官人が心配していたようにタチの悪い連中にからまれることもなく、無事、天満宮に到達した。

大宰府天満宮――五十年ほど昔にこの地に左遷され、悲憤のうちに没した菅原道真を祀った神社である。この地で没した彼の遺体を牛車で運んでいたところ、突然牛が動かなくなり、やむなくその場に埋葬したのが天満宮の始まりと言われている。

道真の死後、都では天変地異が起き、彼を失脚させた藤原時平の血縁も立て続けに不幸に見舞われた。果ては御所の中心・清涼殿に雷が落ち、居合わせていた貴族たちが死傷するという大事件が発生。ひとびとはこれを道真の怨霊による祟りと恐れ、彼を御霊として祀りあげていく。学業の神として崇められるのは、かなり後世になってからだ。

　そういう背景のもとに生まれた神域だが、天満宮の境内は思ったより静かだった。楠の巨木からの緑の木漏れ日。心字池にかかる太鼓橋を渡って楼門をくぐれば、勅命によって建てられたという美しい本殿がふたりを迎える。

　ここまではるばる来たという感銘はあれど、都の名だたる社を見慣れている目には本殿もいささか小さく映る。参拝者もけして多くはない。が、それは猛暑のせいもあったのかもしれない。

　逆に、夏樹はホッとしていた。神経が過敏になっているいまの彼には、混雑した場所へ行くよりも、こういった静かなところのほうがありがたかった。

「どうする？　せっかくだし、宮司を探していろいろ先祖のことを訊いてみるか？」

　一条の言葉に、夏樹は首を横に振った。

「いや、いい」

　宮司に声をかけて「実は自分は菅公の血すじです」と明かせば、親切に由来など説明してもらえるのかもしれないが、初対面の人間と話すことのほうがいまは億劫だった。

　とりあえず参拝を済ませ、境内をぶらぶらと歩く。陽射しをさけて楼門の影に入ってから、夏樹はずっと気になっていたことを友に尋ねてみた。

「大宰の藤の大監どののこと……どう感じた？」

「どうって」

「彼……だったろ？」

歯切れの悪い夏樹とは対照的に、一条は感じたそのままをぽんぽんと口にし始めた。

「こっちは都でやつに会ったのは一度きりだ。しかもそのときのやつは『ただの地方官でござい』っていう顔をしていた――胡散くさい相手だとは思ったけどな。だから、似ていると言えば似ているし、似ていないと言えば似ていない気もする」

「でも、陰陽師なら、見ただけでそのひとかどうかわかったりしないのか？　それこそ、魂そのもので見分けるとか、なんとか……」

あせる夏樹に一条は、

「わかるか、そんなこと」と冷ややかに言い放った。

「あの会見を眺めていていちばんに感じたのは、おまえの不甲斐なさだよ。まったく、蹴飛ばしてやりたいと何度思ったことか」

「そんなに頼りなかったか？」

自分では充分うまくやれたと思っていたが、その場にいた一条からそう言われると自信がなくなってくる。

「声は普通に出せていたと思うんだが……」

「いささか硬すぎる声だったな。初対面ならともかく、普段のおまえを知っている者からすれば、表情も強ばっているのがわかるだろうし」

「なんだよ、後ろにいたんだから顔なんか見えるはずないだろうに」

「見なくてもわかる。陰陽生を舐めるな」

「さっきは『わかるか、そんなこと』なんて言っていたくせに」

矛盾点をむきになって指摘すると、鼻でせせら笑われてしまった。

「夏樹は特にわかりやすい」

「つまり、単純で馬鹿だって言いたいわけだな」

「自分から認めてどうする」

夏樹は一条から目をそらして、ため息をついた。挑発に乗ってやりたいが、その元気ももうない。

楼門の柱にもたれて、じっとしている少年たちを、少ない参拝者や神職の者がちらちらと盗み見ていく。ひとりは咲きこぼれる花のような美の、もうひとりは新緑に包まれた若木のような涼やかさの持ち主とくれば、ひと目を惹くのも仕方ない。

よそ者が珍しいのだろう、ぐらいにしか思わない夏樹は、億劫で無視を決めこむ。一方、一条はいちいち睨み返しては、好奇の視線をはねのけていた。まるで、疲れ果てている友人を守るかのように。

しばらく黙っていると、一条が突然、真面目な口調でつぶやいた。

「もしも、やつが怪馬の乗り手であの対応すべてが演技だとしたら——」

夏樹はゆっくりと一条の顔を見やった。明るい昼の陽光のもとで、琥珀(こはく)色のその瞳はさらに神秘的な色合いを増しているようにも感じられた。

一条はひと息ついてから言葉を続けた。

「相当手強(てごわ)いぞ。おまえみたいに甘い世間知らず、ずたずたに引き裂かれる」

もうすでに引き裂かれている。左大臣邸での宴のときに、絶望的なほど。

これ以上傷つきたくはないが、場合によってはそうなるかもしれないのだ。そのとき自分がどう反応するか、こればかりはなってみないとわからない。

「仮に、藤の大監どのが怪馬の乗り手だとしても、その証拠をしっかり握らないとむこうだって認めないだろう……」

夏樹がつぶやくと、一条はそんなことは先刻承知だと言いたげにすぐ言葉を返してきた。

「怪馬か、黄泉比良坂(よもつひらさか)で出くわしたあの男といっしょにいる現場を押さえられたなら、てっとり早い」

「うん……。確かにてっとり早いが、そうできたとしても、けして先走ってくれるなよ。頭の中将さまの旧友だったのに、どうしてあのかたを苦しめるのかとか、そのあたりの詳しい事情を聞いてみないことにはここまで来た意味が……」

心配になった夏樹は念のためにくり返したが、一条は聞いてなどおらず自分の考えにひたっている。

「確実となったら構うことはない。めちゃくちゃに痛めつけてから、冥府に引き渡してくれる」

少女のごとき容貌に微かに浮かんだ残酷な笑みは、一寸刻みの五分試し的な楽しいことを思いめぐらせている証しだった。こういうときの一条は、とびぬけた美貌の持ち主だけになおさら怖い。

「一条……。とりあえず、説得が先……」

「説得なんかおとなしく聞き入れるようなやつじゃあるまいに。まあ、百歩譲って怪馬のほうへ先に意趣返ししてやってもいいか。あっちに関しては冥府も何も言ってないから、どう料理しようとかまわないってことだものな」

「おいおい、おまえの話によると、怪馬っていうのは、伝説の龍馬の血をひいているかもしれない、神にも等しき存在なんだろう？　そんなもの、本当に退治できるのか？」

「してやるとも。神を殺す。背徳的な響きにぞくぞくするね」

「そんな嬉しそうな顔するなよ……」

神社の境内でするような話題ではない。純粋に信心で訪ねてきている者が耳にしたら、穏やかならぬ表現にびっくりするだろう。幸い、近くにひとはおらず、夏樹はホッと胸をなでおろした。

一条は友人のそんな様子を横目で眺めて楽しんでいる。が、ただでさえ弱っている友人を、必要以上にいたぶることまではしなかった。

「そろそろ宿に行こうか」

「ああ、そうだな」

促され、夏樹は楼門の柱から身を起こして大きくのびをする。そして、もう一度境内を見廻してみた。

掃き清められた神域は心地よい場所ではあったが、秘かに期待していたような曽祖父からの啓示は何もなかった。たとえ、あったとしてもそれが自分が聞きたがっていた内容と異なっていたら納得できたかどうか。結局、自分で決めて自分で行動するしかないのだと、夏樹は改めて思い知らされた心地がした。


歓迎の宴は夕刻から始まった。

藤の大監、および源の大監の他に、大宰府の事務一切をとりしきっている大弐、その次官の少弐など、上位の官人もそろっている。

大宰府の長官は帥と呼ばれ、ほとんど親王が任命される。帥宮というのがこれである。

しかし、名ばかりの役職であって現地に赴任することはなく、大宰府の実質的な長官は大弐が務めていた。

――ちなみに菅原道真は権帥という帥とほぼ同等の官職で大宰府へ遣わされたが、これも名義ばかりで府政の事務をとりはしない。都の邸とはとても比べものにならないあばら屋で、不遇の身を嘆くしかすべきことはなかったのである。

夏樹は恥ずかしながら酒が飲めなかった。話術もけして得意ではない。知らないひとびとに囲まれて、都よりの使者という堅苦しい役柄を演じるのは苦痛以外の何ものでもなかった。

唯一の救いは一条の同席が許されたことだ。彼はなめらかな弁舌と見惚れるような静かな笑みを巧みに用い、大弐や少弐との会話を担当してくれた。夏樹はにこにこ笑ってうなずいたり、あいづちを打ったりしていればよかった。もっとも、一条が必要以上に自分を持ちあげるのは内心こそばゆくてたまらなかった。

何か思惑があってのことだろうが、

「新蔵人さまは主上のおぼえもめでたく、頭の中将さまからも本当に信頼されております。それればかりならまだしも、ご同僚のかたがたからの評判もよろしくて、これもすべては新蔵人さまのご人徳によるものかと」

と、大弐に夏樹を売りこんでいる。本人が「そんなことは……」とやんわり否定しよ

うとすれば、

「このように、ご自分ではけして認めたがらないのですよ。ご遠慮深くていらっしゃるところも上のかたがたからたいそう好ましく思われておられます。いまはまだお若うございますが、いずれは……」

という具合にもっていかれてしまう。

困惑した夏樹はとにかく一条の邪魔はするまいと、はにかんだ笑顔で取り繕うことにした。そんな控えめな態度が、なおさら話の信憑性を増す結果ともなる。

「ほうほう、なるほど。いや、将来有望な若人とこうして話ができるのは楽しいものですなぁ」

と、大弐は上機嫌でずっと笑っている。

大弐の出で立ちは、他の官人たちとは明らかに違っていた。とにかく派手なのだ。地元の人間ではなく都から下向してきた貴族だから、というだけでは説明し難い。

装束の色は位によって決まりがあるからそれほど変えられないが、きちんと整えられた爪、口髭の手入れひとつにしてもかなり気を遣っているのがわかる。要するに、しゃれ者なのだ。当人の素材自体は可もなく不可もなく。しかし、飾るための労力は惜しんでいない。

単純に、きれいなものが好きなのだろう。一条へのなれなれしさには、まるで美しい工芸品を愛でるような印象さえあった。

一条が大弐に語って聞かせる話は、彼だけでなく周囲にも影響を及ぼしていた。最初こそ夏樹の若さをあなどっているふうだった大宰府の官人たちが、そんなことは忘れ果てたと言わんばかりに彼をちやほやし出したのだ。

「ささ、一献、一献」

酒を勧められ、下戸を理由にそれを断れば、今度はこれでもかこれでもかとばかりに珍味が運ばれてくる。料理は博多津にあがったばかりの豊富な海産物が中心。唐渡りの珍しい酒器に注がれる酒は、飲めないのが残念なほど芳純な香りを漂わせる。宴は苦手だった夏樹も、こういう雰囲気なら悪くはないと秘かに思う。

酔いが進むにつれ、官人たちの間からは歌や踊りが飛び出してきた。特に大弐は自信があるのか、率先して何曲も続ける。声の大きさだけが立派で他は何ひとつ素人の域を出ていないものの、夏樹は賛辞を惜しまなかった。大宰府の長官が酔いで赤くなった顔をさらに赤らめて照れ笑いするさまは、不思議と愛嬌があった。

「では、もう一曲。おお、そうだ、藤の大監には笛を吹いてもらおうか」

上司の突然の要望に、久継は困ったように首を傾げた。夏樹は常に視界の隅に彼の姿をおいて観察していたが、かなり飲んでいるはずなのにその顔色はほとんど変わっていない。

「わたくしのつたない笛などお耳よごしになるだけかと」

辞退しようとする彼に、夏樹もつい声をかけた。

「いえ、ぜひとも聞かせてください」

久継の笛。鳥辺野の深い闇に響いていたあの音色を、いまここで聞きたかった。

「ほらほら、新蔵人どののもこのように申されているのだから、ささ早く早く」

まわりからも囃(はや)され、「では」と久継は立ちあがった。その笑みには、困惑と照れと少しばかり誇らしげな様子が混じっている。酒宴で得意芸の披露を求められた際に浮かべる表情としてごく自然で、不審な点は何もない。

それに引き換え、夏樹は飲んでもいないのに脈が速くなるのを感じていた。

久継の笛が聞ける。それだけで、期待ともおそれともつかぬものが胸に迫ってくる。鳥辺野で耳にした調べは、まだ耳の底に鮮明に残っているのだ。笛の音を聞けば、最後の迷いも氷解して答えが出るだろう。それを思うと、彼の笛を聞きたいような、聞きたくないような……。

久継はすぐに笛を手にして戻ってきた。鳥辺野で吹いていたものとまったく同じではないが、名品ではないありふれた笛という点ではいっしょだ。

「都からのお客さまにはわたくしの笛などお聞き苦しい限りと存じますが、これも酒宴の戯れとお聞き流しくださいませ」

そう前置きしてから彼は笛を吹く。上機嫌の大弐が歌い出す。宴のざわめきが潮がひくようにゆっくりと遠のき、その場の全員が楽の調べに耳を傾ける。

久継は自分の技術をひけらかしはしなかった。大弐の伴奏役に徹し、あくまで上司の歌を盛りあげるために笛を吹く。効果はあって、大弐の歌はさっきの何倍もうまく聞こえた。

そして、夏樹にはわかってしまった。

いくら技術を隠そうと、曲調が異なっていようと、他人の歌声という邪魔なものがついていようと、彼の笛だけは聞き間違えようがない。それほど深く、あの典雅な音色は自分の中に染みこんでいた。

音楽とは不思議なもので、過ぎ去ったときを脳裏にそのまま再現させる力がある。夏樹も否応(いやおう)なく思い出してしまった。久継に対してなんの疑惑もいだかず、兄のように慕っていたときのことを。厄介なことに、それはけして遠すぎる過去ではない。彼への思慕はこの期に及んでも、まだ引きずっていたのだ。

拍手が起こり、夏樹はハッと我に返った。歌も笛も終わっている。遅ればせながら、夏樹も周囲に倣って手を打ち鳴らした。

「素晴らしい。歌もそうですが、笛も――」

声が震えていた。また泣きそうになっている。夏樹は苦笑いして袖でさっと目をぬぐった。

「お恥ずかしい。笛の音に、つい、都のことを思い出してしまいまして」

久継は特に反応せず、何もわかっていないはずの大弐がしたり顔でうなずく。

「藤の大監は十年ほど前まで都におりましたからな。きっと、都で耳にされるのと同じ音色がするのでしょうなあ。しかし、西国にもいいものはごまんとありますぞ」

その言葉を待っていましたとばかりに、大陸風の衣装に身を包んだ舞姫たちが登場した。顔にこってりと脂粉をまぶした彼女らはみな、若くはなかったが、異国情緒たっぷりの舞は悪くなかった。極彩色の裾を翻らせ、長く薄い領巾を振って、彼女たちは美しさとどぎつさの危うい狭間を回遊する。

舞が一段落すると、彼女たちの半分が舞をやめて男たちの横にはべり、酌をし始めた。残りの半分は、飽かずまた舞い続ける。酔いの進んだ男たちは舞姫たちのふりまく甘美な毒気にあてられたのか、なおさら大声でしゃべるようになり、そこへ甲高い嬌声が重なる。下戸の夏樹は舞姫の勧める盃を必死に断っていたが、場の雰囲気にひきずられ、飲んでもいないのに頭がくらくらしてきた。

「すみません、少し風にあたってきます……」

大弐に小声で告げて、夏樹はそっと席を離れた。幸い、誰も彼のことなど気に留めない。聞こえていなかったのか、大弐は舞姫よりも美形な一条と楽しげに話しこんでいるている。

し、久継はこちらを振り向こうともせず、しなだれかかってきた舞姫を適当にあしらっている。

夏樹は部屋の外に出て、簀子縁でホッとひと息ついた。

夜風がほてった頬に心地よい。近くの前栽からは季節に先駆けて虫の鳴き声が聞こえてくるが、昼の蝉ほどうるさくはない。天上が星の瞬きで埋めつくされていようとも圧迫感はなく、逆に空間の果てしなさを伝えてくれる。

それでも、夏樹の気分は晴れなかった。むしろ、茫漠とした寂寥感が胸に迫ってくる。

(うるさい場から逃れられたんだから、もっと安堵してもいいはずなのに、どうして寂しいだなんて思うんだろう?)

屋内からは舞姫たちの笑い声が微かに聞こえてくる。こみあげる奇妙な疎外感を持て余して、夏樹は再度ため息をついた。

(自分はこんなところでいったい何をしているんだろう? 大宰府滞在の一日目で弱音を吐くのも情けないけれど、都に残してきたひとたちや、海に落ちたあいつらのことを思うと……)

猛り狂う大波に呑まれて消えた鬼たちには、夏樹も後ろめたさを感じていた。一条は「あの程度でどうかなるようなやつらじゃない」と言うが、それを確認するすべはいまのところないのだ。

（危ういところを助けてくれたのに、結局、見捨ててきてしまった。あいつらが追いかけてきたのも、心配して加勢しにきたからに違いないのに）

そのあたり、夏樹はいいほうへ解釈しすぎている。が、彼に真実を伝える者はいない。

ここで考えていてもしょうがないし、あまり長いこと席を離れているのも悪かろう。そう思いはしたが、なんとなく戻るのは気が重く、

（水が欲しいな。厨はどこかな……）

と自分に言い訳して、たぶんこっちのほうだろうと適当にあたりをつけ、官庁内を歩いてみた。

しばらくすると、複数の声とともにいい香りが漂ってきた。厨を探して歩いて、方向的には間違っていなかったらしい。しかし、厨にしてはにぎやかすぎるような気もする。喧嘩でもしているのかと思うような早口の応酬に、男たちの笑い声がどっと起こるのだ。

声をかけるのをためらっておそるおそる中を覗くと、思った通りそこは厨で、粗末な筒袖の着物を着た男女が、のぼる湯気の合間をいそがしく立ち動いていた。それとは別に、片隅であぐらをかいて酒盛りをしている集団がいる。大宰府の下級官人たちだ。

宴が終わると残り物は下位の者たちにふるまわれるのだが、彼らは待てずにもう自分たちの酒盛りを始めていたようだ。その中にあのそばかすだらけの若い官人をみつけ、

夏樹は秘かに苦笑する。明らかに素面の彼が、すでにできあがっている先輩たちにからかわれていたからだ。

酔っぱらいたちは、給仕役の女の袖をひっぱっては、

「おい、そろそろ粥を出してくれよ」

と催促している。浅黒く健康的な印象の彼女はその手を邪険に振りほどき、さらに相
手の頭を平手で叩く。

「まったく、ずうずうしかね」

口では文句を言いながらどこか楽しそうだし、要求通りに粥の用意も始めている。

あつあつの粥は見ているだけで食欲をそそった。ご相伴にあずかりたくなってきて、
夏樹は思いきって声をかけてみた。

「ぼくにも粥、もらえるかな？」

たちまち、厨にいた全員の視線が夏樹へと一点集中した。次の瞬間、彼らの動きはす
べて止まる。立ちのぼる湯気すら、つられていったん停止したように見えた。

「あの……」

なんとか場を繕おうと、元凶の夏樹はひきつった笑みを浮かべる。

「水が欲しくなって……」

まるでそれが合図だったかのように、厨にいた者たちはうわっといっせいに動き出し

た。が、動揺が露骨に出ていた。

調理を担当していた者は、鍋の中身を勢いよくかき混ぜすぎて煮たった汁をまき散らし、周囲に悲鳴をあげさせた。囲炉裏(いろり)の火を強く吹きすぎたせいで灰は盛大に舞いあがり、給仕係は意味もなく走ったために他人とぶつかり、皿を床に叩きつけて大量に割ってしまった。

酒盛りをしていた官人たちは逃げるべきか否かと迷ってか、腰を上げたり下ろしたり。あのそばかすだらけの官人も、いまさらながら皿や盃をこそこそと後ろに隠そうとしている。

まさかここまで過敏に反応されるとは、夏樹も思ってもいなかった。だが、いまさらひっこむわけにもいかない。

「あの……」

再度声をかけると、さっき粥を催促されていた女が、額に汗をいっぱい散らして何度もうなずいた。

「は、はい、お水でしたっけ、粥でしたっけ」

「両方いいかな?」

すぐさま器にあつあつの粥がつがれ、水とともに高坏(たかつき)に載せ運ばれてくる。夏樹は両手を出して受け取ろうとしたが、女に力強く首を横に振られてしまった。

「いえ、あの、わたくしがあちらのほうへお持ちいたしますから！」

あちらと言われ、ひと呼吸遅れてから大弐たちのいる宴席のことだと夏樹も理解した。しかし、美酒と舞姫で大いに盛りあがっているあの席に、水と粥を運んでもらうのもどこか間が抜けている気がする。それに、官人たちに訊いてみたいこともあった。

「ここでいただくわけにはいかないかな？」

迷惑を承知で言ってみると、応対してくれている女はもとより厨の者たち全員がたじろいだ。

「このような場所で、でございますか？」

「恥ずかしながら酒が飲めなくて、むこうの騒ぎに気持ちがついていけないんだ。粥を食べたらすぐに退散するから、少しだけ、いいだろ？」

だめでもともと。命令口調にならないよう気をつけて、はにかんだ笑顔で頼んでみる。

その笑顔が効いた。

母親であってもおかしくないくらい年の離れた女が、ポッと顔を赤らめる。他の女たちも仲間内で目配せしあって、（か、かわいい！）と声にならない悲鳴をあげる。男たちとて目配せこそしないものの、内心似たような感想をいだき、だからこそ余計にうろたえる。

もちろん、本人は一切気づかない。一条ならともかく、夏樹が計算してそういう芸当をやらかすはずがなく、無意識だからこそ効果も高かったのだ。

「では、あの、どうぞ……」

女は赤い顔を伏せて夏樹から離れると、下級官人のひとりをいきなり蹴り飛ばした。

「なに、ぼうっとしてるんだよ。都のおかたのために、さっさと場所をあけとくれ！」

他の官人たちはいまが好機とばかりに逃げ出そうとする。夏樹はあわてて彼らをひきとめた。

「あ、そのまま、そのままで」

官人たちはぴたりと止まり、あきらめたようにうなだれてもとの位置に腰を下ろした。夏樹も彼らの間のあいた場所――蹴り飛ばされた官人がすわっていた場所に、お邪魔させてもらった。

誰もが落ち着かなげに夏樹のほうをちらちら盗み見ている。それでも厨の者たちは各々の仕事に戻ったふりができるからましだが、官人たちは本気でどうしたらいいのかわからないらしく、すっかり酔いも醒めはてた様子で身を縮めている。

それもこれも自分のせいだと思うと、なんだかかわいそうな気がしてきたが、情報収集のためにもこの機会を逃す手はない。

「あの」

誰に話しかけようとさまよわせた夏樹の目が、そばかすだらけの若い官人の目とかち合った。むこうはあわててうつむいたが、もう遅い。

「そうだ、昼間はせっかくの申し出を断って悪かったね」

「申し出……？」

話しかけられ、まばたきをくり返す彼に、夏樹はことさら優しい声で続けた。

「せっかく天満宮まで案内してくれるっていうのに、いささか邪険だったかなと思って。暑さで少しいらついていたものだから」

みんなの興味津々の視線がふたりに集中している。若い官人はそれを意識して、なおさら顔を真っ赤に染め、激しく首を左右に振った。

「いえ、そんな……」

「藤の大監どのにきみが叱られなかったかなって、あとで気にはなったんだけど」

「そんなことはないです！　あのかたは理不尽なことで怒ったりしませんもの」

「そう。それはよかった」

さりげなく久継のことを言えた自分に満足し、夏樹はにっこりと微笑んだ。

「なんとなく興味があるんだけど、藤の大監どのって、どんなかたなのかな」

「どんなって……すごいひとですよ、なんでもできて」

そばかすだらけの若い官人は、途端に目をきらきらと輝かせた。上司の自慢をしたくてたまらず、その気持ちが夏樹への遠慮より優って(まさ)いく過程がはっきりと表れる。

「いつ食事なさっておられるのかわからないくらいおいそがしいんですけど、全然疲れを見せないんです。どんなときにも落ち着いていらして、ときには厳しいんですけど、先ほども申しあげましたとおり、理不尽なことは絶対なさらないし」

たどたどしいながら熱っぽく話す彼の表情を見ていると、夏樹は少し妙な気分になった。

（自分がもしあのひとの部下で、上司のことを尋ねられたら、きっと同じような目をして答えただろうな……）

そんな親近感をいだくと同時に、胸の奥がじくじくと痛んできたのだ。夏樹自身は理解していなかったが、その痛みは、なんの疑問も憂いもなく久継を語っていられる官人への嫉妬から生じたものに相違なかった。

そんな夏樹の心の動きも知らず若い官人が話していると、他の者たちもおそるおそる会話に加わってきた。

「実際、頭、いいもんなあ」

「ああ、顔もいいいし」

彼らは夏樹と目を合わさず、隣の席の同僚に話しかける形で小出しにしゃべる。夏樹はあつあつの粥を口に運びつつ、ひと言も聞き漏らすまいと注意深く耳を傾けた。

「こないだ、おれがうっかり文書をなくしたときなんか——」

「そういえば、ほら、いつやったかいな、倉に盗賊が忍びこんできて——」

次々に藤の大監・藤原久継にまつわる話が披露されていく。

普通ならこういう話を他者にするとき、話題の主の耳に入った際を考え、保身のためのおべっかをいくらか混ぜこんでおくのだろうが、官人たちの口調からそれはほとんど感じられない。みな、久継の能力に感服し、彼を心から尊敬しているふうなのだ。

「ときどき、わけのわからない冗談を言ったりするけど、そこがまた親しみがわくんだよな」

そんな一面もあるのか、と夏樹は心の中でため息をつく。

彼らの話から浮かびあがってくるのは、掛け値なしに優秀で上からも下からも頼りにされている魅力的な人物。地元の有力者をさしおいて大監になったにもかかわらず、やっかみもほとんど受けていないらしい。

そんな人間が存在するなど信じ難いが、あの久継ならあり得るだろうと夏樹も納得できた。昔、都にいたときも、きっと彼は周囲からこんなふうに頼りにされていたに違いない。

夏樹が熱心に聞いているので、官人たちの舌もだいぶなめらかに動くようになっていた。酒盛りも控えめながらいつの間にか再開され、厨の女たちまで興味津々の表情で話の輪へと参加してくる。

「なになに、藤の大監さまの噂なんかしてるのかい？　そうだねえ、政庁での仕事のことはわたしらにはわからんけど、とにかくあんなにいい男だもの、このあたりの女は若いのもそうでないのも含めて、みんな藤の大監さまに夢中だってことさ」

「そうそう、去年いきなり出家なさったときは、わたしたち、涙が涸れるまで泣いたものねえ」

「ああ、あれのことか。政庁の中だって大混乱だったよ。本当に突然のことだったから」

「出家？」

それまで彼らに気を遣って黙っていた夏樹だったが、出家という言葉には大いにひっかかった。

「出家って、藤の大監どのが？」

「ええ、還俗なさったから、大監のお仕事に返り咲いてらっしゃるんですけどね」

厨の女も緊張がだいぶほぐれたのか、夏樹が問い返しても変にかしこまることなく、かえって嬉しそうに説明する。

「去年のことですよ。親しくされていたひとが突然病気で亡くなって、その菩提を弔うためにってすっぱりと髪を下ろされてねえ」

「絶対、死んだのは女だって噂がたって、そりゃあもうみんな大騒ぎで。あのときの流行り病ではけっこうたくさん死んでいたから、あの女かこの女かって、これでもかこれでもかと、憶測が飛ぶ飛ぶ」

「実際は女じゃなくて、京からお供してきていた乳兄弟だったんですけどね」

四方八方からわいわいと解説が降ってくる。夏樹はめまぐるしく変わる語り手の顔を追いつつ、思考も一所懸命回転させていた。脳裏でなんとか構築させようと試みているのは、鳥辺野で久継から聞いた、彼の過去の断片だ。

――これでも、一度は出家した身でね。ところが、寺の連中の愚かさ加減に嫌気がさして還俗してしまったのさ。

確かにそんなことを言っていた。鳥辺野に現れた久継と、大宰府にいる久継がようやく重なってきたのだ。

夏樹の心臓がにわかに騒ぎ出す。しかし、表向きはあくまで笑顔を保ち続けた。かなりの努力を自分に強いて。

「それで、その乳兄弟とはどんな男だったのかな？」

「どんなって、背は高いけど痩せてひょろっとしてて、いかにも病気がちって感じで」

「そういや、そもそも藤の大監さまが大宰府に来られたのも、その乳兄弟がこっちに縁故のある者だったからって聞いたなあ。でも、その乳兄弟本人はまわりとも付き合いがほとんどなくて」

「うん、藤の大監さましか見えてませんって感じしてたな」

「名前は、ええっと、なんていったっけか」

「うろおぼえだけど、良光さんとかいってなかったっけ？」

夏樹の頭の中には、黄泉比良坂で斬り伏せた長髪の男の姿が浮かんでいた。

彼の名前は知らないが、背が高くて痩せていてという描写は完璧に一致する。それに、あの男は間違いなく死人だった。

「でも、藤の大監さまが入られたお寺で、わりにすぐえらい坊さまが亡くなってしまわれたんですよ。それで寺の中が後継者問題でぐちゃぐちゃになったみたいで。坊さまったって全部が全部おきれいなはずもないんですけど、それにしたって仏に仕える身が権力争いをするってのは醜いもんでしょ？　藤の大監さまもそういうのを直にご覧になって、すっかり厭になられたみたいで」

「大弐さまからも政庁に戻ってきて欲しいって、再三請われてらしたしねえ」

「おれたちも何度も寺に行ったんだよ。『大監さまがいらっしゃらないと政庁の仕事がどうにも進みません』って、必死で泣きついたんだから」

「とにかく戻ってきてくださって、ほんっとうに助かったよ！」

官人の感情のこもった台詞に一同は深くうなずく。それだけで、久継が大宰府政庁でいかに必要とされているのかがわかる。

「でも」と夏樹は平静を装って言ってみた。

「あの髪じゃあ、還俗されてまだ一年というふうにはとても見えないんだが……」

夏樹の心情も知らず、女たちは豪快に笑った。

「あらあら、考えてもみてくださいよ。一年で結えるほど髪がのびるはずないじゃないですか。あれはかもじですよ、かもじ」


宴が終わり宿舎に戻った夏樹は、疲れを言い訳にして早々と床に就いた。

が、実際はなかなか寝つけずにいた。頭の中を占めているのはもちろん久継のことだ。蔀戸(しとみど)の隙間から洩(も)れくる月の光をじっとみつめては、厨で入手してきた情報の反芻(はんすう)をする。

久継が官人たちの話通りに多忙な日々を送っているのなら、京に出没する暇などあるまい。実際、還俗してからの一年はほとんど休みなく出仕しているらしいのだ。

しかし、政庁を退出してからの自由な時間、彼が何に費やしているかを語れる者はいなかった。噂になっている相手は幾人かいても本宅に妻はなく、その邸にも身のまわりの世話をしてくれていた乳兄弟が死んでからは、通いの者しかおいていないらしい。

たとえば昼は政庁で働き、夜ともなれば怪馬にまたがって都までひとっ飛び——ということをやっていないとも限らないのだ。

　できれば、ただの想像で終わってほしい。自分たちが半月もかけ苦労してたどったあの道を、怪馬に瞬く間に駆け抜けていかれたのだとしたら、やるせないくらいくやしい。

　夏樹が寝返りを打ってため息をつくと、几帳のむこうから声をかけられた。

「なんだ、眠れないのか？」

　几帳を隔てて同じ部屋に泊まっているのは一条だ。最初は別室が用意されていたのだが、彼と離れる不安感から、夏樹が同室にしてもらえるよう頼んだのである。

　燈台の火はもう消したし、几帳が間にあるため一条がどんな表情をしているかわからない。が、なんとなく、まっすぐ仰向けになり、目を閉じたまましゃべっているような気がする。都から西国までの道中で幾度となく寝顔を拝する機会があったが、その間一条はほとんど姿勢をくずさなかった。まさに死んだように眠るのだ。

　つややかな黒髪は流水のごとくうねって臥所に広がり、白い肌の透明感を強調する。名人の手によって造られたごとき完璧な鼻梁や唇は、微動だにしないため、なおさら人形めく。

　近寄り難いほど美しいが、一度は死に奪われかけた友人だけに、眠っている彼を見ていると夏樹はふっと不安がこみあげてくるようになった。ぼんやりと眺めながら、揺り起こしてみようかと何度思ったことだろう。

まるで、そんな友の不安を見透かしたかのように、

「どうせ、くだらないこと考えてるんだろ。とっとと寝てしまえ」

一条に吐いて捨てるように言われ、夏樹はこっそりと笑った。

あんなにきれいなくせに、口から出る言葉はこれだ。普段は優雅な花のごとき美少年を演じているが、実のところ、花は花でも、棘もしくは毒をたっぷりと隠し持った危険な花なのである。

もしも夏樹が不安にかられ、眠っている彼を理由もなく揺り起こしていたら、きっとたっぷり文句を言われただろう。それで済むのは相手が夏樹だからであって、たとえば馬頭鬼のあおえがそれをしようものなら——まず間違いなく、馬づらへ一条の強力な拳が炸裂している。

「そっちだって、まだ起きてるくせに」

夏樹が小さな子供のように唇を尖らせてつぶやくと、一条は鼻で笑ってくれた。

「あいにくと、あれくらいの酒で酔いつぶれるほど弱くないんでね」

「おいおい、うわばみかい……」

帝のそば近くに仕える憧れの職種・蔵人が、従者風情と気楽に軽口を叩き合っている。もしも大宰府の官人たちが聞き耳を立てていたら、驚いて腰を抜かしたかもしれない。

しかし、本人たちはそのあたりの常識から、もう完全に自由になっていた。いまとな

っては、まわりに合わせて身分を意識するほうが難しい。

「そういえば、大弐さまとずいぶん話がはずんでたな。なんだか、あることないこと吹きこんでいたように聞こえたけど」

「事実を語っていただけさ。新蔵人さまは主上にことのほかお気に召されているから、お近づきになっておいて損はないって」

ことのほかお気に召されているために、帝直属の隠密(おんみつ)なんぞに、いつの間にか組みこまれてしまった。賭けてもいいが、きっと構成員は自分ひとりだろう。いや、頭の中将は含まれているかもしれない。そして、一条は飛び入り参加といったところか。

「なんで、大弐さまにそんなこと言う必要があるんだか」

「まあ、備えあれば憂いもないさ。そっちこそ、かなり長い間、席を離れていたが、何してたんだ？」

「喉が渇いたんで厨に水をもらいに行ってたんだけど、官人たちと話ができてね、思いのほか収穫があったよ」

夏樹は官人や厨の女たちから仕入れてきた情報を余すところなく語った。一条はその間、あいづちひとつ打たない。もしかして眠ったのかと思ったが、ひと通り話が終わるとはっきりした声が返ってきた。

「これでほぼ確実だな。藤の大監は冥府が探していた術者だ。反魂(はんごん)の術を用いて死んだ乳兄弟を甦らせ、昼は政庁の仕事をこなすかたわら、夜ともなれば怪馬の背に乗って空を駆け、都に出没して左大臣家にちょっかいを出してたのさ」

「だから、なんのために」

「知るか」

肝心のところで、一条は突き放すように言い切った。彼にとって久継は雪辱を果たすべき相手、冥府との取り引き材料であり、夏樹と違ってそれ以上の思い入れはない。

「でも、黄泉比良坂で出くわしたあの男が、彼の乳兄弟だっていう確証はないぞ。怪馬だって、この大宰府にはまだ現れていないようだし……」

「じゃあ、藤の大監と怪馬がいっしょにいる現場を押さえれば文句はないんだな？」

「いや、仮にそうできたとしても、まずは説得から始めないと」

夏樹が力をこめて言うと、几帳のむこうから舌打ちが返ってきた。

「まだるっこしいことを……」

一条は友人のこだわりようにいらだちを隠さない。ごそごそと動く気配がして、声が遠のく。こちらに背を向けてしまったらしい。

「ま、好きにしろ。やっと一日目が終わったところだしな」

その通り。大宰府まで来れば何もかも片がつくと期待していたが、本当はこれからなのだ。

夏樹はそう自分に言い聞かせ、目をつぶって無理にも眠ろうと努力した。

眠れないのは夏樹だけではなく、遠く離れた京の都にもそういった者は大勢いた。特に、弘徽殿(こきでん)の女御(にょうご)の周辺はほとんど全員がそれにあたるといってもよかった。

あやしの者どもの標的は、女御の同母兄である定信(さだのぶ)の中納言だと、巷(ちまた)ではささやかれている。その証拠に、中納言の邸では家人(けにん)たちが次々と失踪、死亡するといった怪事が続いているのだ。

それでも、ひところ毎夜のごとく起きていた怪事が、いまではだいぶおさまったらしい。失踪した者たちの中には、自発的に逃げ出した場合も少なくないと思われた。

不安がまったく去ったわけではない。ほとぼりがさめかけると、馬のいななきが響き渡り、庭に死んだ赤子が投げこまれるといったことが起こる。おかげで定信は御所にも出仕せず、邸の奥に籠もり、酒を浴びるように飲んでは恐怖に震えているという。

実妹の弘徽殿の女御も心休まらず、後宮(こうきゅう)へは戻らずに大堰(おおい)（嵐山(あらしやま)）の別荘へ移っていた。二条にある実家と定信の邸とは近すぎるため、御所へ戻りたくないのであれば、せめて危険から離れた大堰にいてくれと、父である左大臣が彼女の身を案じたためである。

そんな女御のもとに、今宵は異母姉の美都子が来ていた。ふさぎがちの妹の気晴らしになればと新しい絵物語などを携えて、彼女は足繁く大堰を訪れてくれるのだ。

深雪はこの美しく高貴な姉妹のそば近くで、絵物語の詞書きを読み聞かせる役を仰せつかっていた。普段ならこういう役は一の女房の小宰相が務めるのだが、ここのところずっと小宰相は自分の局に籠もりがちだった。身体の具合でも悪いのか、日に日に痩せ衰えていく。女御も心配して実家に戻るよう勧めたのだが、

「いいえ、この大変な時期に実家へ逃げ戻ったとあっては、わたくしはわたくし自身を許すことができません。どうしたわけか臥せりがちになって、なんのお役にも立ちませんが、再び変事がありましたおりにはいちばんに駆けつけ、女御さまをお守りしたく思っておりますので、どうかおそばにおいてくださいませ」

そう涙ながらに訴えられてしまい、結局、本人の希望が通ったのだった。

先輩女房が臥せりがちになった理由、それでもなお女御のそばを離れたがらぬ本当の理由は、深雪だけが知っている。

(小宰相の君はきっと、あの男が女御さまの前に現れるそのときを待っているんだわ。もしかしたら、刺し違えようなんて、とんでもないことまで考えているのかも……)

そんなことにならぬように、自分も常に女御のそばにいて有事の際に備えようと深雪は心に決めていた。本来なら小宰相がやるべき役をこうして積極的にこなしているのも、

彼女を慰めたくても慰められないことへの代償行為だ。

深雪の目の前には、見通しの立たない現状とはまったく異なる美しい絵物語が広げられていた。許されぬ恋と知りつつも想いが高じ、愛しい姫君をさらっていく貴公子が描かれている。

詞書きを読んでいた深雪がふと視線をあげると、女御は脇息にもたれかかってうつらうつらとうたた寝をしていた。つややかな髪が頬にかかり、今様色（濃いめのピンク）の袿に流れ落ち、童女のようにあどけない寝顔をなかば隠している。許されるならば、起こさないようそっと髪をかきあげ、女御のかわいらしさをじっくりと鑑賞したいくらいだ。

「女御さま」

姉の美都子が優しく彼女を揺り起こした。

「お休みになるのでしたら、御帳台のほうへ参りましょう」

目を醒ました女御は美都子の腕に手をかけ、小さな子供のように甘えた。

「今宵こそ、姉上は泊まっていってくださるのですか？」

「そうしたいのはやまやまですが、家のことも気になりますし」

美都子は頻繁に大堰を訪れるが、夫である頭の中将のことが心配なのか、泊まっていくことは少ない。

彼女の夫は再三参内するようにと帝から催促されていながら、いまだ物忌みと称して自宅に籠もっていた。怪馬を含めたあやしの者どもと関わりがあるのではないかと噂が流れたため、頭の中将はそれを沈静化させるために自宅に謹慎したのだと思われていた。だが、噂が消えたあとも彼は公の席に出るのを拒み続けて、いまでは大病説がささやかれている。

「でも、夜道をこれからお戻りになられるのも危ないですわ。どうか、今宵こそはここに泊まっていってくださいませ」

「そうですわね……」

美都子の気が進まないのは明らかだった。その様子を見て、深雪は少し不思議に思う。

(この大堰にまた怪馬が現れるのではとおそれておいでなのかしら。でも、あれの目的は定信さまだって言われているのに。そんなことよりも、女御さまのおっしゃる通り、いまから夜道をお帰りになるほうが危険じゃないかしら……)

結局、美都子は泊まっていきましょうと言ってくれ、御帳台で休む女御に添い寝までしてくれた。深雪や他の女房たちはその近くの廂の間に几帳を立て、夜具をかぶってごろ寝状態で眠る。真の暗闇にするとさすがにおそろしいので、燈台の火は一本だけ点けたままにしておいた。

深雪は横になったものの、今夜もやっぱり寝つけずにいた。燈台の火が天井に描く影が、燈火のゆらめきとともに躍るのも不気味だった。ならば見なければいいのに、ついつい目がそちらへ向いてしまう。

他の女房たちも眠れないらしく、頻繁に寝返りをうっているし、ときおりため息も洩らしている。みんなまだ起きているんだわと思うと少しは安心する。やがて、ため息が聞こえなくなり、自分も早く眠らなくてはとあせってきた頃、御帳台の中からそっと美都子が忍び出てきた。

「あの……」

小さな声で呼びかけると、美都子は立ち止まって深雪に微笑みかけてきた。

「伊勢(いせ)の君(きみ)も眠れないの？」

「はい」

「わたくしもよ。女御さまはぐっすりお休みだけど、この季節、御帳台の中は少し寝苦しくて」

「お水をいただいて参りましょうか」

同僚たちを起こさないようにそっと立ちあがったのに、美都子は静かに首を横に振る。

「外の風にあたればきっと汗もひくわ」

そう言って簀子縁に出ていこうとするので、深雪もあわててあとに続いた。

「お待ちください。おひとりで外に出られては……」

「いいのよ。わたくしはどうなっても構わないのだから」

本気で言ったのではあるまい。なのに、深雪はひどく困惑してしまった。

おっとりしているようで、美都子はときどき思い切った行動に出る。それだけ妹の女御を大事に思っているからなのだろうが、いささか向こう見ずすぎはしまいかと。

「あの、お邪魔でなければわたくしもごいっしょいたします」

ひとつだけ灯(とも)っている燈台のおかげで、寝ている同僚を踏むことなく、深雪は美都子と簀子縁に出ることができた。微かな風があたると、薄い単に包まれた身体から汗がひいていく。ふたりはほぼ同時にため息をつき、顔を見合わせて小さく笑った。

簀子縁にすわって夜の庭に目を向ける。今宵の大堰は静かだ。すべての災いを定信の中納言が引き受けてくれたかのように。

洩れ聞こえてくる定信の現状は、深雪にしてみれば、お気の毒というか、幻滅したというか。それでも、女御の周辺にまたあの怪馬が出没するよりはよっぽどましである。

大堰ではもう何事も起こりはすまいと思っていても、こうして暗い庭を長いこと眺めていると不安になる。もはや半月以上前のことになるのに、この庭であの怪馬が暴れまわったときの光景をありありと思い出すから。

視線をそらし、頭上を見やれば満天の星。別の意味でこちらも怖い。数え切れないほどの瞬きに圧倒され、おのれの存在がいかにちっぽけかを思い知らされ、夜空に呑みこまれて消えてなくなりそうな心地になる。

黙っているとろくでもない方向へしか頭が行かない。気をまぎらわせるためにも話がしたいが、美都子との話題に何を選べば無難だろうか。

迷っていると、美都子のほうから話をふってきた。

「賀茂の権博士どのとはその後どうなのですか?」

「どうとおっしゃられましても……」

やっぱり誤解されているんだわ、と深雪は苦笑いを袖で隠す。

「あのかたもおいそがしいかたですから」

不穏な空気はいつしか都の貴族の間に伝染し、誰も彼もが当代一の陰陽師と噂に高い権博士に厄よけの祈禱を頼みこんでくるらしい。宮中や左大臣関係の仕事で忙殺されているため、その他の依頼はよその陰陽師に廻しているそうだが、それでも先日、弘徽殿の女御のもとへ来てくれた折にちらりと見かけた彼は、げっそりとやつれていた。そこがまた退廃的でたまらないと、幾人かの女房が騒いでいたが……。

「それにあのかたはただのお友達ですわ。このあいだのことを誤解なさっていらっしゃるかと思いますけれど、あのときの権博士どのは大変お疲れで、ついうたた寝をしてしまっただけで……」

むきになって言い募っては誤解がさらに深まるだけだ。かといって、このままにしておくのも面映ゆい。あっさり聞こえるよう、口調に注意しながら深雪が言うと、美都子はくすくすと笑った。

「はいはい。あまりしつこく訊くのはやめておきましょうね」

そこで会話が途切れてしまった。

深雪はもそもそとすわり直して、出そうになったあくびを呑みこんだ。

賀茂の権博士の話が出たことだし、あの台詞――過去につらい恋でもしたことがあるような台詞について確認してみようかと迷う。いくらなんでもそんなことを尋ねるのは不躾すぎる。だが、黙っているとまたあくびが出そうだ。

深雪が考えあぐねていると、突然、美都子の顔色が変わった。それまでおだやかだった彼女の表情に驚愕が走ったのだ。あるいはそれはおびえだったかもしれない。大きく見開かれた目は、深雪の背後に釘づけになっている。

何事かと深雪はその視線の先を振り返った。きっと、とてもおそろしいものが、あの怪馬がいるに違いないと思ったのだ。

が――そんなものはいなかった。張り出した屋根から花が一輪、降ってきただけ。はかなげな花はゆっくりと回転しつつ階のいちばん下に落ちる。庭にもたくさん咲いている、なんの変哲もない撫子の花だ。

「どうして、こんなものが……？」

深雪は階を降りてその花を拾いあげた。身を乗り出し屋根の上を見てみるが、誰もいない。庭の花が風で吹き飛ばされたと考えるのが自然だろうが、今宵の風はそれほど強くはない。それに、前にも似たようなことがあったような気がする。場所は洛中の左大臣邸だったが、あのときも美都子がそばにいた……。

「わたくし、やっぱり家に戻りますわ」

美都子は立ちあがると、急に早口でそう言った。あまりに唐突だったので深雪は驚いてしまい、撫子の花を取り落としたことにも気づかぬほどだった。

「申し訳ないけれど、車の用意をお願いしてきてもらえないかしら。女御さまが目を醒まされたらお怒りになるでしょうけれど、わたくしが謝っていたと伝えてちょうだいね。日を改めてまた参りますからと――」

「は、はい。わかりました、少々お待ちください」

美都子の勢いに圧されて、深雪は言われた通りに車の手配に向かう。が、どうしてあんな花一輪に彼女はとり乱すのだろうと気になって、ちらりと後ろを振り返ってみる。

美都子はいつの間にか、階の最下段まで降りていた。その手には、天から降ってきたあの撫子が握られている。まるで愛しい相手からの贈り物を受け取ったかのように、彼女はその花をそっと胸に押しいだいていた。

第二章　昼と夜と

翌日、夏樹と一条は例の若い官人の案内で大宰府の周辺を見てまわった。

とはいえ、天満宮にはすでに昨日、立ち寄っている。観世音寺や安楽寺といった有名どころの寺をめぐれば、他はさして見るものはない。山と田畑に囲まれた平和な風景が広がるばかりだ。

夏樹たちはその牧歌的な眺めを、水城と呼ばれる大きな堤の上から眺めていた。

水城は大宰府の防衛のために大規模な土塁を築き、前・後面に川の水を引きこんで濠にしたものである。そもそも大宰府政庁そのものが、遠い昔、白村江の戦で大敗したのがきっかけで設けられた施設だ。防衛にはかなり念が入っている。

――といったことを、そばかすだらけの若い官人は汗をかきかき、一所懸命に説明してくれた。

昨日、厨でいろいろ話したせいか、彼は夏樹に対してかなり打ち解けた様子で接してくれるようになった。が、一条に対してはまだ近寄り難いものを感じているらしい。一条のほうも彼を気安く近づかせたくないのか、よそいきの笑顔を崩さない。

一条のその態度について、どうこう言う気は夏樹にもない。ただひたすら眠いだけだ。

昨日はどうにか寝つけたのだが眠りは浅く、ずっと夢を見続けていた。断片的でおぼえてはいないが、あまりよろしくない内容の夢だったのは確かだ。おかげで身体が休まった気がせず、照りつける太陽がことさら厳しく感じられた。汗とともに、気力も外へと流れ出ていくようだった。

それに引き換え、一条はいつもと変わらない。昨夜も熟睡でき、暑さもあまりこたえていないらしい。彼が元気なのは喜ぶべきだが、こちらがつらいのに平静な顔をしているのを見ると妙に憎たらしくもある。

「では、次は四王寺山に行かれますか？　ああ、それとも菅公ゆかりの天拝山のほうがよろしいですか？」

官人に訊かれて夏樹は条件反射的に笑顔を向けたが、心の中では、

（今度は山登りか……）

とげんなりしていた。まるでその気持ちを代弁するように、背後から笑いを含んだ低い声がかかる。

「山はやめておくといい。お客さまはお疲れのご様子だ」

驚いて振り返ると、狩衣姿の久継が馬を牽いて水城に登ってくるところだった。それ

が白馬だったので夏樹は一瞬ぎょっとしたが、もちろんあのおそろしげな怪馬ではなく普通の騎馬だ。

久継の突然の登場に若い官人は硬くなり、一条は無表情を装う。が、久継が見ているのは夏樹だけだった。

「突然、申し訳ありません。大弐さまがお呼びなのですが」

「大弐さまが、ですか？」

「ご自慢の品々をお見せしたいそうですよ。唐渡りの皿や壺ですけれど」

「皿に壺、ですか……」

はっきり言って関心のある分野ではない。説明されても皆目わからないし、またそういうものにかぎって話が長くなるのだ。結局は、大弐のご機嫌を損ねないよう忍耐を強いられるだけだろう。

面倒だな、という思いを久継は夏樹の表情から読み取ったらしい。

「あまりそういう方面にご興味がないのでしたら、代わりに従者のかたに行ってもらってはいかがです？」と、さりげなく提案する。

「大弐さまも正直なところ、自分の集めたものをどなたかに自慢したいだけなのですよ。むしろ、そのほうがいいかもしれません。こちらのかたを、たいそうお気に召されたようでしたから」

一条は表情を変えぬまま、ちらりと久継を見やった。ほんの少し琥珀色の目がきつくなったように夏樹は感じたが、敏感な久継が何も反応しなかったところを見ると、勘ぐりすぎだったかもしれない。

「どうする、一条？」

「そうですね」

ひと呼吸おいてから、一条は文書を読むようにすらすらと答える。

「皿や壺の説明など、新蔵人さまには退屈なだけでございましょう。かといって、大弐さまのせっかくのお申し出をお断りするのも失礼なこと」

「代わりに行ってくれるんだ」

夏樹がホッと息をついたと同時に、久継が言う。

「新蔵人どののことはご心配なく。今度はわたくしが案内役になりましょう」

「藤の大監どのが、ですか？」

思わず問い返した夏樹に、彼は魅力的な笑顔を向けた。

「おいやですか？」

「いえ、そんな意味では……」

夏樹はすぐさま首を横に振った。いやどころか、久継とふたりきりになれる機会を待っていたのだ。しかし、こんなに早く、しかもむこうから言い出してくるとは思ってもみなかっただけに、とまどいは大きい。彼と一対一で向き合うのを望んではいても、不安がないと言ったら嘘も嘘、大嘘だ。

意見を求めるように一条を見たが、彼は無表情をくずさない。いまさら、「やっぱり大弐のお誘いを蹴ります」と断るわけにもいかないから、当然といえば当然か。

そばかすだらけの若い官人は、困惑ぎみに久継と夏樹とを見比べている。

「あの、わたしは……」

「ああ、いつもの仕事に戻っていてくれ」

「は、はい」

官人は大声で返事をすると、駆け足で政庁へ戻っていった。彼が急いだのは、きれいな従者どのを大弐のもとへ届ける役から逃げたかったためだろう。確かに、いまの一条はいつにも増して近寄り難い。他人嫌いの障壁をさらに厚くして、自分のまわりに高く張りめぐらせているのが目に見えるようだ。

「では、藤の大監さま、新蔵人さまをどうかくれぐれもよろしくお願い申しあげます」

慇懃無礼と受け取られかねない口調で言うと、一条は久継に一礼し、ゆっくりとその場を離れていった。濠に架けられた橋の欄干には夏樹たちが乗ってきた馬が繋がれてあり、そのうちの一頭にまたがった際に一条は土塁の上のふたりを振り仰いだが、それはけして友好的な視線ではなかった。

通常なら、従者の態度がなっていないと、文句のひとつやふたつ言われてもおかしくはあるまい。が、久継は何も気にしていない様子だった。

「さて、新蔵人どの」

「あ、はい」

大宰府の大監は六位相当官、夏樹は六位の蔵人。位としては同格だし、彼のほうが十歳以上年長のはずなのに、都からの使者ということで、久継は夏樹に対して一歩ひいてみせる。それでも、緊張しているのは夏樹のほうだ。彼に呼びかけられただけで暑さを忘れ、背すじも自然にしゃんとのびる。

「よろしければ、これから博多津(はかたのつ)まで参りませんか?」

「博多津へ?」

博多津は内陸に位置する大宰府の外港であり、外国使節や商人が行き来する重要な港である。夏樹はそこを通ってこなかったが、物資や人が多く集って栄えているだろうことは容易に想像できた。

「ええ、往復すると半日はかかりますから、いまからだと帰りは夜遅くになりますけれど、あそこまで行けばこの風景よりは珍しいものが見られますよ。大陸からいろいろなものが運ばれてきておりますからね。昨夜の舞姫はお気に召さなかったようですが、博多津ならばお好みに合うものもみつかりましょう。もっとも、お疲れでしたら宿舎に戻られてもかまいませんが」

「いえ、疲れてなどいませんよ」

強い陽射しのせいでぼんやりしていた頭も、いまはしっかり気合が入っている。疲れたなどと言ってはいられない。なのに、

「でも、藤の大監どのもおいそがしいでしょうに……」

と、つい気弱な発言をしてしまうのは彼の性格ゆえだ。

「ええ、まあ。ですから、わたしもたまには息抜きをしたいと思いまして」

いたずらっぽく片目をつぶって、共犯者になってくれるよう久継は誘う。どこまでが本当でどこまでが演技か、夏樹にはまったく見分けがつかない。

「付き合ってくださると真にありがたいのですが」

「そういうことでしたら」

気をつけなくてはと自戒しながら夏樹は微笑んだ。厨で仕入れた情報と、笛の音を聞いたときの自分の直感を信じるならば、目の前にいる男が怪馬の乗り手であることは、もう十中八九、間違いないのだ。

背後から矢を射かけていながら、翌日、笑顔で手をさしのべてきた。田舎に帰りますとわざわざ挨拶に来たあと、夏樹も出席していた宴に乱入し、警固の武士を幾人か怪馬に踏み殺させた非情な男。

それでも――と夏樹は思わずにいられない。

まだ、彼を信じたがっている。あれだけ泣いて苦しんで、もういやというほど懲りているはずなのに。

せめてこの気持ちだけでもわかってもらいたいと、夏樹は切に願っていた。


博多津へ向かう道を久継と馬を並べて進む。夏樹の頭の中は彼への問いかけでいっぱいになっていたが、どう切り出すべきか整理がつかないうちに、相手のほうから先に訊かれてしまった。

「そういえば、昨日、宴を抜けられた折に、どちらへいらっしゃったんです？」

「ああ……喉が渇いたので厨を探して。そこでつい、いろいろと話しこんでしまったんです」

「厨の者たちと？」

「はい、酒盛りを始めている官人もいましたから、そこにちょっと交じらせてもらって」

「それはそれは。むこうはずいぶんと驚いたでしょう」

「悪いことをしたなと思ったのですけれど、彼らの食べていた粥（かゆ）に惹（ひ）かれてしまいまして。そうだ、藤の大監どののお話も出ましたよ。なんでも、一度は出家なさってまた還俗なされたのだそうですね」


多少、話のもっていきかたが強引だったろうか？　いや、そんなことはないはずだ。

――自分にそう言い聞かせて、夏樹はその話題にもう少し踏みこむ。

「乳兄弟がお亡くなりになられたのがきっかけだとうかがったのですが」


久継は個人的なことに触れられるのをいやがるでもなく、素直に答えてくれた。

「ええ。わたしも彼も、親は早死にをしまして、ほかに兄弟もいませんでしたからね、彼が唯一の身内と言ってもよかったのですよ。都で上司と衝突して罷免された際に、西国へ行くよう勧めてくれたのも彼で。彼の母親が――つまり、わたしの乳母が、もともとこちらの出でしたから」

「なるほど、それで筑紫のほうへ」

「当時、海賊あがりの藤原純友が暴れまわった直後で大宰府も混乱していましたから、わたしのようなよそ者でもどうにか入りこむことができたわけです」


よそ者とはいうが、彼がこの地でどれほど慕われているかは、ほんの少し行動をともにしただけでわかってきた。

途中、すれ違った官人は必ず久継に声をかけたし、夕顔の蔓のからまった農家の前を行けば、「あのときはどうも」と深々と頭を下げる老婆に出会う。池のほとりを通れば、水汲（みずく）みの手を止めて、こちらをみつめて騒ぐ娘たちがいた。何をそんなに嬉（うれ）しそうに話しているか全然聞こえはしなかったが、馬上の久継に注ぐうっとりとしたまなざしで大体の想像はつく。厨の女たちが『このあたりの女はみんな藤の大監さまに夢中』と証言していたのも、あながち誇張ではなさそうだ。

夏樹はそんな周辺の反応も観察しつつ、久継に話しかけ続けた。

「それで、そのかたはご病気だったんですか？」

「ええ、元来、丈夫なほうではありませんでしたしね。大陸の商人が持ちこんできた流（は）行（や）り病にかかってあっけなく」

口調は静かで、不幸をひけらかしている感じはしない。だからといって、彼が苦しまなかったはずはあるまい。

おそらく、久継は乳兄弟の死に責任を感じたのだろう。自分が西国まで連れてこなければ、慣れない土地で苦労をさせなければ——そんなふうに思ったのだ。一条の死に直面したときの自分のように。

「いくらこちらに親戚縁者がいるからといっても、彼も都で生まれて都で育ちましたからね。ほとんど知らないような土地で、いろいろと気苦労をさせたのも悪かったのですよ。本当は虫も殺せぬほど気が優しいくせに、わたしのために無理ばかりして……」

久継のつぶやきは夏樹の考えを裏づけるものだった。ただし、彼から聞く乳兄弟の印象と、黄泉比良坂で闘ったあの男とは大きく食い違う。長い髪を乱し、神経にひどく障るような甲高い笑い声をあげていたあれが、虫も殺せぬほど気が優しいとはどうしても考えにくい。

それとも、ひとたび冥府の住人になれば性格も変わるものだろうか。

そう考えたとき、以前、都で久継が言ったことを思い出した。

『甦らせたとしても、きみの友達は生前のままでいられるのかな？　いっときとはいえ、この世ではない冥府で過ごしたんだ。再びこちら側で平穏に暮らせるかどうか、怪しいものだ。もしかして、それとわからぬ何かが変わってしまっているかもしれない』

あれはもしや、病気で死んだ乳兄弟を重ねあわせた台詞ではなかったか。

「湿っぽい話になってしまいましたね」

「あ、いえ、そんな」

つい考えにふけって黙りこんでいた夏樹は、何か言わなくてはとあせって言葉を探した。

「あの、あまりご自分を責めてはいけないと思います。ひとの生き死にはどうにもならないことですし、こればっかりは……」

そのどうにもならない摂理を無理矢理曲げて一条を甦らせたのは、他ならぬ自分だ。

ふいに矛盾に気がつき、夏樹は言葉に詰まってしまった。

（あ……）

他人には「仕方のないことです」と言っておきながら、自身は冥府に下って友人を強引に生き返らせた。元冥府の獄卒が知り合いだという立場を利用して、許されない行為に出たのだ。挙げ句の果てに、反魂の術を使った術者を探し出し冥府に引き渡すという取り引きにも応じた。一条を生き返らせるためにはそうする以外なかった。では、その術者と自分とどこが違うというのだろう？

あのときは夢中で何もわかっていなかったが、こんな自分が身内同然の者をなくした相手に慰めの言葉をかけるなど、ただの偽善でしかない……。

（いまは考えちゃだめだ）

夏樹は汗をぬぐうふりをして、少しでも気持ちを落ち着かせようとした。

たいした効果はないが、いまさらあの行為をなしにもできないし、久継の真意を見極めることのほうが先決だ。すでにやってしまったことに囚われて、彼とふたりきりになれたこの時間を無駄にするわけにもいかない。

目の前を小さな蜻蛉が滑るように飛んでいく。その軌跡を目で追いながら、夏樹は言った。

「とはいえ、大監どののお気持ちもわかるような気がします。わたしもかつて……自分の落ち度のために、大事な友人を死なせるところでしたから」

精いっぱいの反撃のつもりだった。しかし、久継は動揺を見せない。年の離れた兄が幼い弟に向けるようなまなざしをほんのつかの間、向けただけだ。

「でも、結局、そのお友達は助かったのでしょう?」

「ええ、背中に矢傷を受けて、本当に危ないところだったんですけれど、なんとか」

「それはよかった」

久継の表情に、やましさなど微塵(みじん)もなかった。むしろ、このうえない優しい笑みを向けられて、夏樹のほうが耐えきれなくなり目をそらしてしまう。

おかげでひどく不安になってきた。出家の話を厨で聞いたときはもう間違いないと思ったのだが、ここまで言っても動じない久継を見ていると、また気持ちが揺らいでくる。

(もしかして、結論を急ぎすぎたかもしれない)

一条なら絶対に「甘い!」と大声でそしるだろう。だが、射殺(いころ)そうとした相手が朝廷の使者という看板をぶら下げて職場に現れ、こんなに踏みこんだことを言っているのに平静でいられるものだろうか。もしいられるのなら、自分にはこのひとが理解できない。理解できなくては説得など、なおさらできるはずがない。

そんなふうに気弱になりかける自分を叱咤(しった)して、夏樹はまたきわどい話をふってみた。

「あの、厨で聞いたのですが、髪がまだのびきっていないので、かもじを使われていらっしゃるとか」

「ええ。そうしないと烏帽子の安定が悪いので」

「それを取ってみてくださるわけには……いきませんよね？」

久継は大きく目を見開き、それから声をあげて笑った。夏の青い空に、彼の明るい笑い声は気持ちよく響く。

「それは勘弁していただけませんか。ここには鏡も櫛もないですから、結い直すのが大変ですよ」

冗談事と笑い飛ばされて、夏樹は頬を真っ赤に染めた。

「すみません。突然、妙なことを言って。でも、あの、都で藤の大監どのによく似た人物と逢ったもので。そのひとはかつて仏門に入っていたために、まだ髪がのびきっていないと言っていたものですから、もしかしてと思って……」

「ほお、面白い偶然もあるものですね。そんなに似ていましたか？」

「はい、それはもう」

「しかし、わたしが都におりましたのは、十年以上も昔のこと。そのころは髪も普通の長さでしたし、新蔵人どのは六つ七つの童ですよね……」

「そうではなくて、つい最近のことですが――」

夏樹の喉がごくりと小さく鳴った。ここまで来たらもう破れかぶれだ。

「あなたは鳥辺野で笛を吹いていらした。そのときに、ぼくと逢った」

夏樹は無意識に自分のことを『ぼく』と称した。何もかもさらけ出してほしいという、強い願いのなせるわざだった。

しかし、久継は一瞬とまどいの表情を浮かべ、それから破顔して夏樹の断言を退けた。

「いえ、いえ。おひと違いですよ。昔、都を捨てて以来、わたしは一度たりとも彼の地へ足を踏み入れておりませんから」

「そうですか……」

「いやはや、突然、何を申されるかと思えば。よほど、そのかたに思い入れがおありだったのですね」

「思い入れ――というか――」

そう表現するしかないだろう。自分でも、こだわりすぎている自覚はある。だが、仕方ない。そうしないではいられないのだから。

「そうなのかもしれません……」

「わたしが、あなたの探しているかただとよかったのですが」

「本当に、そうお思いですか？」

「ええ。それほどにひたむきなお顔をされますと、そう思わずにはいられませんよ」

あれこれ問う気力もなくなり、夏樹はそれっきり黙りこんでしまった。久継は気を遣ってか、もはやこの話題にふれることもなく、周辺の景色の説明をときおり交えながらのんびりと馬を進めていく。

やがて、風景を占める荒れ地と田畑の割合が目に見えて逆転し、民家もぽつぽつと増えてきた。ひとの往来も増え、道幅も明らかに広がってくる。

博多津が近いのだろうと思っていると、久継が急に馬を止めて前方を指差した。

「ああ、ほら、海が見えてきましたよ」

彼の差し示す道のむこうが、一面、きらきらと輝いていた。波頭が太陽の光を受けて白く光っているのだ。

「本当だ……。海、ですね……」

「ええ」

きつい照り返しに目を細めて、久継は淡々とつぶやいた。

「あの海の彼方(かなた)から、いろいろなものが流れてきます。大弐さまが集めておられるような名品だけでなく、人間も。昨日の舞姫の中には、戦乱をさけて唐(とう)から逃げのびてきた者の裔(すえ)もいるんですよ」

山陽道(さんようどう)を下ってきた際に、瀬戸内の海は何度も見てきた。波間に沈みそうになったことすらある。なのに、夏樹は目の前の海に、内海とはまた違う印象をいだいた。

あのむこうに唐天竺(からてんじく)が横たわっている、未知なる世界が広がっていると思うがゆえの錯覚だろうか？　彼方から運ばれてくるのは華やかな舞姫や珍しい壺だけでなく、流行り病や戦乱といった歓迎できないものもあるというのに、どうして波の彼方を眺めていると、憧れめいた気持ちが無条件にわき起こるのか。

「海を見るのが好きなんですよ」と久継は前方の海をみつめたまま言う。

「いつも穏やかで美しいばかりではなく、ときには荒れ狂っておそろしい姿も見せつけてくれますがね。海にはいろいろと不思議なものもひそんでいると聞きます。ここよりずっと南の海には、船も出ていないのに、沖合いで燃える火が見えるとか。一度、乳兄弟とわざわざその海まで夜釣に行きましたが、残念ながら沖合いの火は見られませんでしたね」

「でも、そういう不思議なこともありそうですね。海ならなおさら」

瀬戸内海を航行していたとき、船を襲った海蛇もどきのことが思い出される。あれはあおえたちとの別れという結果をもたらしたし、とてもおそろしいものではあったが、けして醜いとは思わなかった。

（底知れなくて、何がひそんでいるかもわからなくて、荒れ狂ったり穏やかだったり、それでも惹かれずにはいられない、か――）

つい、誰かのことを連想してしまう。横にいる男と瓜ふたつの誰かのことを。

「さて。市まであと少しですよ」

そう言って、久継は再び馬を進め始めた。

いまは感傷にひたっている場合ではないし、ましてや買い物にうつつを抜かしている場合でもない。夏樹もそう頭では理解していたが、博多津の中心部に近づくにつれ、自然と気分が昂揚してきた。市のにぎわいが聞こえてくれば、その傾向はますます強くなる。

市では予想外にひとが多く集まっていたのもあり、馬は入り口付近の木に繋いで、徒歩で先へと行ってみる。

「都の東の市などもにぎやかですが、ここはまた独特でしょう？」

久継の言葉にうなずきながら、夏樹はきょろきょろとあたりを見廻した。

板一枚の屋根に柱だけの仮屋が並ぶ。そこで売られているのは、とれたての海の幸や大甕に満たされた酒、日常使いの筵など。そんな定番の商品に交じって、異国からの品物もかなり出廻っていた。服装の違いでひと目でそれとわかる外国人商人も多い。道端で芸をする者たちも、小さな玉を空中にいくつもほうってくるくる廻すといった大陸風の軽業を披露している。さすがは異国との玄関口といった印象だ。

客のほうも、武士に僧侶、農民に裸足の子供たちと、身分もさまざまな老若男女が大勢、行き交っている。彼らが売り手相手に値の交渉をしているのを、聞いているだけでも面白い。

それでも、頭巾をかぶった僧侶や市女笠の女とすれ違うと、夏樹は海に見捨ててきた冥府の鬼たちを思い出して胸を痛めた。もしかして追いついてきてはいまいかと、淡い期待をもってひとの波を観察してみるが、やはり彼ら――あんなでかい連中はそうそうみつからない。

久継の案内でゆっくりと市をまわっていると、前方から派手な罵り合いが聞こえてきた。もともとこの地方の言葉が耳慣れないので、早口になっていると普通の会話も夏樹には争っているように聞こえる。が、ひと垣ができているところを見ると本物のいざこざが起きているようだ。

「何か、もめているみたいですね」

「覗いてみますか？」

覗くも何も、もともと進行方向だ。それに、物見高いひとびとの流れに押されて、自然とそちらに歩が進んでいる。

言い争っているのは、雑穀を扱う店の市女と客だった。客は武士で、太い眉毛と目の下のたるみが粗暴な印象を与える。着ている水干もひどく汗じみて、ちゃんとした主人に仕えている者とも考えにくい。

「だから、代価をはらわぬとは言っておらんだろうが。それとも、この伊予の利常を愚弄する気か」

「そう言って、このあいだも踏み倒していったろうが」

よほどツケがたまっているのか、歯嚙(はが)みして威嚇する男に対し、市女も負けじと険しい顔で睨(にら)み倒す。

「海賊だろうがなんだろうが、はらうもんははらってもらわにゃ！」

（海賊――？）

市女の言葉を聞いて夏樹は眉をひそめ、背後の久継を振り返った。久継は軽く肩をすくめ、小声で耳打ちする。

「珍しくはありませんよ。純友の残党とかなんとか言えば、相手がひるんで値引きすると思っているんです。実際のところはどうなのだか」

純友といえばかつて、瀬戸内沿岸を中心に西国一帯を荒らし廻っていた海賊。ちょうどその頃、東国では平将門(たいらのまさかど)が兵を起こしている。当時の都は、東と西、ほぼ同時に起こった戦乱の炎にはさまれてしまっていた。

が、朝廷は西の純友に位を与えて懐柔し、後方の憂いがなくなったところで、東の将門に対して徹底的な攻戦に出た。そして、東の争乱が片づいてから、今度は西の制圧へと乗り出し、純友を討ちとったのである。

なるほど、海賊を名乗るだけあって、男の荒々しい風貌は航行する船を襲い、金品を奪う賊にふさわしい気がした。装束がくたびれ果てているところなども、いかにも敗残の将っぽい。

しかし、そんな海賊の生き残りを自称する男に対し、店の市女も引かない。口角から泡を飛ばして、なおも怒鳴り返している。彼女が背後に押しやっている幼な子は母の加勢をするかのように大声で泣きわめくし、ひと垣からも野次が飛ぶ。まわり中が市女の味方だ。

四面楚歌のこの状態で、男の右手は太刀の柄にかかろうとしていた。そのわずかな動きを見て取った夏樹は、思わず前に進み出ようとした。が、寸前で久継に肩を押さえられ止められてしまった。

振り返ると、彼は微かに首を横に振っている。どうしてと夏樹は疑問に思ったが、久継の判断のほうが正しかった。自称・海賊の残党は騒がれては面倒だと考えたのだろう、結局、太刀を抜かなかったのだ。

男は大きく舌打ちをし、鋭い眼光で周囲を睨めつけた。そのまなざしがほんの数瞬、久継の上に留まる。彼を大宰府の大監と知っていたのか、むさ苦しい顔に明らかに狼狽が走る。

たいていの者が男と目が合うや、あわててそっぽを向いた。が、久継は目をそらさず、相手の視線を受けて鼻でせせら笑う。無精髭の散らばる頬にさっと朱が差し、怒気が全身からみなぎったが、結局、男は肩をいからせ、何も言わずに久継の脇をすり抜けていった。

どうなることかと夏樹ははらはらしていたが、危険は回避されたらしい。見物人は散っていき、久継も何事もなかったかのように笑顔で説明する。

「最近、このあたりも治安が乱れていましてね。ああいう輩が増えているのですよ。強盗や殺人も日常茶飯事ですし。新蔵人さまの御身はわれらがお守りいたしますが、それでもなお、ご注意を怠りませぬようお願いいたしますよ」

「大丈夫ですよ。この太刀は飾りものではありませんから」

夏樹は菅公ゆかりの太刀の鞘を軽く叩いてみせた。

「これは母親の形見で、曽祖父の菅原道真公の太刀だと言われているんです。実際、何度も危ないところをこれに救われました」

「それは頼もしい」

自分のことを褒めてくれたのか、太刀を褒められたのか、どちらともとれる言葉だったが、彼にそう言われたことが夏樹はむしょうに嬉しかった。

藤の大監という人物を好きになってしまったのかもしれない。

このひとが都で暴れた久継でなければ——ここまで来ておきながらと自分はくやしがるだろうか、それともよかったと安堵するだろうか。どちらとも言えないなと、夏樹はわがことながら考えこんでしまった。

その夜、夏樹は大宰府の宿舎に戻り、一条に博多津へ向かう道すがらの会話等すべてを話すと、いきなり彼から蹴りを食らってしまった。

「な、何するんだよ！」

大声をあげると、今度は紙扇でぴしゃりと顔面を叩かれる。

「阿呆、声が大きいぞ。ひとが来るじゃないか」

従者があるじに暴行を働いている現場など目撃されては、弁解に非常に苦労することになる。そこを逆手にとり、騒げなくなった夏樹の顔面を、一条はなおも連続で叩く。面白くもなさそうに、むすっとした表情で。

「ちょっと待て、ちょっと待て、ちょっと待て」

相手の手首をつかんでやっと扇攻撃をやめさせ、夏樹は抑えた声で抗議した。

「いきなり、なんだよ。こっちは半日馬に乗ってて疲れ果ててるんだぞ」

「こっちだって、大弐の長口上に延々付き合わされ疲れている。一度は肩に手を置かれて、非常に気色の悪い思いをした」

夏樹はハッとして一条の手を放した。すかさず『ぴしゃり』がきたが、一発だけでおさまる。

「大丈夫……だったか？」

扇の下からおそるおそる尋ねると、「何が？」と問いたげに一条の眉が片方だけ上がった。

「いや、おまえは怒るかもしれないけど、男にしてはきれいすぎるからさ。世の中には右近の中将さまみたいに同性のほうがいいっていう趣味の持ち主がいるんだし、用心しないと……」

言い終わらぬうちに一条は扇を捨て、平手打ちを見舞ってくれた。本気の打撃ではなかったが、扇よりは攻撃力が高い。

「なんなんだよ、ひとが本気で心配してるのに！」

「おまえに貞操の心配なんぞされると妙に腹が立つ」

「どうしてだよ。も、もしや、す……！」

もしや、すでにと、どこかの馬頭鬼だったら後先考えずに叫んでいたであろう台詞を、かろうじて呑みこむ。だが、言わんとしたことは不幸にして正しく伝わっていた。

「一度、死んでこい」

理不尽なことをつぶやきつつ、一条は両手をのばして首を絞めようとする。黄泉比良坂で一度やられているため、夏樹はなかば本気で生命の危機を感じ、ひきつった笑顔でじりじりと後退した。

「まあ、その、落ち着けよ。おまえが大変だったのはよっくわかったから」

「本当にわかったのかどうか。相手の企み(たくら)を探るどころか、適当に丸めこまれてきたくせに……」

「そんなことはないぞ。それに、状況証拠だけで決めつけるのはどうかとも思うんだ」

丸めこまれたと言われたのが心外だった夏樹は、言い訳じみて聞こえることは百も承知で反論を試みる。

「たとえば、ほら、物の怪(もののけ)の類いがその人物の姿を写しとって悪さをするなんて話があるじゃないか。本人にそのつもりはなくっても、生霊(いきりょう)となってさまよいでるなんてこともあるんだろう?」

「ほう、新蔵人さまはずいぶんと物の怪にお詳しいな」

「友人に陰陽生(おんみょうしょう)がいるからね。仮にそういった怪異が関係していなくても……、あの怪馬に逆に操られているとか、何か誤解があってこんなことになったとか、いろいろ考えられるじゃないか。博多津に行く途中、出会った村人の反応からも実感したんだけど、久継どのは悪いひとじゃないんだ。絶対に、絶対に、それは違うんだ」

ひとびとの笑顔ひとつひとつが、夏樹の脳裏に浮かんだ。

久継が大宰府に腰を据えて十年あまり。それほどの長い間、ひとりやふたりならいざ知らず、あれだけ多くの人間をだまし通せるはずがない。それが夏樹の実感だった。

「おまえは以前、怪馬に手も足も出なかったから、その乗り手かもしれない久継どのに対して偏見があるんだ」

　勢いに任せてそう口走ると、一条の端整な顔が歪んだ。怪馬に負けたことを持ち出されるのは彼の矜持にそうとう障るのだろう。古傷をえぐってはいけないと、友の表情の変わりようから夏樹も思ったが、こればかりははっきりさせておきたかった。この際だから、殴られるのも覚悟のうえで、言いたいことを言わせてもらおうと。

「悪いけど、ぼくにはおまえの言うことが全部正しいとは思えない。特にいまのおまえはあせりすぎてるみたいだ。冥府が探せと言った術者を早いところ引き渡して、あの取り引きをさっさと片づけたい気持ちはわかるとも。ぼくだってそれは同じさ。でも、あれは期限が決まったものじゃないんだし、一条にも少しは待ってほしいんだ。疑わしきを片っぱしから処分していって、もしも違っていたら取り返しがつかないじゃないか。だから……頼むよ」

　返事を待って夏樹は言葉を切った。一条はなかなか口を開かない。夏樹の痺れがきれそうになったところで、ようやく一条がぽつりとつぶやく。

「そこまで言うのなら、これから探りに行くか」

「どこへ何を」

「藤の大監の邸へ。あいつがひとりでいる時間、いったい何をしているのかを」

「邸の場所を知っているのか？」

「ああ。あちこちの女から言い寄られているのにいまだ独身で、政庁からちょっと離れたところにひとりで暮らしてるってこともね。誰かがのんびり博多津見物なんかしている間に、いろいろとやるべきことはやっておいたのさ」

言いかたは気に食わなかったが、手際のよさに感謝しないわけにはいかない。一条がいなかったら、きっと夏樹は慣れない土地で右往左往するばかりだったろう。

「わかった。行こう」

吉と出るか凶と出るかはともかく、さっそく宿舎を忍び出て、夜の大宰府をふたりは徒歩で進んだ。

周囲には山が多く、荒れ地と田畑の合間にぽつぽつと家屋があっても、灯火をつけているところはほとんどない。星明かりの中に道がおぼろに浮かぶばかりだったが、そのほうが夏樹たちにも好都合だった。

その頃、久継は自宅でひとり、くつろいでいた。

彼の家は一条が調べた通り、政庁からやや離れており、周囲はとても静かだった。文机（ふづくえ）に頬杖（ほおづえ）をついているが、卓上には何もなく、ただぼんやりと物思いにふけっている。烏帽子もかもじもつけておらず、髪は本来の短いまま。単（ひとえ）に指貫袴（さしぬきばかま）だけの姿で、少しはだけた胸もとからは形のよい鎖骨が覗いている。そんな軽装でも、いや、それゆえ余計濃厚に男の色香が漂う。政庁できちんとした服装をし、大監としていそがしく働いている彼とはまた趣きが違って、より若く、より魅力的で、より危険に見えるのだ。

燈台の火が照らす部屋には、他に唐櫃と質素な几帳がひとつ置いてあるだけで、生活のにおいはずいぶんと希薄だ。独り身で、同居している者もいないせいだろうか。

以前は、家のこと一切を乳兄弟の良光に任せていた。彼が死んでからはときおり近くの村人が手伝いに来る程度で、決まった使用人はおいていない。――なのに、几帳が微かに揺れた。その後ろに誰かがひそんでいるかのように。

「良光か」

久継が亡き乳兄弟の名を口にすると、几帳の陰から「はい」と声が返ってきた。

ついさっきまでひとの気配はまったくなかった。しかも死んだ人間からの応答があったというのに、久継は驚きもしない。当たり前のことのように受け止めている。

「お客人が参りますよ」

「ほう、こんな夜分に？」

久継の口調は大儀そうだったが、目が裏切っていた。何かを期待して輝いている目だ。

「彼らも積極的に情報を集めているらしいな」

酷薄な笑みがゆっくりと浮かび、優秀な官吏の顔は別の顔に塗りつぶされる。怪馬の背にまたがって暴れまわり、左大臣家の者たちを苦しめたあの男の顔になっている。たとえ衣装が整って髪がきちんと結われていようとも、その表情ならば見誤りようもない。

夏樹も彼のこの顔を初めに見ていたら、いたずらに悩まずに済んだだろう。が、そんなへまを久継がしでかすはずもない。

「彼らもなんとかがんばっているようだ。最初に政庁で対面したときはどうなることかと思ったが……、必死に動揺を抑えこんでいるせいで顔が蒼白になって、いまにも倒れそうだったし。あの鼻っ柱の強い陰陽生はずっとひとのことを親のかたきのように睨みつけていたがな。しかも、そのことにふたりとも気づいていないときている」

「楽しそうですね」

「かわいらしいからな」

「いささか、お戯れがすぎるかとも思いますが……」

「そうかな？」

夏樹たちがどう思っていようと、彼らが久継に気に入られているのは確実なのだ。

しかし、表の木戸をどんどんと叩く音が響き「あがらせてもらうぞ」と野太い男の声が聞こえてくると、久継の笑みは瞬時に消えた。期待していた相手ではなかったのだ。

「なんだ、あの男か」

いかにも不快そうに眉をひそめる。それに対して、几帳の陰から応じる声はもうない。

足音が近づいてきて遣戸が乱暴にあけ放たれたときには、そこにわだかまっていた気配すらなくなっていた。

「悪いが、勝手にあがらせてもらったぞ」

現れたのは、博多津の市で物売りの市女と言い争っていた際、伊予の利常と名乗ったあの男だった。

「あいつはいないようだな」

じろじろと部屋の中を見廻して、利常は乱暴につぶやく。その目は几帳のほうにも向けられたが、利常が何かに気づいた様子はなかった。久継もあえて何も言わない。

「乳兄弟だかなんだか知らんが、あいつはどうも気色悪くてかなわん。だいたい、顔を見せようともしない相手を信用できるか。ああ、もっとも、胡散くさいという意味では藤の大監さまも変わりはございませんがね」

「なんの用だ？」

久継のとりつくしまもない態度に一瞬、利常がひるむ。しかし、すぐに気をとり直し、床にどかりと腰を下ろした。

「ずいぶんな挨拶だな。昼間も会ったというのにつれない素ぶりで」

「なるほど、博多津の市でわめいていたのは、やっぱりおぬしだったか」

「よく言うぞ。ひとの顔を見て鼻で笑ったくせに」

利常のほうはかなり根に持っているようだったが、久継はさらりと聞き流す。

「いまは都からの客が大宰府に来ている。無闇にめだつことはしてくれるな」

「都からの客？　もしかして、いっしょにいた若造のことか？」

生ぐさい息がかかるほど顔を近づけ、利常は歯を剝き出して笑みらしきものをつくった。

「面倒な客か？　なら、おれが斬ろうか」

その瞬間、久継が凍てつくように冷たい視線を利常に向けた。さしもの海賊も、うっと息を吞む。

「面倒なのはそちらのほうだ。準備が整うまでめだつなと、あれほど言っておいたのに、市で騒ぎなど起こして」

「……あれは仕方あるまい。戦をするには兵糧が大量にいる」

「もっとおだやかなやりかたがあるだろう。それとも、博多津が懐かしくてつい浮かれたか？　かつての仲間が追討軍に水陸両面から攻められ、あえなく四散した思い出の地だからな」

博多津の激戦は、純友軍の敗北を決定づけた戦いだった。

夏樹には「純友の残党とかなんとか言っているだけ」と軽く笑い飛ばしていたくせに、久継は同じ舌でまったく違うことを語る。利常にとっては苦い経験を思い起こさせる台詞だ。ただでさえ怖い面構えがますます凶悪そうに歪んだ。

「おれを怒らせるとためにならんぞ」

市でしたように太刀の柄に手を置き、利常は低くうなった。

「伊予の仲間たちは、早く動き出したいとうずうずしている。もともと血の気の多い連中で、しかも十年耐えてきて、その忍耐も尽きかけているからな」

威嚇する海賊に対し久継は武装していないし、手の届く範囲にも武器はない。それでも彼は顔色ひとつ変えなかった。

「自分の配下だろう？　もうしばらく耐えさせておけ。中央に不満を持っている豪族とはおおかたの話がついている。宇佐神宮も、積極的に動かないまでも静観してくれるだろう。だが、筑前の宗像がまだ煮えきらないし、状況次第で態度を変えそうな者はごろごろいる」

「人望篤い藤の大監さまのお力をもってしても、なかなかことが進みませぬか」

侮辱するためだけに短く笑って柄から手を離し、利常はいまいましげに舌打ちした。

「あの気色の悪い男にも同じことを言われたわ。もう少し待て、もう少し待てとな。いったい、いつまで待たせるつもりなんだ」

「良光の言葉はわたしの言葉だ。直接会いに来たところで、聞ける内容は変わらない。誰かに見られる前に疾く伊予に戻り、準備が整うまで待て。中央を甘く見て、十年前の二の舞をしてくれるな」

「よくわかった！」

床板を踏み抜きそうな勢いで、利常は立ちあがった。

「都から流れてきた貧乏貴族のまだるっこしい采配など、もう受けん！　散り散りになっていた仲間をまとめる手助けをしてくれたことには感謝するがな、これから先はおれたちの好きにやらせてもらうぞ。海賊らしいやりかたでな！」

いままで抑えていた鬱屈を、決別の言葉に換えて叩きつける。とっさに出たものではなく、これが言いたいがための訪問だったのだろう。

久継はあわてるでもなく、ただ相手の顔をみつめた。底光りしそうなほど冷徹な目で。睨み負けたのは利常のほうだった。彼は素早く背中を向け、部屋を出ていく。遣戸はあけ放したままで、勇ましく宣言した割に、逃げ去っていくように見えるのは否定できない。

久継はひきとめなかった。代わりに押し殺した声で「良光」と例の名を呼ぶ。几帳の後ろから、返事はすぐにあった。

「はい」

政庁での公務同様に、久継は少しも迷わず裁決を下した。

「海賊の戦力は捨て難いが、こうまで勝手をされてはどうしようもない。あの男は見限る」

「承知」

几帳が微かに揺れ、あけっぱなしの遣戸をさっと人影がくぐって出ていく。久継はそれを無表情に見送っている。瞳の奥にあの冷徹な輝きをわずかに残して。

海賊の利常がおそれていたものは、久継のその目の輝きであり、彼を追って出ていった不吉な影でもあった。


夏樹と一条はまだ、ほの暗い道を歩いていた。本来ならもう目的地についていてもよさそうなものなのに、それらしい家屋は見えてこない。似たようなところをぐるぐる廻っているような感じすらする。

「なあ、一条。政庁からちょっと離れたところって、おまえ言わなかったか？」

ちょっとどころの距離じゃないぞという意味合いをこめて尋ねると、一条はあっさり事実を告白した。

「迷ったかもしれない」

「迷った？」

そのこと自体は喜ばしくないが、夏樹は鬼の首でも獲ったような気分になった。

「ほらみろ、おまえだって間違うことがあるじゃないか」

「ふん、万能な人間なんていないんだよ。それに方向は違っていないはずなんだ」

一条は逆に威張って肩をそびやかした。それでも、道に迷ったという事実は消えない。いい機会だと思い、夏樹はもっと突っこんでやろうとしたができなかった。ちょうどそのとき、前方から蹄の音が高らかに響いてきたのだ。

一騎、かなり急いでこちらへとやってくる。怪馬のことをいやでも思い出し、ふたりは途端に緊張した。視線を交わし合って互いにうなずくや、道からはずれて近くの藪の中へ身をひそめる。

道の彼方から走ってくる馬が視界に入ったのは、それからすぐだった。馬は怪馬などではなくよくいる栗毛だったが、乗り手の顔を見て夏樹は思わず声をあげそうになった。博多津で伊予の利常と名乗っていた自称・海賊だったのだ。

利常は夏樹たちにまったく気づかない。周囲に気を配っているゆとりなどないのだろう。彼は必死の形相で馬を走らせているし、馬も騎手のあせりが伝染したかのごとく急いでいる。

理由はすぐにわかった。彼らの後方に何者かがぴたりとついてきているのだ。

それは見た目こそ、ひとの形をしていた。長い髪をなびかせ、細い脚で大地を蹴って走っている。しかし、疾走する馬にいましも追いつこうとしているそれは、本当に人間なのだろうか?

いくら駿足の持ち主でも馬と競り合うことはできまい。走りつつなおも余裕ありげに笑っているとなると、もはや生きた人間の業ではない。

(あいつだ)

その甲高い笑い声を聞いただけで、夏樹の両腕に鳥肌が立った。

(黄泉比良坂で斬り捨てたはずのあの男が、どうしてまたこの世に――)

向かい風に長い髪が舞いあがり、上半分の肉が削げ落ちた異相が露わになったが、それを待つまでもなかった。痩せ細った特徴的な体軀は見誤りようがない。

追われている利常は追撃者の素顔を知らなかったらしい。振り返ってそれを見てしまった彼は、たちまち驚愕と恐怖に青ざめた。

「この物の怪め!」

相手が普通ではないと知って捨て鉢になったのか、さすが海賊を名乗るだけあると褒めてやるべきなのか、利常は馬の速度を落とすと腰の太刀を抜き放った。馬上から果敢に斬りかかるが、生ける屍は機敏に馬の左側にまわった。

屍の男には両の眼球がない。肉とともに失われたのか、額と目もとは完全に骨が露出して、眼窩はただの暗い虚だ。それでも見えてはいるらしく、利常のうろたえぶりを嘲笑う。そうやってさんざんいたぶったのちに、男は利常の袖をつかみ、馬からひきずり下ろそうとした。利常は抵抗して手綱にしがみつくが、恐怖で気力が萎えたのか、ついには相手の思惑通り、大地に叩き落とされてしまう。

屍の男は、仰向けになった利常の腕を膝で押さえこんで組み伏せた。馬はあるじを見捨てて逃げていく。絶体絶命の利常は、声をあげ笑った。

「殺すなら殺してみろ、だがもう遅いぞ！　われらの軍勢はすでに伊予を発った。待てとしか言わぬ藤の大監も、これで動かざるを得まいて！」

利常がそう言うや否や、屍の男は骨張った両手で彼の頭をつかみひねった。骨の折れる音とともに、利常の首がねじれる。純友の残党だった男はあっけなく絶命した。すべては非常に短い時間に遂行され、夏樹が利常を救う間もなかった。

いまさら出ていっても、あの利常という男を助けられるわけでもない。それがわかっていながら夏樹は立ちあがり、藪から路上へと躍り出た。

馬鹿……、とつぶやきながら、一条も不承不承、夏樹のあとに続く。夏樹には怒りを、屍の男には嫌悪に満ちた目を向けて。

屍の男は利常の死体から離れ、ゆっくりと振り向いた。藪にひそんでいた夏樹たちに最初から気づいていたのか、驚きもしない。薄い唇には笑いの片鱗がなお、こびりついている。

夏樹は彼に向かって呼びかけた。

「おまえの名を知りたい」

知りたいことはたくさんある。が、真っ先に口をついて出たのはその問いだった。

「おまえの名は良光なのか？　あの久継どのの……藤の大監どのの乳兄弟なのか？」

だとしたら――

「反魂の術を用いておまえを生き返らせた術者は、あのひとなのか!?」

霊剣で斬ったはずの相手が現世に舞い戻ってきていること自体驚いたが、もともとが外法で甦った生ける屍。再び術を施されたのなら納得できる。それよりも、出くわした場所が都ではなく大宰府だったことのほうが、夏樹には衝撃だった。

限りなくクロに近い藤の大監の周辺に、彼が怪馬の乗り手かもしれない証拠がまたひとつ提示されたのだ。しかも、かなり有力なものが。これに怪馬が加われば、すべてが出そろうことになる。

さらにここにきて、藤原純友の残党なる男まで出てきた。博多津で久継の顔を見たときの男の反応は、大宰府の大監に目をつけられてしまったという狼狽だけではなかったのかもしれない。

いや、まだ知る手立てはある。それが何か尋ねようにも、当の本人は瞬く間に殺されてしまった。目の前の生ける屍ならこの疑問にも答えられるはずだ。

「さっさと答えてもらおう。でなければ、力ずくでも……」

夏樹は常になく荒々しい語調で言い放ち、形見の太刀を相手に見せつけるよう静かに鞘から抜いた。

いままで幾度となく稲妻にも似た白光を放ち、その光で怪異から持ち主の身を救ってくれた霊剣。いまもまたその刀身は白く輝いている。

だが——光が弱い。

前にこの男の前で太刀を抜いたとき、冥府という特殊な環境だったためか、金属でなく光そのものが刃と化したかのごとく、まばゆく照り輝いていた。あれに比べるといまの光は、太陽の前をよぎるひとかけらの星にすぎない。

「いくらでも斬ればいい」と、男はうそぶいた。

「どうせまた甦る。あのかたに必要とされる限り、それこそ何度でも何度でも」

はったりとは思えなかった。事実、男は一度倒れたのちに、また現世に戻ってきている。

夏樹は弱々しく光る太刀を構えたまま、背後にいる一条に助言を求めた。

「どうすればいい？」

「どうって……あいつの言っていることは事実だろうな」

「それくらいわかってるさ」

「とにかく、斬れって言うんだから斬ってやれ。おまえに任す」

「おいおい、一条！」

「その代わり、術者のほうをおれが倒してやる。二度と反魂の術など行えないようにな」

淡々とした口ぶりの底に怒りがくすぶっているのを感じ、夏樹は思わず後ろを振り返った。

直接手出しする気はないのか、一条は両腕をだらりと脇に垂らし、力を抜いた姿勢でそこに立っていた。ただ、琥珀色の瞳は口調から感じ取ったそのままに、抑圧された怒りできらめいている。術者とふがいない友人と、その怒りはどちらへより多く向けられているのだろうか。

一条の瞳と同じくらい、太刀が輝いていれば心強いのに――

弱気になる自分を叱咤して、夏樹は屍の男に向き直った。太刀の放つ光は弱々しくとも、とにかく光っているのだから効力はあるはずだと信じるしかない。たとえまた甦ってこられようとも、生ける屍の暗躍にしばし歯止めをかけられるはずだし、久継が三度目の反魂の術を行う現場を押さえられでもしたら、それこそ動かぬ証拠になる。そんな現場――見たいわけではけしてないが。

夏樹の揺れる気持ちを察したのだろう、

「どうした、冥府のときとは全然太刀の輝きが違うな」

と、男は揶揄(やゆ)する。気持ちを逆なでされた夏樹が、

「黙れ、言われなくてもわかっている。おまえにしゃべってもらいたいのは別のことだ」

吐き捨てるように言うと、ほんのわずかながら太刀の輝きが強まった気がした。もしかして太刀は持ち主の感情と同調し、自分が『どうせこいつには効かないんだ』と思いこんだ分、影響を受けているのかもしれない——と、夏樹も思い至る。だとしたら、ここは強気で攻めなくては。

「絶対、吐かせてやる！」

夏樹は太刀を振りかぶって突進していった。男は充分夏樹を近づけさせてから、ふわりと横に跳んだ——違う、飛んだのだ。

長い髪が夏樹の頬を打ち、反射的に目をつぶった瞬間、胸ぐらをつかまれる。引き寄せられ、突き飛ばされる。

ぶざまに尻餅をついたのは利常の死体の上だった。腹を押された衝撃で身体の中にとどまっていた空気が喉から洩れ、死体はぐえっとうめいた。その声と、血のにおいのする息、屍肉の触感の気持ち悪さから、夏樹はすぐさま跳ね起きる。

男の身体は地上よりほんのわずか上で静止している。いくら枯れ木のように痩せ細っていても、こんな芸当ができるはずはない。なのに、この男は宙へと自在に舞いあがれる。怪馬と同じように、翼がなくとも空を走ることができる。大堰の別荘でも、夏樹はこの男が虚空を駆けるさまを目撃していた。これが初めてではないにしろ、それでも驚かずにはいられない。

「卑怯だぞ、おまえ！」

男は小首を傾げて尋ねた。

「何が卑怯？　力があるのなら使わない手はない。おまえとて、菅公の太刀という普通ではない武器を用いているではないか」

そう告げると、男はすうっと空を移動してきた。夏樹が振り廻す太刀をかわし、頭上から手をのばして烏帽子といっしょに髷をつかむ。すさまじい力で引きあげられ、夏樹の足は宙に浮いた。

「放せ！」

夏樹が叫ぶと男は本当に手を放した。落下した夏樹は身体を地面にしたたかに打ち、痛みのために洩らしたうめき声に一条の呼びかけが重なった。

「夏樹！」

夏樹は太刀を杖代わりに、よろよろと立ちあがった。

「大丈夫だ」

実際、たいした高さではなかったから。だが、もっと高く吊りあげられ、勢いよく落とされていたなら、全身の骨が砕け散っていただろう。男の細すぎる体軀に目をくらまされていたかもしれない。見た目は弱々しげでも、相手は海賊を片手で馬から引きずりおろせるだけの腕力を持っているのだ。

男は上空に静止したまま笑っていた。夏樹は険しい目で頭上を睨みつけた。

「やっぱり、おまえは卑怯だぞ！　さっさとそこから降りてこい！」

男は小馬鹿にしたように軽く礼をすると、静かに降下し、大地へと降り立った。

「これでよろしゅうございますか、新蔵人さま？」

相手は武器を帯びておらず、隙だらけと言えば隙だらけだった。が、上空をその行動範囲に含むうえ、かなり敏捷（びんしょう）だ。太刀を振り廻す者相手にいっこうにひるまないのも、夏樹のあせりを誘った。

男は本当に死をおそれていなかった。すでに死んでいる身なのだから当然だろう。しかし、夏樹のほうはそうもいかない。死ぬのは怖い。相手の平静さが不気味だ。だからといって、背中を向けるわけにもいかない。

「馬鹿にするな！」

気合をこめて相手の懐に跳びこんでいく。が、また寸前で男は虚空へ逃げた。追いかけっこを楽しむように。

夏樹は振り返りぎわに太刀を大上段にふるってみた。瞬間、長い髪がひとつかみほど断ち切られて闇に散る。

相手の速さに追いつけたわけではない。完全にまぐれだ。それでも、思わぬ効果をもたらしてくれた。

男が宙に散ったおのれの髪をつかもうとする。が、うまくいかずに髪はすべて指の間からすり抜けていく。

左手だからだ。

利常を馬から引きずりおろしたときも、夏樹を宙に吊りあげたときも、この男は右手のみを使った。片手で充分だとみせつけるかのように。しかし、左手では切れた髪の毛を捕まえることもできない。よくよく見れば、左手の指が妙な形に折れ曲がったまま強ばっている。

「おまえ、その左手」

「これか」

男は動きのぎこちない左手を目の高さに上げた。指先が黒っぽい。壊死を起こしているようだった。

「太刀を受け止めた影響か、いささか保ちが悪い。それだけのことだ」

幾度でも復活できるから、男はなんでもないことのように言ってくれる。

「そっちこそ、だいぶ疲れてきたようだ。不便だな、生きた身体は」

確かに疲れていた。息はあがっているし、太刀の輝きも最初より格段に衰えている。

「だが、おまえの弱点をみつけたぞ！」

夏樹は男の左側——動かない手の側へと走った。そうやって、再び宙に吊りあげられることを避け、代わりに太刀を打ちこもうとする。

男が動いた。上に逃れるとの夏樹の予想を裏切り、身を屈め、下方へ移動する。無防備になっていた夏樹の脇を低い姿勢でくぐり、背後をとる。しまったと夏樹が思ったときには、すでに後ろ衿を右手でつかまれ、またもや虚空へ吊りあげられていた。

「この卑怯者め。地上で勝負しろ、地上で！」

夏樹の罵声に対し、男は高らかに笑いながら夜空へ駆けのぼる。

「さあ、どうしようか。このまま、都まで走ろうか」

「ここは大宰府だぞ、どれだけ離れていると思ってる！」

「では、天満宮の大楠のいちばん高い枝にかけてやろう」

男が言うと、とても冗談には聞こえない。足先から地上が遠くなるにつれ、夏樹の恐怖心も膨れあがっていく。

「おまえを殺してしまってはいけないのかもしれないが」

と、男は優しく語りかけるように言った。

「わたしも少し腕が疲れた」

「嘘を……！」

つけ、と怒鳴る間もなく、男が手を放す。先ほどよりもずっと高い位置から、落下が始まる。鋭い風の音が夏樹の耳を切っていく。

（――!!）

自らの骨が砕け、内臓がはじけるのを夏樹は覚悟していた。だが、身体に触れたのは硬い大地ではなく、柔らかい衣。長い髪。たおやかな女の腕。

目をあければ、女が自分を虚空で抱きとめている。冷たい美貌の、顔に花の形の紋様がある女が。美しい青紫の袖で、赤子を抱く母親のように自分を包みこんでくれている。

「長月（ながつき）――」

また、彼女に助けられた。ホッと息をついたその刹那（せつな）、長月の姿がふっとかき消える。

（えっ？）

驚くと同時に再び落下が始まり、硬い大地に叩きつけられた。

途中で長月に抱きとめられた分、身体への衝撃は小さい。しかし、長月が突然消えたことへの衝撃は大きかった。

「一条……？」

夏樹は痛む半身を起こし、式神（しきがみ）を使う陰陽生の友人を目で探した。一条は地面にしゃがみこみ、病人のようにひどく荒い息を洩らしていた。

「一条、どうしたんだ!?」

一条は頭を反らして長い髪を後ろへやり、青ざめた顔を夏樹に向けた。

「長月を——使うのが精いっぱい——」

そう認めることが、彼にとってどれほどの屈辱か。見ているほうの胸が痛むような無念の表情が、その美貌に鬼気迫るものを添える。

「それに、その男——瘴気(しょうき)が強すぎる——」

「死体だからな」

夏樹のすぐ後ろで声がした。

ハッとして夏樹が身体を後ろをねじったと同時に、骨ばった手が彼の顔全体を押さえこんできた。その視界を完全にふさいだのは、間違いなく血の通っていない、乾ききった屍肉の手だった。


その少し前。星明かりの下では、夏樹たちとはまた別のふたり連れが夜道を歩いていた。

ふたりとも背も高ければ横幅もあり、それはそれは見事な体格をしている。夜は盗賊たちが横行する危険なときであるが、彼らを襲うような命知らずは、盗賊のような荒っぽい輩の中にもなかなかいない。

特筆すべきは、そんなふたりのうち片方が女であることだ。長旅で装束はかなりくたびれているものの、貴族の女性らしく市女笠でつつましやかに顔を隠している。組み合わせは妙だが、同じくらい大柄な僧兵は旅の護衛役だろうか。

ふと足を止めて、市女笠の周囲に垂らした虫の垂衣という薄い布を少し持ちあげ、彼女は星空を仰いで吐息を洩らした。

「もうすぐ大宰府だぁ。一時はどうなることかと思ったけれど、なんとかこうしてたどり着けたんだなぁ……」

声が低い。いや、より重要なのはそれではない。虫の垂衣の隙間から覗いたその顔は、人間のものではなかったのだ。

女は馬頭鬼だったのである。

女装をし、長いまつげをばさばささせながら、つぶらな瞳で星空を見あげる馬頭鬼とくれば、あれしかいまい。瀬戸内の荒れ狂う海で波間に消えたはずのあおえだ。

となれば、僧兵のほうは言わずもがな――

感慨にふけるあおえの後頭部を、僧兵が肩に担いでいた棒状の武器で軽くこづいた。

「あたっ！　何するんだよぉ、しろきぃぃ」

「不用意に顔をさらすんじゃない」

不機嫌に注意をした僧兵は、頭巾ですっぽり顔を覆っている。そこに隠されているのは、冥府の獄卒である牛頭鬼(ごずき)の顔だ。

「まったく、どうしておれがこんなに気を遣わなくてはならんのだ。ひとの世に慣れていないのは、おれのほうだったんじゃなかったか？」

「ちっちっちっ、だからしろきはわかってないんだなぁ」

ひと差し指を左右に振って、あおえは偉そうに講釈を垂れた。

「こんな夜ふけにこんなとこ歩いているのはわたしらか、ひと目を避けなきゃならないような悪い人間だって。夜盗とか、ひと攫(さら)いとかね。そういうやつらはちょいと脅かしておいたほうが、世のためひとのためにもなるんだってば。それに、そんなに神経質にならなくっても、旅の途中なんだし、ちょっとぐらい見られても問題ない問題ない。『旅の恥はかき捨て』っていうくらいなんだし」

「ふうむ……」

どこかずれている論理に、しろきは理解したのかしていないのか、あるいはしたくないのか、微妙な感じでうめく。

「まあ、いい。とにかく、あのふたりに早く追いつかなくては」

「もうすぐだってば。ああ、きっと一条さんも夏樹さんも生き別れになってしまったわたしたちの身を案じてくれているに違いないよね。顔を合わせた途端に抱きつかれちゃったりしたら、どうしましょどうしましょ」

長い馬づらに両手をあてて、あおえは楽しそうに身をくねらせる。しろきは手にした長物に、もう一度馬頭鬼の頭をこづくべきかどうか迷う視線を向け、結局そうはせずに大きくため息をついた。

「あおえ……おまえ、すっかりひとの世に染まってしまったな」

「ふっ……それを言ってくれるなよ、しろき」

さっきまできゃあきゃあ騒いでいたくせに、あおえは一転して渋い声を出し、乾いた笑みを口の端に浮かべた。

「それもこれも長く追放の身でいたせい。ひとの世で暮らしていくためには仕方のないことだったのさ……」

そうとばかりは言い切れないが、しろきは「苦労していたんだな……」とつぶやいて目頭を押さえた。本気でそう思っているのか、あおえに合わせているだけなのかは、判断しがたい。

「この一件が落ち着いておれが冥府へ戻ったあかつきには、閻羅王さまにおまえのことをとりなしておくから安心しろ」

「ああ、期待しないでいるよ……」

いくら渋い声で決めたところでその恰好ではどうしようもないのに、あおえはどっぷりと酔いしれている。

ふと、牛頭鬼と馬頭鬼は顔を上げて同じ方向を見やった。彼らの聴覚が普通では聞き取れぬような遠い音を捉えたのだ。

「この先で誰かが争っているようだな」

「盗賊かな盗賊かな」

渋く決めていた仮面を脱ぎ捨てて、あおえは俗っぽい好奇心に目を輝かせる。

「見に行こうか」

その提案を退けようとしたのだろうが、しろきは少し間を置いてからうなずいた。

「ああ、気になる気配も漂っているしな」

「あ、もちろん、それにも気づいていたけど」

「本当か……？」

あおえの発言の真偽はともかく、ふたりはさっそく道の脇の、草が生い茂る荒れ地に降りていった。草がいくら高く茂ろうとも、彼らの立派な身体をすべて覆い隠すことはできない。やむなく匍匐(ほふく)前進に切り替えて進む。体力があり余っているため、可能なのだが、市女笠の女と僧兵が這(は)って進む光景はかなり異様なものがある。不幸にもうっかり目撃しようものなら、数日間は悪夢にうなされるだろう。

進むにつれ、しろきの言うところの『気になる気配』が濃密になっていく。それは彼らにとっては馴染(なじ)み深い、死臭によく似たものだった。

何も言わずとも、馬頭鬼と牛頭鬼には互いが同じ予感をいだいていることがわかっていた。それでも、道の真ん中で対決している人影が視界に入ると、あおえは小さく驚きの声をあげた。

「夏樹さん！　ああ、一条さんも！」

立ちすくむ一条と、その前で長髪の男を相手に太刀を振り廻している夏樹。彼らの間には死体がひとつ転がっている。だが、死臭はその死体からではなく、長髪の痩せた男から漂って大気を穢していたのだ。

奇怪な男の動きは素早く、夏樹はいいように翻弄されていた。夏樹自身も迷いがあるのか、太刀さばきが鈍い。こういうときに頼みの綱となる彼の霊剣は、なぜか輝きが冴えないし、一条は唇を嚙んで苦悩の表情を浮かべながら傍観者に徹している。

明らかに夏樹側が劣勢だった。たまらずにすぐにも飛び出そうとしたあおえの袖を、しろきがぐいと引っぱった。

「ちょっと待て。当初の目的を忘れたか」

押し殺した声でささやかれ、あおえは太い首をひねった。

「なんだったっけ、それって」

「監視だ、監視。やつらがちゃんと取り引きを遂行するかどうか、見張るのがもともとの目的だ」

「とかなんとか言って、船の上では真っ先に飛び出していったくせに……」

「あのとき飛び出さなかったら、あの人間は死んでいたぞ。そうなったら意味がないだろうが」

「でも、いまも充分危なそうなんだけど」

「だからな——もっと効果的な場面で飛び出そう」

その意見には、あおえももろ手をあげて賛成する。馬頭鬼と牛頭鬼は草むらの中で腹ばいになったまま頬杖をつき、じっと息を殺して、おのれの出番をいまかいまかと待つことにした。


骨と皮だけの細い指が、夏樹の顔を締めつけている。圧迫による痛みもさりながら、穢らわしいものを顔に押しつけられている不快感のほうがまさった。

夏樹は大声をあげ、むちゃくちゃに太刀を突き出した。そのうちの一打に確かな手応えがあり、顔を締めつける手もふいに離れる。

男は脇腹を押さえていた。夏樹の太刀によりそこに傷を受けたようだが、痛みは感じていないのか、男はまた甲高い声で嘲り笑う。

「またか！　同じことを何度くり返す！」

　その声と重なって、彼が押さえているあたりから、めきめきと厭な音が聞こえてきた。以前、黄泉比良坂で男は光る太刀を左手で直に受け止め、そこから砕け散っていった。あれと同じことがまた起こるのか。そしてまた同じように死者は反魂の術で甦り、生者をいいように弄ぶのか。

　いいかげんにしてくれ、と夏樹は思った。なんとしても、ここでとどめを刺さないと――

「一条！」

　駄目でもともと、夏樹は一条に呼びかけた。びくんと肩を震わせて、一条は冷や汗に濡れた顔をあげる。

「このままだと、またこいつを逃がしてしまう。どうしたらいいんだ!?」

　できることなら、相手を拘束して真実を白状させたい。それが無理なら、もう二度と甦ってこられないよう完全に消滅させたい。どちらにしろ、自分ひとりでは不可能な業だ。けれども、一条ならできるかもしれない。不思議な陰陽の術を使えばきっと――そんな一縷の希望を、夏樹は捨てられなかった。

　一条は何も言わずに首を横に振る。夜目にもわかるほど頬が蒼白になり、唇は噛みしめられて血のように赤く色づいている。本当に限界なのだ。いま、一条の力に頼ろうとするのは、ただいたずらに彼を苦しめているに等しい。

思い起こせば、夏樹が海に落ちた際、一条はさっきと同じように式神の長月を放って波間から友人を引きあげさせた。あおえやしろきも救ってくれと頼むと、一条は拒んだ。

「もう無駄だ。おまえを引きあげるのが精いっぱいだった」と言って。

あれは『助けようにも、やつらがどこに沈んだかもうわからない』からではなく、『やつらを助けるために式神を放つだけの力がない』から出た台詞だったのだ。

しかも、今回、長月は途中でいきなり消えてしまった。海上では夏樹を抱いて荒海の上を飛び、ちゃんと船まで運んでくれたのに。

あのときよりも一条の消耗が激しい。これ以上、彼に術の行使を頼むのは酷というものだ。

（なら、どうすればいい？　結局、またこいつを取り逃がしてしまうのか？）

夏樹が攻めあぐねている間にも、太刀による亀裂が男の瘦軀を深く侵食していく。もはや立っていることもかなわず、両膝を地についているが、それでもなお男は笑っていた。最初に比べればだいぶ声はこもって弱々しい。それでも、こちらの不安をかきたてるところは変わらない。まるで死者の国から吹いている呪いの風のようだ。

こんな声は聞きたくない、なんとかして黙らせられないだろうか、と夏樹は切望した。

眼球のないただの虚がこちらをみつめている。その視線も寒気がするほどいやだった。

もう一度、この太刀で斬りつけたら相手は完全に滅してくれるだろうか――

「そうするか？」

夏樹の心を読んだように男が言う。

「死者を鞭打つか。さぞ、あと味がよろしかろう」

「黙れ！」

汚泥のような不快感を引きずりつつ、夏樹はもはや輝きの失せた刃を、再び生ける屍に打ちこもうと構えた。が、とどめのひと太刀を振るより早く、横から飛び出してきた人物に突き飛ばされてしまう。

「どいていろ！」

夏樹は簡単にはじき飛ばされたが、地面に転がりはしなかった。一条ではない分厚い胸に受け止められたのだ。

驚いて見上げたところへ薄い布が顔にかかる。何かと思ったら市女笠の虫の垂衣だ。

低音の涙声も頭上から降ってくる。

「ああ、夏樹さん！　もう大丈夫ですからねぇぇぇぇ」

「あおえ……！」

夏樹の身体を受け止めたのは馬頭鬼。突き飛ばしたのは牛頭鬼だった。

牛頭鬼のしろきは手にした方天戟を大きく一回転させ、いきなり男の胸に打ちこんだ。

ひゅっと息を呑む音がして、初めて男の顔から笑いが消える。次の瞬間、男のひび割れた唇からほとばしったのは、化鳥じみた短い悲鳴だった。

悲鳴がきっかけになったかのごとく、亀裂が一気に男の全身に広がる。そればかりでなく、肉や骨は鱗が剝がれるように細かな破片となって大地に落ちていく。いや、鱗よりもっと細かな塵となって。

塵は風に飛ばされなかった。方天戟の研ぎ澄まされた刃に吸いこまれるようにして消えていったのだ。あとには何も残らなかった。方天戟が打ちこまれて男の身体が消失するまで、ほんの刹那の時間しか経っていないのに。

夏樹は男の悲鳴を耳にした段階で、もう身体の力を抜いていた。誰に説明されたわけでもなく、直感であの男のかりそめの命数が尽きたのを悟ったのだ。

もう彼は甦らない。反魂の術を用いても無駄だ。冥府の鬼の呪物によって、完全に塵になってしまったのだから。あの男から訊きだしたいことはたくさんあったが――答えてくれない以上、こうするしかなかったのだ。

夏樹はゆっくりとしろきたちを振り返った。

「よかった……牛頭鬼も来てくれて……」

「やっぱり、やっぱり、夏樹さんはわたしたちのことを心配していてくれたんですねえぇ！」

つぶやきの意味を誤解し感涙にむせびながら、あおえは渾身の力をこめて夏樹をきつく抱きしめた。長月の優しいが素っ気のない抱擁とは比べようもないほど情熱的だ。馬頭鬼の腕力は並外れていて、夏樹は息が詰まりそうになったが不思議と苦しくはなかった。息苦しさや骨がへし折られるかもしれない恐怖よりも、安堵のほうが何倍も大きかったのだ。

部屋の柱にもたれてうつむいていた久継は、とっさに顔を上げ、乳兄弟の名をつぶやいた。

「良光――」

わかっていたことだが、答えはない。もはや二度と良光が戻ってこないことも、久継は理解していた。乳兄弟の最期の悲鳴は、その場にいなかった彼の耳にもしっかりと届いていたのだ。

利常ごときに遅れをとるような男ではけしてない。新蔵人でも難しいだろう。気性は穏やかでも、幼い頃から自分の武芸の相手を務めてくれただけあって、腕はかなりたつ。加えて、もともと身のこなしが機敏で、よほどのことがなければ負けるような男ではなかった。

それにただ討ちとられただけなら、また甦らせることも可能であり、こんな感覚が背中を這いのぼってくるはずもない。こんな、空虚な感覚は。

こういう言いかたはしたくないが、不自然な形で甦った良光に正しい力が降りかかったとしか思えなかった。それゆえ、良光は自然の摂理通りにあるべき形へと帰らなくてはならなくなったのだ。もはや、どう手を尽くそうと、あの乳兄弟は戻ってこない……。

久継は長いこと身じろぎもせず黙していた。表情には何も出ない。いつもの笑みも哀しみも。ただ瞳がくすぶる燠火のように光る。

ふいに、彼は右の拳を柱に打ちつけた。

かなりの痛みがあっただろうに、また同じくらい勢いよく拳を打ちつける。手の甲の皮膚が裂けて血がにじんでも、彼は感覚そのものを失ったかのように、何度も何度もその行為をくり返していた。

第三章　久継最期

「本当に無事だったんだ……」

熱烈な抱擁からようやく解放され、ひと息ついた夏樹はしみじみとつぶやきあおえの顔を覗きこんだ。実際、馬づらのどこにも怪我はなく、いたって元気そうに見える。

あおえは涙を流しながら、別れてからの経緯を語り出した。

「はい、海に落ちたときはさすがにもうだめかと思いましたけど、ふと気がついたら、ふたりともどことも知れぬ浜に流れ着いていたんです。それで、このままでは風病をひくと思い、近くにあった浜小屋で互いの肌を温め合い……」

「えっ」

夏樹が怖い想像をしそうになったところで、いきなり横から方天戟が飛んできた。いちおう、刃ではなく柄の先の石突きのほうだったが。

「違うだろうが」

顔は頭巾に隠したままでも、こめかみがぴくぴく震えているのがわかるような声でうなり、しろきはさらにあおえの頭を小突きまわした。きっと、彼にはそうする権利がある、と夏樹は思った。大宰府にたどり着くまでの道中、山のように迷惑をかけられたに違いないのだ。

あおえは情けない悲鳴をあげ、『いやいや』をするように首を横に振った。

「だめだよ、頭はつっいちゃ。せめて、別のとこ別のとこ」

「そんならここか」

背中をぐりぐり押されたあおえは、今度は気持ちよさそうな声を出した。

「ああ、もっと右、もっと右。そう、そこそこ」

夏樹はどうしたものかと迷いながら、鬼たちを交互に眺めていた。間に入っては悪いような気もするし、そうしないと延々わけのわからない寸劇を見せられそうで、それも困る。

決めあぐねていると、一条がずいと身を乗り出してきた。

「本当のところはどうだったんだ?」

そう尋ねた声にも表情にも、先ほどの苦悩の影はない。多少顔色は悪いものの、いつもの一条に戻っている。とはいえ、夏樹の心中から危惧が消え失せるわけもない。

あおえは訊かれるままに説明を始めた。

「ええっとですね、しろきと同じ浜に流れ着いたのは本当ですよ。ふたりとも気を失っていたんですけど、『ありがたや、ありがたや』って声が耳もとで聞こえたんで目が醒めたんです。そしたら、漁師風のひとたちが念仏を唱えながらわたしたちの衣装を剝ぎとろうとしてるじゃないですか」

「冥府の鬼の服を剝ぐのか？」

「うつぶせに倒れていたから最初はわからなかったみたいですねえ。ただの水死体が流れ着いたと思ったんでしょう」

「それにしたって、死体の服を剝ぐなんてこと……」

絶句する夏樹に一条はなんでもないことのように言ってのけた。

「流れ着いた難破船の荷や遭難者の財産は、海辺の民の臨時収入さ。生きて流れ着いた者が命を獲られることだって全然珍しくない。でも、おまえたちはそうはならなかったわけだ」

「だからここにいるんじゃないですか。そのひとたち、『何をするんだっ！』って一喝してやったら、びっくり仰天して蜘蛛の子を散らすみたいに逃げようとするんですよ。で、二、三人ひっつかまえて、『火にあたらせろ、何か食わせろ』って要求したら、それはそれは親切にもてなしてくれて」

「親切……」

複雑な面持ちの夏樹とは対照的に、一条は面白がっている。

「追い剝ぎが一転したわけか」

「追い剝ぎだなんてひと聞きの悪い。むこうのほうから、『ひとならざるかたがたとは存じませんでした。いまはこれしか貯えがないから勘弁してください。命ばかりは』って、涙ながらに言いながら、お粥やら魚の干物やらをご馳走してくれたんですよ。禍転じて福となす。わたしたち、幸運でした。ねっ、しろき」

夏樹は大きくため息をついた。

浜に流れ着いた死体と思いきや、その正体は牛頭馬頭の鬼で、しかも生きていたと知り、漁師たちはそうとうあわてたことだろう。なんとか許してもらおうと、彼らはきっと少ない貯えの中からご馳走をやりくりしたに違いない。

（これじゃどちらが追い剝ぎかわかったものじゃない……）

とはいえ、こうして馬頭鬼たちと再会できたのは嬉しい。胸のつかえがやっととれたような気がする。

「ぼくはてっきり、あの海蛇もどきに食べられたのかと思っていたよ」

「ああ、あれはわたしたちじゃない別の獲物を巻きこんで海の底へ帰っていきましたよ。波に揉まれている際に目の隅でちらりと見ただけなんで、わたしたちのほうこそ、あれは夏樹さんじゃなかったかってすっごく心配したんですから」

「そういえば船子（水夫）がひとり海に落ちたって楫取（船長）が言ってたな……」

「そうなんですか？　途中、途中の駅に、夏樹さんたちが立ち寄った痕跡がありましたから、ご無事だってのはわかったんですけど、やっぱりそれまではずいぶんと気を揉みましたよ。その船子さんには申し訳ないですけれど、おふたりが無事でよかったです。こうしてまた追いつけて、本当によかったですよぉぉ」

「で、どうしてわざわざ追ってきたんだ？」

「あっ……と」

夏樹の素朴な疑問に、あおえは急に遠い目をして彼方をみつめた。

「――そりゃあ、もう、夏樹さんたちが心配だからに決まってるじゃないですか」

棒読みにもかかわらず夏樹は納得しそうになったが、一条はそうはいかなかった。

「嘘をつけ。あれだけきつく留守を守れと言っておいたのに、その程度の理由でおまえが言いつけに背くものか」と決めつける。

「あらまあ、いやですねえ。わたしは本当に本当に心の奥底から一条さんたちのことを案じて、山を越え、野を越え、文字どおり波をかいくぐり……」

「なら、牛頭鬼がいっしょにいるのはなぜだ？」

「あ、しろきはですね、やっぱりおふたりのことを心配してくれてですね、こんな怖い顔してても実は情が篤いんですよぉ」

あおえのへたくそな弁解に重ねて、しろきがおもむろに口を開いた。

「おまえたちがちゃんと取り引きを遂行する気があるかどうか、確かめておく必要を感じてな。しかし、おれはひとの世にそれほど通じているわけでもない。そこで、閻羅王さまに売りこむのを条件にこいつに同行させた。いまでは失敗だったと思わないでもないが」

「ああ、そんなことまで言わなくってもぉぉ」

あわてる馬頭鬼を無視して、牛頭鬼は方天戟の刃に軽く触れる。

「まあ、おまえたちも努力はしていたようだな」

夏樹は誘われるようにその美しい武具をみつめた。一瞬にして生ける屍を滅ぼした刃は、夏樹の太刀のようにそれ自体、光っているわけではないが、清澄な輝きを有していた。ただの戟ではなかったのだ。冥府の鬼の武器ならば、亡者に対して強力に作用するのもうなずける。

だが、あの男が消えただけでは夏樹の心は休まらなかった。いま、いちばん気になるのは一条のことだ。

「努力しているようだとは心外だな、しろき」

夏樹なりに精いっぱい、重みのある声音を演出したつもりだったが、しろきはまるで意に介さない。

「そうか？」

と、とぼけた口調で訊き返しさえする。夏樹はついカッとなり、本気で声を荒らげた。

「信用されていないのはよくわかったよ。だがな、あの取り引きは期限を設けてはいなかったはずだ。催促なんかされるのは心外の極みだぞ」

「催促するつもりはないが、約束を反故にされてはこちらも立つ瀬がないからな」

「そっちこそ、ぼくらをだますつもりじゃないのか？　冥府から戻ってきてからの一条が本調子じゃないのは、薄々感じてたんだぞ。さっきだって、闘いのさなかに式神を長月ひとりしか出せなくて——」

「うるさい！」

怒鳴ったのは、その一条だった。無力だった自分のことをあれこれ言われるのが、よほど癇に障ったのだろう。青かった頰には怒りのためか赤みが戻り、冷や汗ももうひいている。

彼の剣幕に圧倒され、夏樹は一瞬ひるみはしたものの、

「でも……」とつぶやいた。

絶対に変だと思ったのだ。

甦りという大変な体験をしたのだから、一条の体力、気力がいまだ完全に戻らないのも無理はないかもしれない。術をなるべく使わず力を温存したいという言い分も納得できた。が、それと力が使えなくなるのとでは、話が違う気がする。

「おまえ、いったいどうしてしまったんだ？　長月は使えるけどそれが精いっぱいだなんて、絶対におかしいじゃないか」

「長月は」と、一条はぶっきらぼうに言った。

「性質も穏やかで扱いやすい。好戦的で力も強い式神はそれなりに扱いにくいんだ。いまはまだ体力的に苦しいから、長月を主に使ったわけで――」

「ちょっと待てよ。海の上じゃ、ちゃんと長月を使っていたかもしれないけど、さっきのはそうとも言い難かったぞ！」

一条は横を向いて唇を噛んだ。その長いまつげが小刻みに震えている。

「やっぱり……自分の式神を使いあぐねるほど具合が悪いのか？　旅の途中で、小さな物の怪たちが押し寄せてきたことがあったよな。あれもひょっとして、おまえの不調と関係があるのか？」

ずっと気になっていて訊けずにいたこと――突き詰めて訊いてはいけないと思いこんでいたことを、この際、勇気を出して尋ねてみる。答えようとしてためらい、なかなか語ってくれない一条に代わって、解答をくれたのはしろきだった。

「物の怪を惹きつけるんだろう？　甦りそのものが自然の摂理に反しているから、それは仕方ない」

一条は相手を殺しかねないほど厳しい目で牛頭鬼を睨んだ。頭巾に隠された顔が青ざめたかどうかは定かではないが、おそらくこたえていないだろう。しろきの口調に乱れはない。

「夜の虫が燈台の明かりに惹きつけられるように、無理から生じたひずみにはそれにふさわしいものが寄ってくる。しかし、言っておくが、そのことと取り引きはまったく別だからな」

「嘘じゃないだろうな」と、夏樹は猜疑心いっぱいで念を押した。

「本当はおまえが何か仕組んでおいたんじゃないのか？　約束を果たした途端、一条がまた死んでしまうとか、そういう仕掛けになっているんじゃないだろうな」

「誤解するな。摂理のことはおまえに言わなかったが、その陰陽生には最初からわかっていたはずだぞ。死せる者をまったき形で甦らせるのはそう簡単にはいかないとな。あの亡者がそのいい例だろうが」

あの亡者。顔面の骨を半分露出させて笑っていたあの男。生ける屍。

一条が瘴気が強すぎると言ってあの男をさけていたのも、彼にひきずられるのをおそれてだったのか。

「そうなのか、一条？」

一条が何も言わないので、夏樹はあおえへと矛先を向けた。

「おまえもそれを知っていたのか？」

現役でなくとも冥府の鬼。当然、知っていたらしく、あおえは困惑顔でうなずいた。

夏樹は怒りと絶望に押しつぶされそうになったが、あおえが続けて口にした台詞(せりふ)はいくらか明るい事実を伝えていた。

「ですけど、いまの一条さんはある程度、清められてるみたいですよ。それほど瘴気を感じませんもの」

しろきもそれには同意する。

「ああ、海上で潮を大量にかぶったのが禊(みそぎ)になったんだろう。嵐が幸いしたと見えるな」

「じゃあ、物の怪もいまは寄ってきてないんだな？」

夏樹は言いながら周囲の暗闇を見廻(みまわ)した。形見の太刀がなければただの凡人だと自覚している——事実はどうあれ本人はそう信じている——ので、物の怪のひそむ気配がわかるかどうか心もとないが、とにかく不穏なものは何も感じない。見渡すかぎり、寝静まった里山の光景が続くばかりだ。

「まあ、そういうことだな」としろきも保証してくれる。

「そうか。それで、船から降りてから先、比較的元気になってたんだ……」

自分のことだからなおさら用心深くなるのか、一条は暗いまなざしでつぶやく。

「油断はできないがな」

ああ、とは言ったものの、夏樹は肩の荷が軽くなったのを実感していた。

「それにしたって、ちゃんと教えてくれればいいじゃないか。水くさいぞ、おまえ」

「教えたとも。そうしたら、おまえはわけのわからない譬え話ではぐらかそうとした」

物の怪を蚊に譬えたことを言っているらしい。確かにそうかもしれないが、夏樹にも言い分はある。

「それはおまえの説明の仕方が悪いからだ。こっちは陰陽の素人なんだから、もっと簡潔な説明をしてくれないと」

「簡潔な説明？　したとも。にもかかわらず理解できなかったのは、おまえが馬鹿だからであって、こっちの責任では断じてない！」

「馬鹿って言うな。そう言ってるほうこそ馬鹿なんだぞ！」

ホッとしたのもつかの間、ふたりの間に険悪な空気が漂い始める。そこへ割りこんできたのは、あおえではなくしろきのほうだった。

「で、術者のほうはどこにいる？　もう見当がついているのだろう？」

「まだだ！」

夏樹と一条は異口同音に怒鳴った。夏樹は久継が術者であると認めたくなくて。一条はおそらく、意趣返しが済む前にやつを冥府へ引き渡してなるものかと考えているに違いない。

しろきは疑わしげに目を細めた。

「おまえたちが都から離れてこんなところへ来たのも、術者を追い詰めるためだろう？　いまさら、何をためらっている？」

「ためらってるわけじゃない。だけど、まだ確証が持てないんだ」

「あとでちゃんと引き渡してやるから、おとなしく待ってろ」

さっきまで険悪な空気を漂わせていたふたりが意図は違えど結託し、今度は牛頭鬼相手に二対一で角突き合わせる。彼らの間に割って入れるのは、馬頭鬼のあおえ以外に残されていない。それを察してか、あおえは彼らしい介入を試みた。

「みなさん、えーっと、みなさん、それはそうと、この死体どうしましょう？」

三人が振り返ると、あおえは伊予の利常の死体を後ろから抱きかかえていた。両手首をつかんで操り人形のように彼を踊らせている。だらんとうなだれた死体が踊っているだけでも不気味なのに、あおえはさらに、

『みんなぁ、ぼくのこと、忘れちゃいやだよっ』

と、子供のような作り声を出して利常の死体に手を振らせた。

夏樹は口をあけたまま硬直し、一条は血相を変えて「馬鹿！　何やってるんだ！」と叫ぶ。怒られて気弱になった馬頭鬼の言い訳が、

「いえ、ちょっと手持ち無沙汰だったもので……」

夏樹と一条はさすがに凍りついたが、牛頭鬼は冷静に「そこらへんの草むらに放りこんでおけ」と指示した。

「はいはいっと」

あおえは利常の死体をずるずるとひきずり、道端の草むらに放りこんでから、大きな手をおざなりに合わせた。

「南無南無(なむなむ)。冥府で閻羅王さまに会ったら、馬頭鬼のあおえをどうぞよろしくと伝えてね」

「おい、死人相手に自分を売りこむな。そんなふうだから冥府を追放されたんだぞ」

「それとこれとは関係ないだろうにぃぃ」

「いや、ある」

しろきの意見には夏樹もまったく同感だった。

それにしても、と夏樹は物言わぬ死体となった男をみつめた。なぜこの男はあの生ける屍に追われていたのだろう。

「博多津(はかたのつ)でみかけたときは、こいつ、伊予の海賊だって大見栄を切っていたな……」

無意識に出たつぶやきに、ぽん、とあおえが手を叩(たた)く。

「海賊といえば、ここへ来る途中、船がずいぶんと集まっている入り江を見ましたよ。武装した連中がわんさか乗ってて、なんだかきなくさいにおいがぷんぷんしてました。

な、しろき」

「ああ、みつかっては面倒だと思って足早に通りすぎたが……」

「それはどこの入り江だ？」

一条の問いにあおえが答える。

「確か伊予の国と安芸の国にはさまれたどこかの島ですよ。わたしたちが流れ着いた先が讃岐で、そこから山陽道へ戻るのに、けっこううろうろしましたからね。ほんとに大変だったんですってば、聞いてくださいよ、一条さん」

「苦労話はもういい」

しゃべりたくてたまらなそうな馬頭鬼の口を手でふさぎ、一条は夏樹を振り返った。

「おぼろげながら見えてきたな。久継め、今度は海賊と手を組んで何かやらかそうとしているぞ」

「また、そうやって決めつける！」

カッとなった夏樹は地面を二、三度蹴りつけた。

「あのひとの本意じゃないかもしれない。それか、海賊があのひとを罠にはめようとしたのかもしれないじゃないか」

「じゃあ、直接やつに真意を訊きに行こうか。それでもいいんだな」

「ああ、望むところだ」

売り言葉に買い言葉的に怒鳴り合い、夏樹と一条は並んで走り出した。いままでさんざん道に迷ったが、あの海賊が来た方向へ向かっていけば、おそらくそこに久継がいるはずなのだ。――もしいたら、久継がクロだったという証拠にもなる。

走るふたりに、しろきとあおえも追いすがってきた。ついてくるなと言っても無駄だろうし、彼らをふりきるのは体力的にも不可能だった。

「冥府が探している術者だとまだ決まったわけじゃないんだ！　手出しは一切するなよ！」

肩越しに振り返って夏樹がそう叫ぶと、しろきが負けじと怒鳴り返してきた。

「そっちこそ、術者だと確定したならさっさとこっちに引き渡せ！　先走って事を面倒にしてくれるなよ！」

静かな夜の田舎道を先を争うように走り、やがて少年ふたりと鬼ふたりは誰にも見咎められることなく、その家――久継の住まいに到着した。

「柴垣と竹藪、草葺き屋根の簡素な邸。うん、間違いなくここだ」

一条が指差した邸の門は大胆にも大きく開かれていた。罠を警戒するべきなのだろうが、四人は我先にと争って中へ踏みこむ。

突然の侵入に驚く者もいなければ、迎え討とうとする者もいない。邸はまったくの無人だった。

明かりが洩れている部屋は一室のみで、そこにも人影はなし。他の部屋も当然探したし、あおえが床下までもぐってくれたが結果は同じだった。邸自体かなり小さいもので、隠れる場所がそれほどあるわけでもない。しかし、燈台の皿にさしてある油が新しかったりと、ついさっきまで誰かがここにいた痕跡はいたるところに残されていた。

「逃がしたか」

ひたすらくやしがる一条やしろきとは違い、夏樹はなかば安堵し、なかば哀しんでいた。

これでもう、一条はもとよりしろきまでもが、藤原久継なる人物は怪馬の乗り手であり、反魂の外法を使った術者であるとみなしただろう。これでは釈明の機会が与えられるかどうかも怪しい。

いまの一条は冷静さを欠いているとしか、夏樹には思えなかった。しろきに至っては何事にも仕事優先で、深いわけがあろうとなかろうと関係なく久継を冥府へひったてていくだろう。どちらにも任せられない。やはり、自分がもう一度一対一で彼と逢って、この胸の内を何もかも打ち明けて、頼むから本当のことを言って欲しいと訴えるしかあるまい。

だが、どうやったら一対一の状況を作り出せるのか。一条のみならず、いまはしろきまでそばにいるのに。うまく彼らをまく方法など、果たしてこの世に存在するのだろうか……。

夏樹は悩みつつ、簀子縁に立って小さな庭を見ていた。思索に没頭するあまり、親指の爪を噛んでいるのも気づかない。自分がどれほど無意味な努力をはらっているのかにも気づけない。

それでも、視界の隅に赤い光がちらつくのを感じて、誘われるように目線を上げた。

夜空が変だ。明るい。明るすぎる。夜明けはまだ遠いのに。

いや、あれは朝の光ではない。どこかで何かが燃えているのだ。あの方角は――

「政庁だ！」

夏樹は、家主の行き先の手がかりはないかと家探しを続けている一条たちに向かい、大声をあげた。

「一条、火事だ！　政庁の方角で何か燃えてる」

簀子縁に走り出てきた一条は、不気味に明るい空を見上げると、盛大に舌打ちした。

「ここはもういい、政庁へ行くぞ」

夏樹の腕をつかんで彼はまた走り出す。その背中にしろきの声が飛んだ。

「こら、どこへ行く」

一条が振り返らずに怒鳴り返す。

「ひとに見られると面倒だ、おまえたちは来るな！」

そう告げて、牛頭鬼と馬頭鬼を置いていったのは正解だった。畑仕事に疲れ果てて眠っていたはずの農民たちも異変を察し、家の外へ出て明るい夜空をこわごわ見上げていたのだ。ただでさえ不安を募らせている彼らがしろきたちを見たら、どんな騒ぎになっていたか知れたものではない。

顔色を変えて疾走している見慣れぬふたりも、農民たちの目にはさぞ奇異に映っているだろう、と夏樹は走りながら他人事(ひとごと)のように思っていた。一条は何も言わずにただ走っている。脇へ目をやることもなく、夏樹の袖をつかまえたまま、ただ前方を見据えている。

彼にひっぱられていなかったら、夏樹はろくに走れなかったかもしれない。急に疲れが押し寄せてきたかのように、脚はもつれそうに重かった。どうして自分は馬で来なかったのだろうといぶかしんでから、ああ、こっそり宿舎を抜け出してきたから仕方ないんだ、と自嘲(じちょう)する。なんだか自分がとても愚かに思えてきた。

夜空に照り映えた光は赤みを増し、星々の瞬きを山の稜線(りょうせん)近くまで追いやるほど明るくなっていく。赤い夜空も美しいことには違いなかった。だが、それは不安を誘う美しさだ。

家から外に出て、空を見上げる人数が増えてきた。どうした、火事か、と驚きあわてる声も、夏樹の耳に届く。野次馬根性に突き動かされたか、同じ方向へと走る者もいる。

まるで、灯火に集まる蛾と同じだなと、夏樹は思った。気をつけないと、自らも焼かれて落ちて死んでしまいかねないのに。と同時に、どうして自分はこうも久継にこだわるのだろうとも思った。もう充分過ぎるほど傷ついている。このままだと、燈火に集まる蛾と同じ運命をたどりかねないのに。

とりとめもないことを考えながら走っていると、進行方向から複数の蹄の音が響いてきた。赤い空を背景に騎馬の一団が駆けてくる。先頭はひときわ大きな馬で、後ろに従えた普通の馬たちが全然異なる卑小な生き物に見えるほど、際だってたくましい。あの馬は扱いづらいに違いない。そんな悍馬を、乗り手は鞍も手綱もないのに器用に操っている。

乗り手が着ている白の単と白の指貫袴に、悍馬の白い身体にも赤い光が映りこむ。

いや、違う。馬の脇腹にある赤い斑点は光が映りこんだのではなく、もとからの模様だ。まるで赤い花びらが散っているように赤く――

突然、一条が夏樹の袖をつかんだまま、横へ跳んだ。ふたりはともに地面を転がり、脇の休耕田へと落ちる。心の準備も何もできていなかった夏樹は、身体のあちこちをすりむき、口の中には乾いた砂が入りこんだ。

騎馬の一団はまったく速度を落とさず、彼らの横を駆け抜けていく。一条の判断がもう少し遅かったら、ふたりともあの悍馬にはねとばされていただろう。だが、そんなことを考えるゆとりもない夏樹は痛む半身を起こし、一条が止める間もなく、先頭を走る乗り手の名を叫んだ。

「久継どの……！」

蹄の音にかき消されて聞こえなかっただろうに、彼は一瞬だけ振り返った。宴の席では夏樹のことを完全に無視した彼が、今度はちゃんと振り返ってくれたのだ。

確かに久継の目は自分に向けられた。だが、その目に何が浮かんでいたかまでは、遠すぎて読み取ることができない。

「久継どの……」

走り去っていく騎馬たちを見送りながら、夏樹は砂にまみれた奥歯を噛みしめた。じゃりっと軋んだ砂は、無味のはずなのに苦い味がした。

燃えていたのは大宰府政庁そのものではなく、米や塩、綿などを貯蔵する蔵司だった。それでも大事な施設であることに変わりはなく、現場は必死に消火しようとする官人たち、近在の農民たち、野次馬たちでごった返している。中でもいちばん騒いでいるのが大宰府の長官、大弐だ。

「何事、何事だ！」

寝所からあわてて飛び出してきたらしく、烏帽子(えぼし)は横向きで、狩衣(かりぎぬ)もだらしなく着くずれている。普段がしゃれ者っぽくすまし返っているだけに、とり乱したそのさまはひどく滑稽だった。が、誰も大弐を笑う余裕などない。

「蔵司が賊に襲われたのです！」

消火に走っていた者のひとりが、早口で大弐に説明する。

「貯えの米を奪って逃走いたしました。首謀者は——藤(とう)の大監(だいげん)さまであります！」

大弐の受けた衝撃の大きさは、その間の抜けた表情にありありと出ていた。苦しげに口で息をしてから勢いよく唾を飛ばし、

「あの藤の大監がだと！」

と叫ぶ。それだけでは足りずに、報告した相手の胸ぐらを両手でつかんで力いっぱい前後に揺さぶった。

「何かの、何かの間違いではないのか」

「で、ですが」

とばっちりを食らった不運な男は、泣きそうに顔をくしゃくしゃに歪(ゆが)めて訴えた。

「蔵司の番人も全員が目撃しております。わたしも見ました。突然、藤の大監さまが現れて……、しかもひきつれている者のほとんどがこの大宰府の官人で……！」

みんなから慕われていた上司が賊の頭(かしら)に変わったのも衝撃なら、その手下のほとんど

が自分の同僚であったことも、負けず劣らず衝撃だったろう。二重の驚きに打ちのめされ、蔵司は燃えるし、長官から八つあたりは受けるし、泣きたくなるのも無理はない。

　蔵司の窓から炎が高くあがる。大弐はあわれな男を解放し、勢いの止まらぬ炎を呆然と見上げた。

「いったい、何がどうなったというのだ……」

　そこへ突然、少年の澄んだ声が響き渡った。

「藤の大監、藤原久継は純友の残党である海賊どもと結託し、朝廷に弓ひくつもりでいるのです」

　凛とした声は、その場にいた全員の動きを止めさせた。燃え盛る炎すら、一瞬凍りついたかのように見えた。何よりも声の美しさがみなの心に作用したのだ。言葉の内容が伝わったのは、それからあとだった。

　かつて、大宰府は純友の軍勢によってすべてを焼失させられた。そのときの悪夢のような情景をおぼえている者は大勢いる。周囲の者たちは純友の名に反応して、ざわざわと恐怖におののき出した。

「誰だ、いま発言したのは！」

　大弐の声に野次馬たちが振り返り、脇へひいて一本の道をつくった。その道を通って前へ進み出てきたのは、都からの若き使者とその従者――一条と夏樹である。

「し、新蔵人どの？」

　大弐の問いかけに対し夏樹は首を左右に振り、目で一条を促した。一条は夏樹にうやうやしく一礼してから、おもむろに口を開いた。あの不思議な威厳に満ちた声が、自然に赤く色づいた唇からよどみなく流れ出ていく。

「伊予から海賊の一団がこの大宰府へ向かってきています。ただちに軍を出し、先廻りして海賊どもを一気に叩かねばなりません」

　一条は烏帽子もつけずに長い髪を乱したままだった。しかし、普通では考えられないその姿が、かえって彼の美貌を強調し、あたかも男装の少女が神懸かりして託宣を下しているかのごとき印象を見る者に与えた。だからこそ、その言葉は絶対的な命令となって、ひとびとの間に響いていく。

　それでも、身分という慣習を捨てきれぬ大弐は、夏樹のほうを見やった。

「新蔵人どの、それは真の話で……」

　夏樹は重々しくうなずく。

「彼の言うことに間違いはありません。ときは一刻を争います」

　この台詞さえきちんと言えたら、夏樹のすることはもうなかった。あとは一条に任せておけばいいとばかりに口をつぐんだ夏樹に代わり、一条が言う。

「急ぎ軍を出して乱を鎮めるのです、大弐さま。この大宰府を賊徒に踏みにじらせてはなりません。あなたがそれを阻むのです。あなたこそがこの大宰府の指導者なのですから」

「わたしこそが……」

一条は言葉巧みに大弐を煽(あお)った。夏樹はその様子を見守るふりをしつつ、全然別のことを考えていた。

蔵司を焼く炎が凶々(まがまが)しいほどにきれいだ、と。その炎の赤い光を受けている一条は、もっときれいだった。そうやって目の前の光景に気持ちを振り分けることで、他のことに意識が行きそうになるのを、かろうじてとどめていた。

海賊のことなど考えてはいない。久継のことなど、もっと考えてはいけない。

そんなふうに自分を戒めていないと泣いてしまいそうだった。だが、どうあっても、いまこの場で都の使者が泣くわけにはいかなかったのだ。

夏樹は無表情を装いつつ、爪が手のひらに食いこむほど、ぐっと拳を握りしめていた。

大宰府の蔵司を襲って兵糧を奪った一団は、瀬戸内に面した到津(いとうづ)をめざして山越えをしていた。すでに夜は明けて、夏の強い陽射(ひざ)しが彼らを照らしている。

久継の突然すぎる命を受けて集まったのは、大弐に詰め寄られた番人の証言通り、ほとんどが大宰府の官人。その中には、あのそばかすだらけの少年官人も交じっていた。幼さの残る顔には不安が見え隠れしている。何しろこれで、体制側からまるっきり方向転換して追われる側にまわってしまったのだ。

近隣の豪族たちの協力をまだ完全にはとりつけておらず、大宰府にはちょうど都からの使者が訪れている。まさかこんな時期に、伊予の海賊が先走って挙兵しようとは。おかげで、彼らも動かざるを得なくなった。

（藤の大監さまがどれほど苦労なされかたも知らずに……）

動き出してしまったものは押しとどめようがない。そうとわかっていながらも、伊予の利常の無神経な顔を思い出しただけで、少年の胸の内には怒りがこみあげてくる。

（藤の大監さまは、あんな自分の利益しか考えないような海賊どもとは違う。中央のしめつけからこの西国を解放し、真に自由な国を築こうとされていらっしゃるんだ）

怒りは不安を退けさせる。希望は未来に進む意欲となる。騎馬の手綱を握る手にも、ぐっと力がこもってきた。

（そうさ。遅かれ早かれ、立ちあがるときは必ず来たんだ。ぼくは藤の大監さまを信じてついていくんだ！）

本当は最初から自主的に藤の大監の計画に参加したのではなく、まわりの古参や同輩たちに誘われて、断れぬままずるずると――だった。

なぜこんなことになったのだろうと考えすぎて眠れない夜もあったし、いっそ遠くへ逃げてしまおうかとも真剣に悩んだ。だが、政庁の上層部に謀反を訴えようという気は全然起こらなかった。この計画を知る以前より、藤の大監を心から尊敬していたのだ。

大弐と同じく、もともとは都からやってきたよそ者のはずなのに、誰よりも地元のことを考えてくれた。それも、身分のあるなしにかかわらず広くひとびとと接して、その辛苦を理解しようと努めている。

自分たちでさえ、なかなかそうはできない。ましてや、気取ってばかりで相手によってころころと態度を変える大弐とは大違いだ。

その藤の大監が厳しい税を強いる中央と決別し、自分たちの国を創ろうと呼びかけてきたのだ。断れるはずがないし、ましてや上への密告などできようはずもない。それに、憧れの藤の大監のすぐそばで、古参らを差し置き、彼の兜（かぶと）を持って付き従っていられるのが単純に嬉しいし、誇らしかった。

自分のすぐ前を行く藤の大監は、仰々しい大鎧（おおよろい）ではなく軽装の胴丸（どうまる）を身につけている。急な出立だから致しかたないが、簡素であってもそれは白糸で飾った美しいものだった。

武装しているせいか、烏帽子もかもじもつけずに短い髪を風にそよがせているせいか、政庁での彼とはまた印象が違う。精悍（せいかん）で凛々（りり）しくて、男の自分でも見とれてしまうほどだ。

そして、馬もまた素晴らしい。王者の風格というものはまさにこれだろう。並みはずれた大きさだけでも度肝を抜かれたのに、その珍しい模様――白地に赤く散った斑点がまるで返り血に見えて、最初はぞっと寒気がしたものだ。

そう。昨日の夜遅く、この馬にまたがった久継が突如目の前に現れ、

「かねてからの計画を実行する」

と宣言したときには、腰が抜けそうなほど驚愕（きょうがく）した。これは夢かとも疑った。他の者たちも同じだったろう。中央へ反旗を翻（ひるがえ）すための機会を狙って前々から準備を行っていたが、まさかこれほど早く実行することになるとは予想だにしていなかったのだ。

それからすぐさま政庁の蔵司を襲い、海賊たちと合流すべくひた走ってきた。すべてが目まぐるしかった。さすがに身体はぐったりしている。しかし、前を行く久継はまったく疲れを見せない。

「あの、藤の大監さま」

朝廷に弓を引いた以上は、もはや官職名など意味はないのに、ついそう呼んでしまう。怒られるかもと心配したが、振り返った相手の表情にそんな気配は微塵（みじん）もなかった。

「昨夜から走り詰めですけれど、大丈夫ですか？」

彼――久継が応える前に、まわりの古参たちが少年をからかう。

「なんだ、もう疲れたのか？」

本当は彼らもだいぶ疲れており、そうとは言えなかっただけだ。むしろ、いちばん年下の彼が代わって言ってくれたことでホッとしている様子だった。

「やっぱり、おまえみたいな子供にはつらいんだろうな。無理もないよ、うんうん」

「子供じゃないですよ！」

赤くなって怒鳴る彼を古参たちから救うように、久継が言った。

「そうだな、馬もつらいだろう」

武装した男と蔵司から奪った兵糧を乗せて真夏の炎天下、急な山道を登り降りしているのだ。海賊たちと合流すべく急いでもいる。馬の消耗は普段よりも早い。久継の乗っている馬だけは別だが。

「少し休憩する。油断はするな」

その指示に、みないっせいに馬から下りる。休憩といっても、木陰に馬をつれていって汗を拭いてやったり水を飲ませたりと、やることは尽きない。

久継も他人に任せることなく、自分で自分の馬の世話をしていた。もっとも、馬のほうが彼以外の者に絶対にふれさせようとしなかったろう。

これだけの暑さの中にいながら、久継の馬はほとんど汗をかいていなかった。むしろ、なぜこんなところで休むと言いたげに、他の馬や人間たちを横目で見ている。とても獣とは思えない、まるで自分は神だとでも言わんばかりの傲慢な目だ。その目と視線が合おうものなら、馬たちは例外なく畏れいったように身を震わせた。明らかに格が違いすぎるのだ。

「すごい馬ですね……」

ほうっと感嘆の吐息を洩らして、少年はつぶやいた。気難しそうでいやな馬だなと思うと同時に、やっぱりすごいとうならざるを得ない。

久継は肩をすくめて、馬の首を右手で軽く叩いた。いつの間にか怪我をしていたらしく、その手の甲には包帯が巻かれていた。右手は弓をひきやすくするために籠手はしないものだから、余計にそれが目につく。

「怪我をされたのですか?」

つい訊いてしまった少年に、たいした怪我ではないよ、と久継は短く返した。

「そうでしたか……」

なんとなく宙ぶらりんな感じがして、少年は急いで馬のことに話題を戻した。

「あの、こんな馬、扱えるのは藤の大監さまだけですよ」

「そうかな。焔王はわたしの持ち馬というわけではないのだが」

焔王、というのがこのとんでもない馬の名前らしい。身体が大きくて脚が速いばかりではなく、とても賢そうだ。いまも自分のことを言われているると承知しているような顔で、ふたりの会話にじっと耳を傾けている。

「持ち馬じゃないと申されますと……？」

「飼っているわけじゃない。焔王が自分の意思で、しばしわたしに付き合ってくれているだけだ」

「そう……なんですか？」

この馬ならさもありなんという気はするが、いまひとつ納得しきれずに少年は首を傾げた。

「でも、馬なんですよね？」

普通の馬より大きくてたくましくて賢くて速いが、馬は馬。そう確認しておかないと落ち着かない。なぜこんなふうに感じるのか不明だったが、とにかくそう感じるのだから仕方ない。

考えがそのまま顔に出ていたのだろう、久継は「馬だとも」と言って微笑んだ。

「しかし、世の中にはいろいろと不思議なことがあるのも事実だ。たとえば、そうだな、もしも死者を甦らせる秘薬があったとしたらどうする？」

「死者を甦らせる……ですか？　なんだか、ずいぶんと唐突ですね」

馬とどう関係があるのやらと、少年は首をひねった。

「まあ、いいから。もしそんなものがあったとしたら、誰を甦らせたい？」

「そうですね、やっぱり母親でしょうか……。去年の流行り病で突然死んでしまいましたから」

言ってしまってから、あっと思った。久継も乳兄弟を同じ病でなくしていたのだ。

少年はあわてて、意味もなくばたばたと手を振った。

「あの、でも、無理に甦らせなくてもいいんです。いつもそばにいてくれているように感じていますから」

久継は何も言わない。この答えではまずかったのだろうかと思うと、またかあっと頰が熱くなってくる。どう言えば合格なのか、まわりにいる古参たちに尋ねてみたかったが、自分にふられた問いだからそれもできないし、第一したくない。少年は腕組みをして、必死に言葉をひねり出した。

「えっと、とかなんとか言って、実際に甦りの薬を持っていたなら、絶対使ってしまうと思います。ぼくは母ひとり子ひとりだったもので……いまはひとりきりで、やっぱりさみしいですし、うちの母親だったら『戻ってきてくれ』ってわがままを言っても許してくれるんじゃないかなあって思いますし……。あ、もう死んじゃっている親にこんなふうに甘えるのも変ですよね。なんだか、子供みたいなことを言っていますよね」

子供じゃないか、とまわりから声があがったが、少年は無視した。

「その、つまり、できっこないことは考えないほうがいいんじゃないかって気も……。つまり、その、どんなにつらくても、ひとの生き死にはどうしようもないんですし……。

こう……過去を振り返るよりも……いえ、過去って言ってしまうのも哀しいですけど……」

だんだん声が小さくなっていく。久継が何も言わないので、望まれていた答えではなかったのかと身の縮む思いがした。それではだめだなと言われるのを上目遣いで待っていると、久継は不思議なほど静かな口調でつぶやいた。

「そうだな。死を悼むのは生者の問題であって、死者の問題ではない。以前、誰かにそう言ったのを忘れていたよ」

「は、はあ……」

よくわからないが、悪くない答えだったらしい。ホッと胸をなでおろしていると、久継は懐から小さな薬包を取り出した。

片手で器用に包みを開く。中身は茶色っぽい粉だった。ちょうどそこへ一陣の風が吹きこみ、粉はさらさらと散っていく。

残った紙一枚を握りつぶせば、もうあとには何も残っていない。まばゆい夏の陽の中に、すがしい緑の薫（かお）りの中に消えていってしまった。

「なんですか、いまの粉」

「甦りの秘薬だ」

冗談めかして笑ってから、彼は表情をひきしめた。

「さあ、あと少しだ。ここを越えれば到津が見えてくるぞ」

そのひと言を聞いて、休んでいた他の者たちも「おう」と声をあげ、腰を上げた。暑さにへたばっていても、彼らの表情はけして暗くはなかった。海まで行きついて海賊と合流さえできれば大丈夫、久継についていけば心配ないと、みんながそう思っている。もちろん、そばかすだらけの少年も同じ気持ちだった。

坂を登りきれば、緑の合間から瀬戸内海が見下ろせる。

よく晴れた空の色を映しこんだ海には船が幾艘か出ていた。しかし、それは漁をしている地元の船であって、海賊の船団ではない。彼らはまだ到着していなかったようだ。

一行は浜辺まで降り、そこで海賊たちを待つことにした。だが、いくら待っても、沖にそれらしい舟影は見えない。いずれ、大宰府から追っ手が来るとわかっているだけに、彼らの間にあせりが募っていく。

「どうします?」

「そうだな……」

部下に尋ねられ、久継は視線を馬に転じた。

「焔王、悪いが様子を見てきてくれないか」

まわりの者たちはぎょっとしたが、馬は承諾したかのように大きく頭を揺らし、きびすを返して浜を駆けていく。危うい岩場を駆け登り、張り出した崖のむこう側へ行ってしまって、あっという間にその姿は視界から消えた。

どうしたら、馬が沖合いの様子を探ることができるのか――？

久継の行動が理解できず、一同は互いに困惑した視線を見交わした。その視線が、やがて少年のそばかすに集中する。こういうことはおまえが訊け、と先輩たちの目は催促していた。いつもぼくに押しつけてと不満に思っても抵抗できず、少年はしぶしぶ先輩たちの要望に従う。

「どうしてあの馬なんです？　まさか、海の上を走ったりできるとか？」

「ああ、初めて焔王を見たときがまさにそうだった。彼に乗れば、都までも簡単に往復できるぞ」

もちろん冗談と受け取って、みんないっしょになって笑った。あの馬ならもしかしてそんなことができるかもと思うがゆえに、彼らのそれはひきつっていたが。

事態が変わったのは、馬がそばを離れていくらも経たない頃だった。遠くの島影から、ひとすじの黒煙が立ち昇っているのが見えたのだ。

「藤の大監さま、あれは……！」

いち早くそれをみつけた少年は、切迫した声で久継が捨ててきた呼び名を口にした。

言われるまでもなく、その黒煙に久継もすでに気づき、表情が一気に厳しくなる。

たちまち動揺が一同の間に広がり、誰かが悲痛な声を発した。

「もしや、もう追討軍が！」

少年は喉の奥から出そうになったうめき声を呑みこんだ。代わりに、

（心配ない。藤の大監さまといれば大丈夫だから――）

と、呪文のように心の中でくり返す。

黒煙をあげる船は規模といい形といい、伊予の海賊のものに間違いないと思われた。懸命に目を凝らすと甲板に人影が見えたが、ひどく少ないように感じられた。いや、人影はあっても、誰も動いていないのだ。

乗っているのは死者ばかり。それも、背中や腹に矢を何本も受けた――

島影の遥かむこうで、伊予の海賊は何者かと交戦したのだ。おそらくは大宰府の正規軍と。まさかこれほど対応が早いとは思わなかった。重要な決定がなかなか下せず、いつも煮えきらない大弐にしては、予想外の早技だ。

「藤の大監さま！」

仲間たちはどうしていいかわからずに、助言を求めて久継のまわりに集まってくる。どの顔にも絶望の色が表れている。

彼らの顔をひとつひとつみつめ返した久継の表情は、張り詰めてはいたが静かだった。判断も早かった。政庁で働く有能な彼と同じに。

「近くに宇佐神宮の荘園がある。そこへ走るぞ！」

次の行動が決まって、一同の絶望が安堵へと変わる。再び馬に乗り方向転換をして——例の馬がまだ帰ってこないので、久継は別の馬にまたがって——来た道とはまた違う方角をめざそうとする。

が、次の瞬間、少年は息を呑んだ。左の脇腹に何かがあたったと思った途端、そこが急激に熱くなったのだ。

見れば脇腹に矢が突き刺さっている。若木が大地からまっすぐのびているかのように。どうしてこんなものが、という驚きばかりが大きくて声が出なかった。痛みすら彼は感じていなかった。

鬨(とき)の声があがり、自分たちがさっき息せききって駆けてきたのと同じ道を、武装した騎馬団が駆けてくる。中には知った顔もある。

大宰府の官軍に追いつかれたのだ。

道が悪いうえに馬もかなりの速度で走らせているため、揺れが激しい。昨日まったく眠っていない身体には、夏の暑さがひどくこたえる。

気持ち悪い。手綱を握る手が汗ですべりそうだ。口の中の違和感が消えない。視界には細かい塵(ちり)のようなものがちらちら漂っている。それでも休めない。休みたくない。

夏樹はそんな状態で、緑の濃い山の中を急ぎ進んでいた。彼の後ろからは同じ速さで馬がもう一騎、ぴったりとついてくる。乗っているのは一条だ。

来ないでほしかった。自分は彼に言われたことはちゃんとやり遂げた。都からの使者、帝(みかど)のそば近くに仕える蔵人、そういった立場を大弐にみせつけ、一条の託宣に権威というさらなる味つけをしてやったのだ。今度は自分の好きにさせてくれてもいいではないか。――そんな理屈を言い募ったところで、却下されるのは目に見えていた。だから、こうして久継たちのあとを追うという直接行動に出たのだ。

「おまえ、まだ説得だのなんだのと甘っちょろいことを考えているんじゃないだろうな!」

夏樹のあとを追いながら、一条は怒鳴り続けている。

「あの怪馬にまたがっているところを確かに見ただろうが。あれはもう、決まりだぞ、決まり。しかも海賊なんかとつるんでいた。それでもまだあきらめきれないのか、おまえは!」

一条を振りはらうことは不可能だった。その口を閉じさせることも。こちらはもう口を開くのも億劫(おっくう)なほどなのに、あれだけの体力があるとはうらやましいくらいだった。これだけ揺れるのに怒鳴って舌を噛まない幸運も、ぜひ分けてもらいたい。

確かに一条の言う通り、久継が怪馬の乗り手であることに、もはや間違いはない。久継を説得することなど、もうあきらめたほうがいいのかもしれない。

きっと万人が声をそろえて言うだろう。『彼は悪いひとでした。なんの罪もないひとびとを殺め、好意を寄せてくれた相手をも、なんの良心の呵責もいだかずにだましていたのです』と。

だが、どうしてもあきらめきれない。せめて、久継自身の口からあのことだけでも――最初から自分をだますつもりだったのか、聞き出すまでは。それを直接、聞くことにこそ意味がある。他人の憶測では絶対にだめなのだ。

「馬鹿夏樹！　怪馬に轢き殺されそうになったのも忘れたのか！」

でも、もしかしたら寸前でよけてくれたかもしれない。

それに彼は、名前を呼んだら振り返ってくれた――

汗が目に入ってしみる。夏樹はにじんできた涙をそのせいにした。泣くのはあと。馬鹿、馬鹿と連発する一条に抗議するのもあとだ。とにかく走って走って、力尽きて倒れる前に追いつかなければならない。

きつい登りもようやく終わりが見えてきた。これを越えれば――と、このあたりの地理に不案内な夏樹は何度も期待をかけ、裏切られ、登り降りをくり返してきた。果たして今度はどうだろうか。

祈るような気持ちでそこを越える。途端に視界が開けた。海だ。緑の合間に青い海が広がる。風のにおいが変わる。鳥のさえずりに、打ち寄せる波の音が加わる。

やっと着いたと感慨にひたっている暇はなかった。波の音に、さらに剣戟の音までもが重なっていたのだ。

すでに、生者の数よりも死者の数のほうが多かった。眼下の浜辺では乱闘がくり広げられている。斬られ、あるいは矢を全身に打ちこまれた死体が、何体も波に洗われている。

その中でもひときわめだつ姿があった。久継だ。

おびただしい返り血を受け、白糸威の鎧は赤い斑点で飾られているよう。兜はつけておらず、短い髪が潮風にあおられて激しく躍っている。その腕前は、彼の前に積み重なる死体の数で証明されており、たったひとりで複数を相手にしているのに疲れた様子はまったく見受けられなかった。

たったひとり――けして誇張ではない。彼を囲んでいるのは敵ばかりで、援護する者は誰もいない。ともに行動していた者たちはすべて血と砂にまみれ、浜辺に倒れている。

圧倒的に久継は強い。襲いかかる敵を次々に斬り伏せていく。だが、そんな彼でも仲間を救うまでには至らなかった。

伊予の海賊たちは統制のとれた正規軍に待ち伏せされ、久継たちと合流できなかったのだ。いまごろは、がたがたに崩れているに違いない。あの生ける屍は牛頭鬼の方天戟によってすでに消滅させられた。なぜか怪馬は久継のそばにいない。彼はたったひとりで闘っている——そうせざるを得ないのだ。

「久継どの！」

夏樹は馬の脇腹を蹴り、山の斜面を全速力で駆け降りた。その間に、最後のひとりがやぶれかぶれで久継に突進していき、あっけなく倒される。夏樹が浜辺へたどりついたときには、闘いは完全に幕を下ろしていた。

美しい浜辺には数え切れないほどの死体が転がり、残ったのは敵味方含めて久継だけ。ひとりでいったい何人を斬ったのだろう。さすがに息はあがっているものの、怪我はほとんど負っていない。普通なら絶対にあり得まい。こんな奇跡を目の前で見せられると、頭の中将から聞かされた、二本の矢を同時に放ってふたつの異なる的に命中させたという話も、がぜん信憑性を増してくる。

夏樹は馬から下り、一歩一歩砂を踏みしめて久継に近づいていった。むこうはそれを血刀をひっさげたまま黙って見ている。戦闘の名残は返り血と、胴丸に包まれた広い胸が大きく上下していることぐらいで、表情には何も出ていない。

夏樹は距離をおいて立ち止まり、彼の呼吸が落ち着くのを待った。

背後では一条が馬を止め、馬上から見守っている——振り返らなくても気配でわかる。近寄ってこなかったのは、ここまできたからには勝手にやれ、見ていてやるという意思表示だろう。

夏樹はひび割れた唇を舌先で湿らせてから言った。

「海賊は来ませんよ」

そんなこと、彼にはもうわかっているだろうが。

「もうあきらめてください。あなたがどれほど強くても、たったひとりでは戦などできません」

「その通りだな」

久継は怒るでもなく嘆くでもなく、仕方ないか、というふうに軽く肩をすくめた。

彼のすぐそばには、夏樹と同い年ぐらいの少年が横向きになって倒れていた。そばかすだらけの幼い顔には見おぼえがある。厨でも言葉をかわした、あの若い下級官人だ。

彼は胸と脇腹に何本もの矢を受け、息絶えていた。

その目は大きく見開かれ、口も軽く開いて、何かに驚いたような表情になっている。

久継はその場に片膝をつくと、死んだ少年の顔を籠手をはめた左手で覆った。彼が手を離すと少年の目は閉じられ、眠っているような顔に変わる。浜に片頰をつけているため砂でよごれてはいるが、それをのぞけば、久継のかたわらで安心しきって小さな子供に戻ったかのような顔だ。

久継とともに行動し、そのそばで死ねた少年は、自分が仕えた男の真意をどこまで知っていたのだろうか。そう思った途端、夏樹は激しい怒りをおぼえた。が、怒りの矛先が久継ではなかったことに気づいてうろたえてしまう。これはまるで嫉妬ではないか。

（自分は……もしかしてあの官人がうらやましいのだろうか……）

久継は夏樹の感情の動きをすべて見透かしたように微笑むと、魅惑的な声で静かにつぶやいた。

「このあたりが、わたしのひととしての限界だろうな」

その口調でわかる。このひとは後悔していない。計画が潰えたことをくやしがってもいない。事象の流れを見る目はきわめて冷静だ。

そうなるとなおさら、彼の都での行動の理由がわからない。こんなひとがなぜ、かつては親友だったというあの頭の中将を苦しめるのか。十年以上も昔に、ふたりの間に何が起こったのか。

「久継どの、どうして……？」

夏樹が訊こうとしたそのときだった。

久継は右手にさげていた血刀をみずからの首に押しあてると、両手で柄を握り、斜め下へ一気に引き降ろした。

赤い血がしぶく。白糸威の鎧が初めて彼自身の血で染まる。頭ががくんと前のめりになる。

夏樹は絶叫した。

彼に駆け寄る。

砂地は走りにくく、久継との間には数多の死体が転がっていたが、それを乗り越えて彼に駆け寄る。

「久継どの!!」

「久継どの、どうして!?」

久継の両肩をつかんで、その顔を上げさせた。次の瞬間、喉もとに冷たいものがふれる。

「夏樹！」

背後で一条が叫んだ。

口の端からひとすじの血を垂らした久継が、すぐ目の前で微笑んでいる。夏樹の喉にふれているのは、久継の太刀の切っ先だ。

わずかに右手を前に出しさえすれば、夏樹は喉を突かれて死ぬ。

夏樹は久継を突き飛ばそうとせず、肩を握ったまま静止していた。たとえよけようとしても、久継の太刀が動くほうが絶対に速いと悟って――いや、そうではなく、彼になら殺されても本望だとでも思ったのか。

判断しかねている夏樹を見据え、久継は目を細めて、とても嬉しそうに笑った。

「は、は、」

かすれた笑い声といっしょに、新たな血が彼の唇からこぼれる。久継の右手は脇へと下がり、太刀は砂の上に転がる。

「久継どの……」

夏樹は震えながら久継の顔を覗きこんだ。

「教えてください……どうして、あんなことをしたんです？　何かわけがあったんでしょう？　中納言さまと――頭の中将さまとの間に何があったんです？」

久継が何か言っている。しかし、声は小さく、ひゅうひゅうと息の洩れる音、ごぼごぼと喉の奥で血の泡立つ音が混じり、ひどく聞き取りにくい。

首の傷は深い。流れ出る血は止まらない。とても助けられない。このひとはもうすぐ死んでしまう。

「待ってください。ぼくはまだなんにも聞かせてもらってないんですよ。せめて、最初からぼくをだますつもりだったのかどうか、それだけでも教えてください」

夏樹は必死になって久継の肩を揺さぶった。

「聞こえません！　何が言いたいんですか、久継どの！　久継どの!!」

ふいに久継の両手がのびて、夏樹は彼に抱きしめられた。死にゆく男は片手を夏樹の背にまわし、もう片方で頭を抱えこんで、自分の胸にぐっと押しつけたのだ。

顔が胸に接したせいか、途切れ途切れではあったが声がいくらか明瞭に聞こえるようになった。血を吐きながら、久継はこう言っていた。

「死にかけているんだぞ？　無理にしゃべらせるんじゃない、坊主」

夏樹は大きく息を吸いこんだ。

身体が震えてどうしようもない。涙があふれて止まらない。坊主、と親しみをこめて呼ばれるや、もう何も言えなくなってしまった。

質問をぶつける代わりに、夏樹は両腕を久継の後ろに廻して肩をつかみ、その身体をしっかりと抱きしめた。すがりついたといったほうがいいのかもしれない。

ごふっ、ごふっと激しく咳きこんで吐いた久継の血が、夏樹の肩にかかった。長く細く息を出すといっしょに、その身体から力が急速に抜けていく。抱きしめていてくれた手が、だらりと下がる。

夏樹の疑問には何ひとつ答えを与えないまま、久継はその腕の中で絶命した。

海に真っ赤な太陽が沈む。

じっと夕日をみつめていた一条は、振り返って夏樹に声をかけた。

「夏樹、もうすぐ夜になる」

その声が耳に入らないのか、夏樹は応えない。浜辺にすわりこんで、ただじっと久継の死に顔を見ている。

彼が息絶えてからは、次第に冷たくなっていく身体を抱きしめて号泣した。泣いて、泣いて、とにかく泣き続けた。

涙がようやく涸れてきたころ、夏樹は久継の遺体を浜に横たえさせ、頬や顎についた血をふき取りきれいにしてやった。自分自身も彼の吐いた血であちこちよごれていたが、そんなことには構いもせず。

尽きたと思った涙も、久継の静かな顔をみつめているとまたあふれてきた。自分でもあきれるくらいなのだ、かたわらでそれを見ていた一条はもっとあきれていただろう。それでも、彼は陽が沈むまで待っていてくれたのだ。

「いつまでそうやっていれば気が済む？　また冥府へ下ってそいつを生き返らせようとか考えているのか？」

夏樹は弱々しく首を振って否定した。一条がホッとしたように小さく息をつく。

「そうだな。こいつは冥府からも追われている身だし、生き返らせようとしたって今度ばかりは閻羅王も承諾すまい」

夏樹もそう思う。それに突然の矢で倒れた一条と違い、久継は自害だ。冥府へ行って手をさしのべても、彼はけして握り返そうとしないだろう。

訊きたかったのに。知りたかったのに。教えてほしかったのに。

かなわなかったあれこれを思っただけで唇が震えてきた。うつむいた頭を、後ろから一条が軽く平手でぽんぽんと叩く。本当は殴りたかったろうに。

「それにしても大宰府の連中は遅いな……。こんなところに夜までいたくないんだが」

そのつぶやきを聞き咎め、夏樹はハッとして顔をあげた。

自然の摂理を曲げて甦った一条は望むと望まないとにかかわらず、瘴気を惹きつけてしまう。いったんは清められたとはいえ、問題の根本は変わっていない。彼の言う通り、こんな死屍累々の血腥い場所に夜中までいたら、小さな物の怪どもがまた集まってくるやもしれないのだ。

「すまない、自分のことにかまけてて何も考えていなかった」

鼻をすすりあげて、夏樹はやっと立ちあがった。血と砂にまみれた自身の装束が改めて視界に入る。泣きはらした目は充血しているだろうし、目蓋の腫れも実感する。きっと、いまの自分は相当みっともない姿なのだろうなと、夏樹は他人事のように思った。

それよりも気にしていたのは、

「久継どのの遺体をこのままにしておきたくないんだ……」

「埋めるか？　首を獲って大宰府に持ち帰るのがすじだとは思うが」

「だめだ！」

死者も飛び起きそうな大声が出た。

「首を獲るなんて、そんなこと、できるものか!!」

「だろうな」

あっさり言うと、一条は眉間に皺を寄せ、腕を組んで考えこんだ。

「さて、どうしたものか……」

何もかも任せきりで悪いとは夏樹も思っていた。文句ばかりを言っている自覚はあったし、遺体に執着しても仕方ないのも理解してはいた。それでも、厭なものは厭だった。できれば、久継の近くにもう少し長くいたかった。

一条が名案をひねり出してくれるのを、夏樹はすがるような目をしてただ待っていた。ふと視線をあげ、一条が腕組みを解く。何か閃いたのかと期待したが、そうではなかった。山の斜面のほうを振り仰いで、彼はつぶやく。

「誰か来る」

それらしい物音でも聞こえたのだろうか。夏樹にはまだ波の音しか聞こえてこない。

「どっちかな」

どっちとは誰と誰のことかと訊こうとしかけ、その前に夏樹の耳にも一条がとらえたであろう音がようやく届いてきた。馬の蹄の音ではなく、どたどたと重く響く気ぜわしい足音だ。

夕日を浴びて、山の斜面の上に現れたのは僧兵と市女笠の女。大宰府に残してきた牛頭鬼と馬頭鬼だった。

頭巾は口もとの部分がはずれ、市女笠は虫の垂衣（たれぎぬ）がまくれあがって、それぞれの異相が丸見えだ。そういったことを気にするでもなく、鬼たちは急な斜面を駆け降りて夏樹たちに駆け寄ってきた。

「夏樹さん、夏樹さぁん」

あおえが能天気な声で名を呼びながら抱きついてくる。一条に同じことをすれば海の彼方まで蹴り飛ばされるとわかっているから、こちらに来たのであろう。

「ご無事でしたかぁぁ。ああ、ああ、こんなに血まみれで」

馬づらを頬にすり寄せ、あおえは豪腕でぎゅうぎゅうと夏樹の身体を締めつけてくれる。さすが鬼、大宰府からここまで走ってきてもなお体力はあり余っているらしい。夏樹にはふりほどく気力がない。それどころか、馬頭鬼の力任せの抱擁であっても嬉しい。

しろきは周囲を見廻して、死体の数の多さに感嘆していた。

「おお、おお、派手にやってくれたな」

「おれたちがやったわけじゃない」

一条がむっつりとした口調で言う。どちらにしろ、しろきの関心は別のところにあった。

「まあいい。ところで術者は……」

「それなら、もう片づいた」

「片づいた？」

一条は顎をしゃくって久継の遺体を差し示す。

「お探しの術者はあれだ。海賊は来ないわ、仲間は全部やられるわで、かなわぬと観念して自害したよ」

違う、あのひとはかなわないからといって簡単に死ぬようなひとじゃない。何を考え、何を望んでいたのかほとんど理解できなかったけれど、それだけは確かだと思う。

――と、夏樹が反論するより先に、しろきが怒鳴った。

「自害だと!?」

「ああ、もう一足先に冥府へ墜ちてるんじゃないのか？」

空気が変わる。

夏樹は理由もわからぬまま肌でそう感じ取って振り返った。何かとても不穏な空気が陽炎のように立ち昇ってきている。その中心にいるのは仁王立ちになったしろきだ。

僧衣に包まれた身体が小刻みに震える。ただでさえでかい図体がいっそう大きくなっていくようで怖い。ふくれあがる筋肉で、僧衣が内側からばりばりと裂けていきそうだ。

「なんということを！」

牛頭鬼は突然、吼えた。目は血走り、鼻孔が全開になり、すさまじい形相になる。怒髪天を衝くとはまさにこのことであろう。

「余計な手出しをして事をややこしくしてくれるなと言ったではないか!!」

あまりの迫力に、あおえはひいっと悲鳴をあげて袖で顔を覆う。夏樹は牛頭鬼の怒りが理解できず、戸惑うばかり。一条だけが動じず、しろきを挑発するように両手を腰にあててふんぞり返っていた。

「余計な手出しはしていない。あいつが勝手に自害したんだ」

「自害！　よりによって自害!?」

「大変です、大変ですぅぅぅ」

あおえはしゃがみこんでさめざめと泣いている。しろきが怖くて泣いているともとれるが、つぶやいている台詞が夏樹も気になった。何が大変なのだろうか？　探していた外法の使い手はもはやこの世の者ではなくあの世の者になったのだから、冥府側にとってはむしろ好都合なのではないのか？

「なぜ、むざむざと自害させた！　取り引きのことを考えなかったのか、おまえは!!」

取り引き、という言葉に夏樹はあっと声をあげた。

そうだ、取り引き。この場合、冥府との取り引きはどうなるのだろう。

「それに誰が殺せと言った!!　探し出して引き渡せば、それで取り引きは成立だったんだぞ!!」

「殺してはいない。自害だと言っているだろう？」

せっかく取り戻したおのれの命がふいになるかもしれないのに、一条は強気の態度をくずさない。もしかして、それが彼の作戦かもしれないが。自分が下手に口をはさんでだめにしてしまわないようにと、夏樹ははらはらしながらふたりのやり取りを見守る。

埒があかぬと判断したのか、しろきは手にした戟の石突きを砂地に激しく叩きつけ、こちらを振り返った。大またで近寄ってこられ、夏樹は激しく緊張したが、その視線は彼にではなく隣でおびえているあおえに向けられていた。

「冥府に急ぎ直行するぞ！　あおえ、おまえのような大ボケでもいないよりはましだ、いっしょに来い!!」

大きな手で衿をつかまれて、馬頭鬼は強引に引きずられていく。

「あれえええええ」

女装のせいで気分はすっかり女になっていたのか、悪僧に拉致される姫君のごとき悲鳴が浜辺に響く。ただし、重低音であることに変わりはない。

止めることもかなわず、夏樹は呆然と冥府の鬼たちを見送った。いつの間にか一条が横に来て、ふんと鼻を鳴らしている。

「あわただしいやつらめ」

「一条……」

不安いっぱいでみつめる夏樹に対し、一条は不敵な笑みを返してきた。おかげで少しホッとして、でも本当にそれでいいのだろうかと、夏樹は不安を感じる。あおえたちと話しているうちに陽は沈み、あたりは刻々と薄暗くなってきていた。その変化に、夏樹の気持ちも引きずられていたのかもしれない。

「どうしてあんなにあわててるんだろうな。それに取り引きはどうなるんだか……」

「さあな」

自分自身の命数がかかっているのに、一条は軽く言う。だが、けして自暴自棄になっているのではない。むしろ、その琥珀(こはく)色の瞳は生き生きとしている。

「安心しろ。せっかく生き返ったんだ。『取り引きは成立しませんでした。その命は即刻当方へお返しください』と言われて誰が素直に渡すもんか。冥府の鬼どもが総出で取り立てに来ようと抵抗してみせる。来るなら来い、だ」

頼もしい言葉が嬉しいと同時にせつなくて、夏樹は友人の袖を握りしめた。彼を自分にしっかりと繋(つな)ぎ止めようとするかのように。

「一条——おまえはもう、ひとりで逝(い)くんじゃないぞ」

どう応えたものかと迷うような気配が一瞬、相手の表情をよぎる。夏樹があまりに不安がるので、一条も困惑したのかもしれない。が、彼はすぐに力強く言ってくれた。

「当たり前だ」

平手でぴしゃりと頬をはたかれた。痛くはなかったし、その手は夏樹の頬から離れない。

久継の冷えていく身体をずっと抱きしめていたため、夏樹は身も心も凍えきっていた。そこへ与えられた一条の温もり。夏樹は彼が生きていることを実感し、また泣きそうになる。

もうしばしふれていたかったのに、一条はすっと手を離した。その理由は夏樹にもわかった。薄暮の中から、複数の馬の蹄の音が聞こえてきたのだ。

がちゃがちゃと武具の触れ合う音もそこに混じる。振り返ると、陽が落ちて薄暗くなってきた浜辺に、十騎ほどの騎馬団が進んでくるところだった。武装した男たちの先頭をつとめる大将は、派手な赤糸威の大鎧に鍬形の飾りもきらきらしい兜を着用して、さながら真っ赤な孔雀のような、大宰府政庁長官の大弐だった。

馬上で気取って胸を反らしているからには、海賊との戦いは大宰府側の大勝利に終わったのであろう。一条の進言があってこその勝利であるのをきれいさっぱり忘れ去り、自分ひとりの手柄だと思っているのが、大弐の得意そうな様子からもうかがえた。

大弐は周囲の死体に厭うような視線を向ける。そこに転がっているのは反乱の徒ばかりではなく、彼の部下である正規軍の死者もまじっているのにだ。だが、それが貴族たるものの普通の反応かもしれない。血腥い場へは極力近寄りたくないらしく、彼は夏樹たちとはかなり距離をおいて馬を止まらせた。

「ご無事でしたか、新蔵人どの」

夏樹は大弐の華美な姿を目にしただけで疲れを感じていたが、なんとかそれを表に出さぬように努めた。

「ええ……これで反乱は鎮まりましたね」

大弐はわざとらしく首を傾げてみせた。手綱を握っている必要がなかったなら、大仰に両手を広げてくれただろう。

「反乱？　さて、なんのことでしょう。われわれは純友の残党が再び大宰府を襲わんと決起したのをいち早く知り、それを未然に防いだまで」

大弐の視線が久継の遺体に向く。瞬間、怒りがこみあげてきたようだったが、彼はそれを上手に覆い隠した。

「藤の大監をなくしたのは惜しいことです。彼は政庁になくてはならない優秀な人材でした。しかし、そんな彼だからこそ、海賊どもを退けることができたのでしょう」

夏樹は途中から呆けたように口をなかばあけ、大弐の言葉を聞いていた。彼の言っていることの意味が、頭に染み通っていかないのだ。事実は完全に異なっているのだから。それを大弐も知っているはずなのに。

見かねた一条が、夏樹にそっと耳打ちした。

「つまり、大弐はそういうことにしたいんだよ。自分の部下が反乱を企てたとなれば、当然、中央からの叱責があいつにいくからな。あとあと、進退問題にかかわってもくるだろうし」

　ああ、と夏樹はため息をついた。わずらわしいが、大弐が保身を図りたいというのなら、勝手にそうすればいいと思う。久継が反乱の徒から大宰府官人の鑑(かがみ)にされたところで、実際は何も変わらない。

　死者をどう扱おうと、貶(おとし)めようと讃(たた)えようと、それは生者の自由だから。

「ええ、そうですね……」

　大儀そうな様子を隠そうともしない――隠せない――夏樹のおざなりな返事に、それでも大弐は満足げにうなずいた。

「新蔵人どのをとんでもない事態に巻きこんでしまったことには、この大弐、本当に心を痛めております。さぞ、お疲れでありましょう。この近くに宿をとり、お休みになられますか？」

　返事をするのも億劫なほどくたびれている夏樹をかばい、一条が代わってその申し出に応えた。

「大弐さまのお心遣い、真(まこと)にありがたく存じます。確かに新蔵人さまはお疲れでいらっしゃいますし、そうさせていただけますとたいそう助かりますが」

「そうですか。いや、それにしても新蔵人どのも大変でございますな。このあと、都までお戻りにならねばなりませんし……」

しゃべりながら、大弐はちらちらと部下たちを振り返る。まるで何かを合図するように。

「わたしも都から下向した身でありますからわかりますとも。都への道中は物騒でございますからなあ。海に海賊がいるように、山には山賊がおりましょう。思わぬ事故とか病とか、いやはや旅とはおそろしいものでございます」

大弐のひきつれている部下たちが、ゆっくりと動いて夏樹たちをとり囲む。一条はほとんど唇を動かさずに「こうくるか……」とつぶやいた。

危険な雰囲気が漂っているのは夏樹も充分すぎるくらい感じるのに、いかんせん頭がついていかない。

「こうって?」

「口封じ。口止めはされると思っていたが」

一条のしかめた顔に表れたいらだちは、大弐にではなく自分自身へ向けられたものだった。

「おまえのことを、主上（おかみ）のお気に入りだと吹聴（ふいちょう）しすぎたかもしれん。都に戻って、主上にあれこれ告げ口されてはと、危機感を持ったらしいよ」

ほら、やっぱり一条も判断を間違う。

こんなときだというのに、夏樹は真っ先にそう考え、うっすらと苦笑してしまった。

久継の意識は混沌（こんとん）の中を漂っていた。

彼をとりまく色彩は、どす黒い赤。光沢があり、ぬらぬらとぬめっている。

不思議な色彩はうねりながら、久継に執拗（しつよう）にまとわりついてくる。拒むことはできなかった。絶え間なく収縮し、膨張する色彩に押されて、彼はどことも知れぬ彼方へと運ばれていく。こういう状況におかれれば普通は恐怖を感じ、あわてるか泣き叫ぶかするのかもしれない。だが、彼はそれをしなかった。あたかも、何も感じていないかのように。

周囲が変化し、まとわりつくぬめりが人間の顔を形作っても、久継の反応は変わらなかった。

顔はひとつではない。いくつもいくつも生まれてくる。ほとんどが男の顔で、年齢も比較的若く、兜をかぶっている者もいた。戦場で散った者たちなのだ。

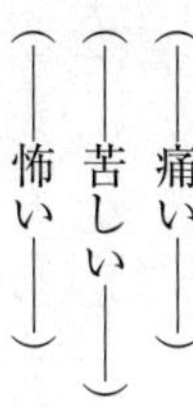

（——痛い——）

（——苦しい——）

（——怖い——）

敵も味方も、みな一様に大きく口をあけて叫んでいる。訴える言葉はさまざまだが、互いに重なり合って、長く尾をひく怨嗟の声となっていく。その中に、ひときわ強く憎しみを打ち出している声があった。

(よくも、よくも、よくも——)

顔のひとつがぐんぐんとせり出してくる。目の下が少したるんで、顎は無精髭に覆われている。純友軍の残党、利常の顔だ。

(よくも、おれを殺してくれたな!)

その声に刺激されて、顔たちが放つ怨嗟の声はますます高くなった。無精髭を生やした顔がしぼみ、色彩の中に埋没していったあとも、不気味な合唱はやまない。それだけ多くの者が、いちどきに無念の死を迎えたのだ。怒りを、苦痛を、いくら訴えても足りはしないのだろう。

しかし、そんなおどろおどろしい旋律に、けして重ならない不協和音もあった。

(藤の大監さま……)

まだ幼さの残る少年の声。不安そうではあるが、恨みはまったくこめられていない。暗闇の中で大事な誰かを探しているのにみつからず、途方に暮れているようにも聞こえる。

どれほどの憎しみをぶつけられようと無反応だった久継が、その声の主だけは探そうと視線をさまよわせた。その動きが、彼に自分の目の存在を、めぐらせる頭の存在を初めて自覚させる。が、数多の顔の中から不安そうな声の主をみつけることは難しい。どうでもいい顔ほど自己主張も強く、前へ前へとせり出してくるからかもしれない。

また他を押しやってせり出してきた顔があったが、それも少年の顔ではなかった。毛髪がきれいさっぱりない、齢六十ほどの僧侶の顔だ。読経で喉を鍛えた僧侶だけあってか、その顔が放つ声は他のものより遥かに通りがよかった。

（知っているぞ、おまえの顔を、知っているぞ）

久継のほうもその僧侶を知っていた。

都で贅沢ざんまいの暮らしにふけっていたが、それもこれも不正で得た財産によってなし得たことだったと世間にばれ、遠い西国の寺へ厄介ばらいに出された老僧だ。転んでもただでは起きず、山のように金を積んで、受け容れる寺側には都での不祥事を抜け目なく隠しおおせた。その顔がここに出るということ自体、そんな世渡りのうまい彼も、死を免れ得なかった証しではあるが。

（わたしは、中納言さまと昔から、親しくさせていただいたからな、十一年前のことも、知って）

声そのものの通りはよいのに、惜しいかな、興奮のあまり舌がもつれてしまっている。

（中納言さまと、頭の中将さまは、おまえを――）

その先は聞きたくなかった。すでに生前の彼から、その話は一度聞いている。それでもう充分だったたし、当事者でもない者から幾度も聞かされるのは不快でしかなかった。とっさに久継が拳を見舞ってやると、僧侶の顔は赤黒いぬめりの中に深くめりこんだ。粘土細工のように顔がつぶれたことよりも、自分に殴りかかれる〈手〉があったのだと実感できたほうが久継には大きい。

(よくも、よくも、て、寺の秘薬を！　砒霜(ひそう)を――わ、わしを、こ、こ、殺し――)

つぶれた顔は威勢よく叫んだものの、次第に尻すぼみになっていき、ただのうめき声を出すのみとなった。それもついには聞こえなくなり、顔自体も再びせり出すことなく色彩の中に呑みこまれていく。結局、彼らは叫ぶだけ、恨むだけで、手を出してこようとはしない。

代わりに、ぬめりの中に穴があいた。穴の先にはほのかな明かりが見える。微(かす)かに風が吹きこんでくる。先に何があるのかは不明だが、異なる空間へと繋がってはいるようだ。

久継はためらわずにそこへ進んだ。周囲のぬめりも彼を助けるようにうごめいて先へと押し出してくれる。その感触が、彼に身体の輪郭――手足や肩や腰などがちゃんと備わっていることを教えてくれる。叫ぶだけだった顔たちとは違う。あるいは、違っていく。

ふいに周囲から、あの色彩が消えた。まとわりつくぬめりもなくなり、淡い光がとってかわる。

抜けたのだ。

たどりついたそこは、ごつごつした岩だらけの場所だった。険しい坂道が一本通っており、片側は切りたった斜面でもう片側は崖。斜面の上方も崖の下方も暗闇の中に溶けこんでおり、その先は何も見えない。真の闇があるばかりだ。

冷たい風が吹く荒涼とした風景。自分はその中に立ちつくしている。どうやってここへ到(いた)ったのかと見廻したところで、あの赤黒い色彩の名残はどこにもない。そこへ突然、声が聞こえてきた。

（藤の大監さま――）

振り返ったがそこには誰もおらず、声も二度とは聞こえてこなかった。が、次に彼の耳もとをかすめていった風は、知らない童女のささやき声をともなっていた。

（あのね、あのね）

くすくす笑いの雰囲気。少し気持ちをためてから、一気に言葉ではじけさせる。

（ここは黄泉比良坂(よもつひらさか)っていうんだよ！）

とっておきの秘密を教えるかのごとく楽しそうに告げ、風とともに声は去った。残された久継は場所の名前を知って動じるでもなく、その場に立ちつくしている。何をしようという気力も湧かず、ただただ風に吹かれている。これ以上、何も起こらなかったら、彼は永遠にそうしていたかもしれない。

が――

ぬめりの中から現れては消えた顔たちが、久継にしきりに接触しようとしていたように、まわりが放っておいてくれない。坂の果て、下りの方向から何かが大量に押し寄せてくる気配が漂ってきたのである。

近づいてくるにつれ、それが音となって感じられるようになってきた。足音、息遣い、武具が触れ合って鳴る響き。ほどなく、はっきりと目に見える形に変わる。

坂の下からわらわらと押し寄せてくるのは、屈強な冥府の鬼たちだった。地獄絵図に見られるような大陸的な装束をまとった牛頭鬼、馬頭鬼が手に手におそろしげな武器を携えて一直線にこちらへ向かってくるのだ。

先頭は白い毛並みの牛頭鬼。彼だけはなぜか他の鬼とは違い、僧兵の衣装を身につけている。久継の姿を認め、大音声で吼える。

「筑紫（つくし）の国人（こくじん）、藤原久継！　おまえが怨霊（おんりょう）と化すことだけは、冥府の威信を懸け、なんとしても阻止してみせる!!」

牛頭鬼の宣言を聞いた久継は、ほう、と息を吐いた。

続々と詰めかけてくる鬼の群れを見ても、恐怖の表情は浮かんでこない。むしろ、ゆっくりと、ゆっくりと――口の端が吊りあがっていく。

いまの久継は肉体の枷から解放されて、何ものにも囚われない純粋な力に満ちている。生身ではできないことができる。確かなものとしてそれが感じられる。

そう、たとえ怪馬の背に乗らなくとも、いまならば彼自身の力で千里を瞬時に越えられるのだ。

それが実感できた途端、まったくの無だった久継の中に、ひとつの感情が生まれた。

あの鬼どもを蹴散らし、是が非でも現世へ――生者の世界へ戻らなくてはならない、と。

そこには、彼が怨霊と化してでも逢わねばならない相手がいたのだ。

第四章　死者のささやき

薄闇に包まれた黄泉比良坂には草木一本生えてはいない。荒涼とした岩だらけの光景がどこまでも続いているだけだ。

乾いた風が急勾配の坂の下から吹き上げてきている。久継の短めの髪も、血に濡れた袖も、白糸で飾った胴丸の端も、激しくはためいている。その出で立ちは到津の浜で自害した、そのときのままだった。

だが、首に彼自身でつけた太刀傷はない。血は大量にこびりついていても、傷がないから痛みも感じない。ここにいるのは肉体を伴った生きている人間ではないからなのだろうか。

理由など、久継にはどうでもよかった。かりそめだろうがなんだろうが、『身体』と認識できるものを違和感なく動かせるのならそれでいい。闘える。たとえ鬼が相手でも。

吹きつけてくる風とともに、こちらへ迫ってくる集団を見やって、久継は薄く微笑んだ。冥府の獄卒――ひとの身体に牛の頭、馬の頭を備えた牛頭頭鬼たち。大陸風の甲冑に身を固め、手には槍や戟といった武器を携えている。

彼らの息遣い、足音、武具の鳴る音が、ただでさえ殺伐とした光景に恐ろしげに響く。こんな集団と出くわして平静でいられる者などまずいまいが、久継は違っていた。

あの冥府の鬼たちは、自分を捕らえるために押し寄せてきている。そうと充分承知していながら、その口もとを飾るのは笑み。恐怖など微塵もなく、余裕すら感じさせる。

むこうは多勢、こちらはひとり。しかも、久継の手に武器はない。浜で自害したときに手から太刀が離れてしまったから、冥府にまでは持ちこめなかったのかもしれない。

どう考えても絶望的な状況で、笑っている余裕などないはずなのに、久継の笑みは虚勢ですらなかった。彼はもう生者ではないから、そういう感情とは無縁になってしまったのか。

確かに、ひとの身に課せられていた限界はすでにとりはらわれており、本人はそれを実感もしていた。だが、いちばんの理由は違う。

久継にはやるべきことがある。あの冥府の鬼どもを蹴散らし、現世に戻らなくてはならない。

すなわちそれが怨霊と化すことだというのなら、彼は喜んで怨霊になるだろう。結果、大いなる災いを生者の世界へもたらそうとも、気にするような男ではない。そんな男だったなら、最初から行動は起こさなかった。

「行かせぬぞ、現世にだけは！」

獄卒たちの先頭に立ち、ひとりだけ僧兵の装束をまとっている牛頭鬼が吼(ほ)える。冥府の秩序を乱した術者をずっと探していたしろきだ。

彼が振り廻(まわ)しているのは方天戟(ほうてんげき)。槍の穂先に三日月状の刃(やいば)・月牙(げつが)が左右対称についた武器だ。ただの槍よりも当然、殺傷力は高い。

うなりをあげ、光る弧を描いて戟が襲いかかる。その刹那(せつな)、久継は上方へ大きく跳躍した。

彼の爪先が戟の柄(え)の上にふわりと着地する。しろきの目が驚きに大きく見開かれる。細長い木製の柄は久継の重みを受けても折れはせず、大きくしなった。その反動を利用して彼は再び跳躍し、しろきの頭上を飛び越す。

群れなす牛頭鬼、馬頭鬼の中に自ら突入したのだ。

まったく予想外の展開に、冥府の鬼たちも仰天する。久継はその隙をついて、鬼たちの頭や肩を踏みつけ、顔面を片っ端から蹴り飛ばしていく。

黄泉比良坂の片側は切りたった斜面。もう片側は底の見えない深い谷だ。久継に力いっぱい顔を蹴られ、体勢を崩した鬼たちの幾人かは、深い谷底へと落ちていく。

悲鳴をあげ、谷に落ちる鬼を、久継は一顧だにしない。ただひたすら身軽に動き廻り、その素早さで敵を翻弄する。久継の表情からさすがに笑みは消えているものの、疲れや焦りは見受けられない。冷静に、適確に彼は応戦している。

　冥府の鬼たちは槍や戟といった長物を振り廻すが、どれひとつとして彼に当たりはしなかった。久継が身軽なせいもあるが、間隔が狭すぎるのも要因のひとつだ。最初の一撃をかわされ、懐に入られると攻撃しにくい。そんな長物の弱点を知ったうえで、久継は自ら敵の中へ飛びこんでいったのだ。

「何をぐずぐずしている、おまえたち！」

　しろきがこめかみに血管を浮き立たせて、また吼える。

　久継を捕らえたくとも、仲間たちが右往左往しているために、なかなか近くまで行けずにいる。じれた牛頭鬼は仲間を蹴散らし、敵に突進した。

「どけ、どけ、どけぃ!!」

　しろきに踏み潰されそうになって、他の鬼たちはあわてて道をあけた。

　若い馬頭鬼を蹴り飛ばして着地した久継が、腰をひねって振り返る。そこへ、しろきが気合とともに方天戟を振りおろした。

　銀色の軌跡を描いて頭上に落ちてきた方天戟を、久継は寸前でかわした。しかし、鋭い月牙の先が、久継の肩を覆った杏葉（ぎようよう）と呼ばれる鉄板を弾（はじ）き飛ばした。

　杏葉は、地に落ちる前に風に霧散した。

　衝撃のせいではない。冥府の武具の刃に直接ふれたため、そうなったのだ。

槍であれ戟であれ、冥府の鬼の武具に直接ふれてしまったが最後、久継の身も杏葉と同じく消えてしまうだろう。生ける屍だった良光が、しろきの方天戟を受けて完全に滅びたように。

無論、久継は乳兄弟が滅びた瞬間を見てはいない。だが、あの刃にふれてはいけないと本能的にわかっていた。

久継は軽く腰を落として跳躍し、近くにいた別の牛頭鬼の背後にまわった。牛頭鬼は不意を衝かれ、悲鳴をあげて谷へ落ちていく。久継に蹴り落とされたのだ。

落ちた牛頭鬼が握っていた槍は、久継によって奪い取られていた。鬼たちが弱いのではない。久継が速すぎた。強すぎた。

「ちょこまかと、すばしこいやつめ」

しろきが撃ちこんできた方天戟を、久継は新たに得た槍で弾いてかわす。その槍も、冥府の鬼の得物。うっかり、刃にふれようものなら久継自身を滅ぼしかねない。そんな武具を彼は恐れるでもなく、いともたやすく操っている。

黄泉比良坂に戟と槍がぶつかり合う音がこだまする。

しろきが戟を横ざまにふるえば、久継がそれを槍の柄で受け止める。久継が続けざまに槍を撃ちこんでいけば、しろきは大柄な身体に似合わず機敏にかわしていく。まるでふたりして、荒々しくも華麗な剣舞を披露しているようだ。

実際にはしろきのほうが有利なはずだった。ほんの少しでも、戟の刃で久継の身に傷を負わせられればいい。そうすれば、死者である彼は滅してしまう。甦りはもとより、怨霊として現世に具現することもかなわなくなる。

なのに、それを容易に果たせぬことに腹を立て、しろきは口角から唾を飛ばして怒鳴った。

「ここであがいても、ただ罪を重ねるだけだぞ！　おとなしく縛に就けば、懲罰の軽減もあり得ように！」

「そんなもの――」

軋んだ声で久継はせせら笑う。勢いよく槍を突き出す。

鋭利な切っ先はしろきの頭巾を切り裂き、その白い頰に朱の線を描き加えた。

とっさに後ろに跳びのいた牛頭鬼を追って、久継は第二撃を出そうとする。

が、できなかった。背後から突然のびてきた太い腕が、彼を羽交い絞めにしたからだ。

振り向けば、馬頭鬼がいた。鎧ではなく、紅の袴に色鮮やかな袿を重ねた女装束をまとって。おそろしく場違いだし、太い首やたくましい腕が衣装に全然釣り合っていない。

あおえだった。こんな場面に女装して現れる馬頭鬼など、彼ぐらいのものだ。

「でかした、あおえ！」

しろきの賞賛を無視し、あおえはいまにも泣きそうな顔で久継に怒鳴った。

「現世には絶対に行かせませんからね！」

「あのときの——馬頭鬼」

「ええ、そうですよ！」

死した一条を甦らせるため鳥辺野へ向かっていた途上で、彼らは一度、会っている。

あおえはそのとき、夏樹が久継に対して純粋な敬慕の情を寄せていたのをまのあたりにしている。

「あなたが怨霊になったら、夏樹さんが泣くじゃありませんか！」

それを聞いても久継の表情は動かない。代わりに、彼は槍の石突きで馬頭鬼の顎へ強烈な一撃を見舞った。

「はぐっ!!」

情けない声をあげて、あおえがのけぞる。久継が緋の袴の裾を踏むと、馬頭鬼は見事に転倒した。

「馬鹿者！」

さっき褒めたしろきが罵声を浴びせる。

「そんな恰好をしているからだぞ。武器はどうした、武器は！」

地面に寝転がったままで、あおえはぷうっと頬を膨らませた。

「だって、追放された身なんだもの……」

それでも、すべてが無駄だったわけではない。あおえの捨て身の行動に触発されたのか、他の牛頭馬頭たちがそれぞれの武器を構え直して突進してきたのだ。そのうちの何人かが寝転がっていたあおえを誤って踏んでいったが、馬頭鬼の悲鳴は鬨の声に掻き消されてしまった。

一度にこれだけの数で迫られては、いくら久継でも無傷ではいられない。いままでなんとか持ちこたえられたのは、最初の奇襲が功を奏したからにすぎないのだ。

冥府の鬼の武具に身体を貫かれれば、それですべてが終わってしまう。

久継は舌打ちをし、険しい顔で槍を大きく一回転させた。細身の刃が空を切って生じた風で短い髪が乱れ、彼の頬にまとわりつく。まるで優しく愛撫するように。

その瞬間、久継の表情に変化が生じた。

最初は微かな驚きのみ。そのあと徐々に現れてきたのは歓喜――それも、とびっきり凶悪な。

鬼たちが殺到する。が、手にした槍や戟が、亡霊のかりそめの肉体を串刺しにする寸前。

突風が生じた。

冥府の谷から吹き上げてきたものではない。新たな風の中心は久継。彼をとりまく空気が、突如として渦を巻き、はじけた。いまの自分なら風を操れると、自ら気づいてすぐに、その力を行使し始めたのだ。

「いかん！」

しろきが叫んだと同時に、先頭の鬼たちが風に薙ぎ倒される。悲鳴と怒号があがる。

そこへ重なる、久継の哄笑。

彼の狂おしい笑い声に、黄泉比良坂全体が震撼する。鬼たちまでもが戦慄する。ただひとり、しろきだけが声を懸命に張りあげている。

「やめさせるんだ！」

無駄と知りつつも、叫ばずにはいられなかったのだろう。

「やつを怨霊に、御霊にさせるな!!」

風はやまない。久継の哄笑もおさまらない。

さらに追い討ちをかけるがごとく、遥か頭上の暗闇から猛々しい馬のいななきが響き渡る。

その場にいた全員が、いっせいに上空を見上げた。そして、暗い天から駆け降りてくる、異様な馬の姿を目撃した。

普通の馬の倍はありそうな巨体。神々しいほどに真白き身体をしていながら、脇腹に散った赤斑は返り血のごとく凶々しい。歯を剝き出した形相はすさまじく、瞳は怒りに燃え盛っている。この馬の前では、冥府の馬頭鬼でさえ迫力負けだ。

実際、彼らは何もできない。完全に硬直して、神にも等しき龍馬（りゅうば）――もしくは龍馬の血をひく怪馬の登場をみつめている。

いや、こうして冥府に堂々と降臨した時点で、それがただの馬ではないことは証明されたも同然だった。たとえ、並みの大きさで普通に地を駆けて現れたとしても、鬼たちの反応は変わらなかっただろう。

あれは見た目通りのものではない。怪馬と呼ぶのも正しくはない。あれは馬の姿をとった神、龍馬そのものなのだと、鬼だからこそわかったのだ。

「焔王（えんおう）！」

久継が名を呼ぶと、龍馬は応じるように高くいないないた。その響きは冥府の鬼たちをも心底震えあがらせた。

久継はおびえる鬼たちを見て、また笑った。彼のどこまでも明るい笑い声は龍馬のいななきとあいまって、黄泉比良坂全体を覆っている重苦しい気をどこかへ吹き飛ばしてしまう。

そんな中、いち早くしろきが我に返った。

「行かせるか!!」

僧衣を翻（ひるがえ）し、久継に跳びかかる。この一撃で決着をつけるつもりで戟を撃つ。

が、わずかな差で相手はその場から消えていた。久継は槍で地を突いて、大きく宙へ跳ねあがっていたのだ。

久継が槍を手放す。風が身体を強く後押しする。次の瞬間、彼の両手は焔王のたてがみをしっかりと握っていた。

すぐさま体勢を整え、馬の背にまたがる。鞍(くら)も鐙(あぶみ)も手綱もいらない。鬼たちと遊ぶのもこれまで。冥府などに、もとから用はない。

「行くぞ、焔王」

龍馬は力強く虚空を蹴ると向きを変え、果ての見えない闇だけの高みへと昇っていく。

「させるか！　追うんだ！」

激怒して怒鳴るしろきの姿も、あわてふためく鬼たちの姿も、もはや久継の眼中にない。焔王の導く先、生ける者たちの世界、やり残したことのある場所、それだけを彼はみつめていた。


山の上には、松の枝にひっかかるような形で白い月が姿を現していた。あたりが暗くなったために、ようやく月影が見えるようになってきたのだ。

月光が照らす浜辺にはさざなみが打ち寄せている。和歌でも詠みたいような風情のある光景だが、夏樹も一条もとてもそんな気分にはなれなかった。何しろ、周囲には累々と死体が転がっている。斬り伏せられたり、矢で射られたりした死体だ。無残な傷をさらし、苦悶の表情を血と砂でよごして倒れている。

だが、死体は死体でしかない。夏樹たちはもっと差し迫った脅威にさらされている。彼らを取り巻いているのは十騎ほどの武装した一団。大宰府の実質的長官である大弐が、大宰府政庁から引き連れてきた部下たちだ。

やや離れた安全な位置から、大弐は夏樹たちを小気味よさげに眺めている。軍の大将らしく赤糸威の大鎧と鍬形の飾りつき兜で華麗に装っているが、完全に装束に負けている。本人はそのことに気づいておらず、すっかりご満悦のご様子だ。

博多津へ攻め入ろうとした海賊たちを、事前に殲滅へと追いこめたのだ。海賊と通じていた官人たちも全員死んでくれた。あとはたったふたりの目撃者を片づければ、大宰府内から裏切り者を出してしまった件も隠蔽できる。

朝廷へは海賊の侵入を未然に防いだという、耳当たりのよい事実だけを報告すればいい。責任を問われるどころか、報奨も、都へ戻ってのさらなる出世も夢ではないだろう。

大弐はすぼめた口を扇で覆い、楽しくてたまらないというふうに笑った。

「ご安心なさいませ。使者どのの身柄はこの地には埋めずに海へお流しいたしましょう。都を想うお気持ちが強く、潮がかなえば、淀津あたりまでたどり着けるやもしれませんよ」

そんなことはまず無理だし、第一、溺死体では都近くまでたどり着いても意味がない。一条は嫌悪感も露わに顔をしかめる。夏樹は大弐の戯れ言には関心を示さず、ひたすら騎馬の男たちの動きを目で追っていた。

ひとりひとり太刀で斬りかかってこられたら、それはそれで大変だが、まだ対処のしようはある。しかし、一度に矢を射かけられたら逃れようがない。式神を使う陰陽生の一条でさえ、その攻撃をかわすのは不可能だろう。ましてや、いまの彼は普段の彼とは異なり、存分に力を行使できないのだ。大弐は一条が優秀な陰陽生であることを知らないが、そのことを切り札として使うのは難しい。使えてこその切り札なのだから。

自分たちが浜まで乗ってきた馬は、離れた場所に繋いである。あそこまで一気に走って馬に乗り逃走するというのも、現実的ではない。やはり、自分自身が武力でもって血路を切り開くしかないと、夏樹は無謀な結論を下した。

ついさっきまで、久継の自害に衝撃を受けて茫然自失の体をさらしていたが——いまでもまだ心の傷は少しも癒えていないが、ここでなんとかしないと命はない。自分はまだしも、一条まで巻きこんでしまっては後悔してもし足りない。

夏樹の手が、腰に佩いた太刀近くにさりげなく移る。

（この太刀が抜いた瞬間だけでも光ってくれたら。せめて目くらましになれば、逃げる機会だって……）

鬼や邪霊ではなく、相手は普通の人間。どこまで霊剣の力が通じるかはわからない。太刀を抜いた瞬間に、むこうも攻撃に転じるだろう。八方から矢を射られたら、まず生きてはいられまい。が、このままじっとしていても行き着くところは同じだ。

一か八か。

夏樹は視線を素早く一条に向けた。一条のほうもほぼ同時に目だけ動かし、こちらを見る。重なった視線は互いの意思を瞬間に伝え合った。賭けに出るしかない、恐れやためらいを感じている暇はない、と。

ふたりはいちどきに反対方向へ跳びのいた。一条の手は懐へ。夏樹の手は太刀へ。

一条が懐中から、人形に切った白い紙を複数枚、取り出す。夏樹の太刀が鞘から抜き放たれる。

紙人形たちがいっせいに風に乗る。菅公ゆかりの霊剣は――光らない。

（人間相手じゃ駄目なのか!?）

失敗した、と夏樹は思った。だが、もうあとにはひけない。

夏樹は叫びながら、いちばん手近な相手に斬りかかった。

一条が放った紙人形たちはまるで生きているかのように手足をばたつかせ、敵の顔に貼りつく。貼りつかれたほうは驚いて悲鳴をあげ、落馬しそうになった。

そうやって目くらましにひっかかったのはほんの数人。夏樹が斬り伏せたのも最初のひとりのみ。残りの者はただちに矢をつがえ、少年たちを狙う。

幾本もの矢が同時に射かけられる。矢羽がひゅんと音をたてて風を切る。

そのとき、より強い風が海から吹きつけてきた。

逆風に煽(あお)られ、矢は一本残らず砂地に落ちる。それればかりか、海が生き物のごとく大きくうねった。

おだやかだった海の突然の変化に、誰しもが驚き振り返った。

波が弾ける。岩にあたって砕けたのではなく、下から突きあげられた海水が高く立ちあがり、内側から弾けたのだ。

あえかな月光を受けて、波の飛沫(ひまつ)が水晶の破片のように光る。突如生じた海の裂け目から、ひとを乗せた馬が現れる。

馬は巨大だった。真っ白な身体が、脇腹の赤斑が海の上にくっきりと浮かびあがる。

龍馬だ。

その背に乗っている人物は、白糸威の簡素な胴丸を身につけていた。白糸の上に赤い血が散って、馬の配色とまったく同じに見える。

馬具が一切ないのにもかかわらず、人馬一体となった見事な動き。騎上の人物の短い髪が、風に躍っている。鬼気迫るものすら感じさせる歓喜の表情。

久継だ。

浜辺にいる者たち全員が彼を目にした途端、動けなくなった。夏樹も、一条も。彼らに矢を放とうとした者たちも。さっきまで、絶対的な優位を信じて高みの見物を決めこんでいた大弐も。

「そんな……そんな馬鹿な……」

恐怖に震えたつぶやきが大弐の口から洩(も)れる。彼の目は浜辺をあわただしくさまよい、死体の山の中から久継の亡骸(なきがら)をみつけ出す。

「やつは死んだはずだ！」

大弐に言われるまでもない。久継の肉体は、堅く目を閉じて浜辺に横たわっていた。だが、海上に現れた龍馬の背に乗っているのも、間違いなく久継だ。装束すら寸分たがわない。

「久継どの……」

夏樹の頬に涙がひと粒、流れ落ちた。

あれだけ泣いたのにまだ足りなかったのか。なんのために流す涙なのか。

自問してもわからない。ただ泣けてくる。

「久継どの……、久継どの……」

蹄（ひづめ）に蹴りあげられた海水が銀の雫（しずく）となって宙に散るが、龍馬自身が海に沈むことはない。龍馬は地を進むのと変わらぬ動きで、海面を駆けている。浜へ向かって近づいてくる。

　あり得ない光景だ。馬が水上を走る——それも死んだはずの人間を乗せて。

　そんな、あり得ない存在を月が照らす。

「来させるな！」

　大弐が金切り声で叫んだ。大弐の部下たちはおびえつつも命令に従い、つがえた矢の向きを沖合いへと変える。

　が、放たれた矢は一本として龍馬に届かなかった。動揺のあまり、狙いがまったく定まっていないのだ。仮に矢が届いたところで、すべて久継の太刀が叩き落としていっただろう。左大臣邸に龍馬と久継が乱入した際、いまよりもっと大勢の武士（もののふ）たちが雨霰（あめあられ）と矢を射かけたが、どれひとつとして彼らを傷つけられなかったのだから。

　海を蹴立てて走る龍馬は、波打ち際で大きく跳んだ。死体の山を越えて、砂浜に蹄を降ろす。ざっと巻きあげられた砂粒が、これは夢でも幻でもなく現実なのだと教える。

　大弐の部下たちの何人かは完全に逃げ腰になっていた。それでも、残りは果敢にも太刀を抜き、乱入者へ向かっていく。そうでもしなくては正気を保っていられなくなると思ったのかもしれない。

だが、龍馬が大きく前脚を振りあげ威嚇しただけで、彼らの騎馬のほうが怖じ気づき、前に進まなくなってしまった。軍馬といえば、ことさら気性の荒い馬がそろっているはずが、龍馬の前では臆病な子馬同然だ。

「ええい、何をしているか！」

大弐は離れた場所からただ怒鳴るのみ。豪華な鎧に身を包み、立派な太刀を佩き、ひときわ体格のいい馬——龍馬には比ぶべくもないが——に乗っていながら、自ら立ち向かおうという気力はこれっぽっちも見受けられない。

夏樹は手出しもできず、逃げようともせず、久継だけをみつめていた。驚愕ばかりが大きすぎて、恐ろしいとか哀しいとか嬉しいとかいう他の感情が一切わきあがってこない。すぐそばにいる一条がどんな表情をしているのか、確かめるゆとりもない。

そんなとき。

大弐の大声や軍馬たちのおびえたいななきに混じって、刃と刃が触れ合う金属音が夏樹の耳を打った。

ほんの微かな音だ。まだ誰も刃を交えていない。なのに、その音はひときわ澄んだ響きとなって、はっきりと聞き取れた。

急いであたりを見廻す。一条もその音を聞いたのか、夏樹と同じように視線をさまよわせている。

そして、彼らは見た。自分たちの周囲、月明かりだけの浜辺に、いくつもの人影が浮かびあがってくるのを。

最初はぼんやりとしていたゆらぎが、次第にはっきりとした形をとる。どれひとつとして普通の人間ではない。首から上が牛だったり馬だったり、しかも物々しい大陸風の甲冑に身を固めている。

牛頭鬼に馬頭鬼。冥府の鬼たちだ。

夏樹たちはまだよかった。これほどの数ではないにしろ、冥府の鬼を見るのは初めてではなかったからだ。

しかし、大弐とその部下たちにはそうもいかない。海面を走る馬に乗って亡霊が現れたばかりでなく、大勢の異形（いぎょう）の鬼たちに囲まれてしまったのだ。当然のごとく彼らは恐怖に圧倒されて戦意を喪失し、右往左往した。早々と逃げ出している者も少なくない。

鬼たちはそんな生者たちには露ほどの関心もはらわなかった。地が裂けたような怒号をあげ、牛頭馬頭らがいっせいに襲いかかった相手は龍馬と久継。この世のモノでない鬼たちが、この世のモノでない存在にぶつかっていく。

怒濤（どとう）のごとく鬼たちに押し寄せられ、久継は片方の眉を少しひそめた。羽虫が集うさまでも見やるかのように、傲慢に。尊大に。

途端に海から、久継の背後から強い風が吹いてくる。しっかりと足を踏ん張っていないと浜に薙ぎ倒されてしまいそうな勢いで。

砂は巻きあがり、小さな礫となってその場にいる者たちすべて、鬼も人間も区別なしに打ちつける。悲鳴があちこちからあがる。

夏樹も目をあけていられず、両手で顔をかばって下を向いた。それでも、砂粒が目や口の中に入りこみ、歯の上にじゃりじゃりと厭な感触が生じる。

ふいに、誰かがひときわ高い悲鳴をあげた。

風がわずかに弱まったので、夏樹は顔を上げて薄目をあけた。視界に飛びこんできたのは大弐のうろたえる姿だった。久継に目前まで迫られ、大弐は涙を流しつつ首を左右に大きく振っている。

「来るな！　来るな！」

そんな懇願をきくような相手であるはずもない。久継はいつの間に拾いあげたのか、自身の亡骸を腕に抱いていた。龍馬はまったく同じ姿の死体と亡霊とを、同時に背に乗せている。

その異様な光景に心乱されたか、大弐の声はどんどん甲高くなっていく。

「わたしは大弐だぞ。おまえの上司だぞ、藤の大監。近寄るなと言っているのがわからぬか！」

死んだ者相手に上司も部下もあるまい。まして、久継は生前すでに大宰府政庁での地位を捨て、反旗を翻している。

大弐は泣いてわめいて、大声で久継を罵(ののし)った。果ては命乞いまでしつつ必死に逃げ惑ったが、すべては無駄だった。大弐に迫った久継は、空いたほうの手で相手の喉を鷲(わし)づかみにし、自分のほうへと乱暴に引き寄せた。

当然、大弐は両手足をばたつかせて抵抗した。が、久継は放してくれないし、大弐の乗る軍馬のほうも、龍馬にぴったりと身を寄せられて恐慌状態に陥り暴れている。部下たちは上司の窮地を救うどころか、這々(ほうほう)の体(てい)で逃げていく。

彼らに代わって大弐を助けてやらなくては――

保身のために自分を殺そうとした相手ではあるが、夏樹は理屈抜きでそう思った。なのに、意に反して身体は動かない。必死になってもがく大弐をぼんやりと傍観している。

冥府の鬼たちは、大弐を助けるためではなく久継を捕らえるために、あと一歩のところまで迫っていた。が、龍馬は鬼たちにちらりと視線を向けるや、いきなり宙へ飛びあがった。久継に首をつかまれていた大弐も、引きずられるようにして上空へと連れていかれる。

大弐の悲鳴に、きらびやかで重そうな赤鎧ががしゃがしゃと鳴る音が重なった。解放された軍馬のほうは、泣き叫ぶ主人を見捨てて逃げていく。龍馬はさらに空高くへ。翼もないのにかなりの速度で高度を上げていく。

冥府の鬼の誰かが、龍馬めがけて武器を投げた。方天戟だ。が、蹄すれすれをかすめただけで、戟は放物線を描いて落ち、砂浜に深く突き刺さった。

龍馬の姿はどんどん遠ざかり、夜の雲にまぎれてよく見えなくなる。大弐のわめき声も小さくなる。

突然、大弐の悲鳴がいままで以上に高く響き渡った。

それっきり途切れた悲鳴の代わりに、遥か上空から、どっと笑い声が起こる。まるで雲の上に数多の物の怪が群れ集っているかのように。

どこまでも明るく楽しげで、陰惨さはまるで感じられない点は、久継の笑い声に似ていた。しかし、どこか常軌を逸した、聞く者を不安にさせる響きがある。そこだけは、あの良光という生ける屍の笑いにも似ていた。

「久継どの……」

夏樹は力なく空へ両手をのばした。

何もつかめない指。夜空を背景に、無力な自分自身の指は白っぽく、いかにも貧弱に見える。空の彼方は逆に何も見えない。暗すぎて。

それでも見ようと目を凝らす夏樹の頬へ、何かがぴしゃりと落ちた。

普通の雨粒ではなかった。生温かさとぬめりを伴って、それは夏樹の頬から首へと垂れていく。のばした指先にも、それがかかった。赤い色彩が。血が。

続いて、天からぼとぼとと降ってくる。

ちぎれた腕。脚。肉塊。

「馬鹿、こっちへ来い！」

呆然と血の雨に打たれている夏樹を、一条が強引にひっぱる。おかげで落下してきた兜で怪我をせずに済んだ。

夏樹は何も言えず、砂浜に転がる赤い兜を呆けたように目で追っていた。あれがもとからの色だったか、血に染まってああなったのかどうか、よく思い出せない。

「どっちだったっけ……」

「何が？」

無意識に洩れた問いに、一条が怒ったような口ぶりで訊き返す。説明するのも億劫で、夏樹は首を横に振った。

「いや、なんでもない……」

雨はやんでいた。

ほんのひとときの通り雨。死体ばかりの浜辺に血と屍肉を一体分増やしただけ、と言えるかもしれない。

暗い空からは、もう悲鳴も笑い声も聞こえない。耳を打つのは波と風の音ばかり。天翔ける龍馬の姿もみつけられない。流れる雲とその合間から覗く星ばかりが目に映る。

待っているのに、と夏樹は心の中でつぶやいた。彼が、天から舞い降りて、自分に真正面から向き合ってくれるのを待っているのに――

「ええい、また逃がしたか！」

憤懣(ふんまん)やるかたないといった荒々しい声に、夏樹の注意は夜空から地上の浜辺へと引き戻された。

怒りの声を吐き出したのは、ひとりだけ僧衣姿の牛頭鬼だった。砂浜に突き立った方天戟を引き抜いて、彼、しろきは夏樹に険しいまなざしを向けてきた。

「見ただろう。おまえたちがあの男を死なせた結果があれだ。あいつに大暴れされたうえに龍馬に乱入されて、冥府は大混乱だぞ」

夏樹は何も言えない。代わって口を開いたのは一条だった。

「それはそっちの問題であって、こっちには関係ない」

思いきり突き放した物言いに、しろきが目を剝(む)く。ただでさえ恐ろしげな獣の目が、ひどく血走って凄(すご)みを増す。仮に浜に現れた冥府の鬼がしろきひとりであったとしても、大弐の部下たちのように、あとをも見ずに逃げ出したくなるだろう。

それでも一条は顔色ひとつ変えない。

「怨霊を取り逃がした責任まで押しつけられては迷惑だ」

「ほう」しろきは目を細めて、妙に静かな声を出した。

「閻羅王さまのお目こぼしで甦らせてもらった身がよく言う。そもそも、あの男が怨霊になったのも……」

「理を乱す術者が誰だか示してやったのは、おれたち。自害したのはあいつの勝手。それこそ、おれたちのせいじゃない」

「ずいぶんと強気だな。せっかくのその命、無効にされてよいとでも？」

ハッとした夏樹はすぐさま抗議しようとした。が、彼より早く、別の声が鬼たちの間から起こる。

「しろき、そういう言いかたはひどすぎるぞ！」

進み出てきたのは、馬頭鬼のあおえだった。まとった女物の装束は、なぜかずたぼろになっている。どうしてそうなったか事情を知らない夏樹だったが、まるでいちどきに大勢から踏まれたみたいだなと、ほぼ正解のことを思った。

「こんなに落ちこんでいる夏樹さんをいじめるなんて、おまえは鬼だ！」

ぎゃあぎゃあとわめく昔の同僚を、しろきは冷たく睨みつけた。

「事実、おれは鬼だし、こいつらの怠慢のせいで事態が前より悪くなったのも事実だ。まあ、いい。いまはあの怨霊をどうにかするのが先決だ。地の果てまでも追い詰めて、必ずや……」

「待った」

矛先を違う方向へ向けかけたしろきに呼びかけたのは、一条だった。

「まだあいつを追うつもりなのか？」

「決まっているだろうが。ただの怨霊ならいざ知らず、生前から冥府の面子に傷をつけ、しかも龍馬なんぞを乗りこなしている危険極まりない輩だぞ。おまえたちだけで対処できる相手でもあるまいに」

「だから、鬼どもがぞろぞろ追いかけていくって？　冗談じゃないぞ。こんな田舎の浜辺とは違うんだ。牛頭鬼、馬頭鬼が群れをなして都に乗りこんでいったら、どうしたってひと目につくだろうが。こは何事ぞと大混乱になるぞ」

都――

夏樹は無意識のうちにその言葉を口に出していた。それを自分への問いかけと思ったのか、一条が振り返る。

「ああ、あいつが現世へ舞い戻ってきたのは何か理由があるからだろ？　でも、大弐を殺すことが目的だったとも思えない。大弐をくびり殺したあとでここに舞い降りてきたなら、おれたちと対決するつもりで怨霊になったっていう目もあったろうが、やつはそれをしなかった。つまり、別の目的があるはずなんだ」

「都に？」

「反乱が失敗した以上、大宰府に用はないはずだ。じゃあ、都に頻繁に現れてやっていたこと――左大臣の一族への厭がらせでも本格的にやろうって腹じゃないのか？」

ずいぶんな人物像だなと思ったが、夏樹もここに至っては否定できない。それとも、そうなった事情を知れば、まだ久継を理解できるのだろうか。

「どうして、そこまでやらなくちゃいけなかったんだろう……」

「知るか。おれはあいつじゃない」

一条は一言のもとにばさりと斬り捨てた。

理由はさておき、一条の言う通り、久継はいまごろ都へ向かってひた走っているのだろう。あの龍馬ならば、険しい山にも旅路を阻む広い河にも煩わされることはない。夏樹は自分たちがたどってきた都から大宰府までの長い道のりを振り返り、大きな虚脱感に見舞われた。

力量の差を見せつけられて夏樹はうつむき、一条はいまいましげに砂浜を蹴りつけた。

「ったく、とことん虚仮にしてくれたわけだ」

「そんな、虚仮だなんて……助けに来てくれたのに」

「助け？」

「彼が来てくれなかったら、ぼくらは大弐に殺されていた……」

「だから、恩に感じろって？」

一条は短く声に出して笑い、首を左右に振った。

「結果的にはそうなったし、助ける気がまったくなかったわけでもないんだろう。だがな、あの大弐がいい上司だったとはとても思えないし、当然、あいつらの間には以前から軋轢があったはずだ。前から気に食わなかった厭な上司を、行きがけの駄賃とばかりに殺していった——そういうことだ。それだけなんだよ。助けてくれただなんて、変に恩義を感じる必要はないとも」

「恩義とか、そういうふうには……」

「そうだな。ちょっと考えてみれば、鈍いおまえにも当然わかるはずだからな」

返す言葉がみつからず、夏樹は唇を噛んで顔を海へ向けた。

夜の海は静かだった。だが、それは表向きの姿だ。暗くて見えないだけで、沖合いには戦死者だらけの海賊船が漂っているはず。穏やかな波の下にもどんな化け物がひそんでいるか、わかったものではない。現に龍馬と久継亡霊はこの海から突然現れた——

夏樹は片手で顔を覆って、深いため息をついた。

ここで海ばかり見ていても仕方がない。久継が都へ行ったのなら、自分たちもすぐさまあとを追うべきだ。それが、どれほど苦しいことだろうと。

「彼らが都に向かったのなら、ぼくらも戻らないと……」

「ああ。決着をつけるためにな。今度、あの男と逢ったときは、説得だのなんだのと言っている暇はないぞ。相手は怨霊なんだし」

決着。

その言葉の重みに夏樹が息を呑んだと同時に、しろきが小馬鹿にするような口調で言った。

「おい、おまえたち。まさか、まだあの男を自分たちの力でどうこうしようとか考えているんじゃないだろうな」

「考えているとも。このまま引っこんでいられるか。あの龍馬をヒイヒイ言わせてやらなきゃ、せっかく生き返った甲斐がない」と一条がうそぶく。

「よっ、ご立派！」

家主のヨイショをするのが、居候の身にしっかり染みついてしまったのか、あおえがやけに力を入れて拍手する。が、その能天気な音はこの場の雰囲気にあまりにそぐわず、本人もすぐそれを察して気まずそうに拍手をやめた。

しろきはあおえの拍手など歯牙にもかけず、一条の顔を睨みつけている。

「あの龍馬をか。いまの状態でそれが果たせるのかどうか疑問だが。第一、おまえ、その身の内に何やら……」

「やってやるとも。いますぐにも都へ馳せ戻る」

しろきの言葉を途中でさえぎり、一条が顎で指したのは、少し離れた場所に繋がれている自分たちの馬だった。龍馬の乱入やら鬼の大群やらにおびえていたが、繋がれていたために逃げられずにいたのだ。

「大宰府からここまで走り詰めで悪いが、次の駅舎までまた走ってもらうさ」

「それでも、最低半月は必須だな。その間に都はどうなるやら」

しろきは悲観的な意見を述べながらも、何事かを思案するように眉間に深く皺を刻みこんだ。

「とはいえ、われらがあやつを追って都へ入れば、面倒なことになるだろうよ……」

だからといって、このまま久継を見逃すことも絶対にできまい。迷っているふうのしろきに、何を思ったか、あおえが擦り寄っていく。

「なあ、なあ、しろきぃ。ここはひとつ、一条さんや夏樹さんのためにひと肌脱いでみちゃどうかなぁ」

気色悪い猫なで声だが、その提案は夏樹たちにとって願ってもないことだった。なんでもいいから助力が欲しいほど、かなり厳しい状態なのだ。贅沢など言ってはいられない。

期待をこめて、あおえを見守る。夏樹のその視線を感じてか、あおえはさらに言葉を重ねた。

「都へおふたりを連れていくことぐらい、そんなに難しくはないだろう？　これだけ数がいるんだしぃ、あの手があるじゃないの、あの手が」

「あの手……」

「うん、もう、わかってるくせに」

　あおえは肘でつんつんとしろきの背中をつっつく。

「だってさ、冥府の獄卒が勢ぞろいで都に入るってのは、やっぱりまずいよぉ。うちらだってもう充分被害出てるんだし、お務めを代わってやろうって相手がいるんなら、そっちに任せちゃったほうがオトクだってば」

「それはそうだが」

「だったら、早いとこ都に行ってもらおうよ。あの手を使ってさ」

「しかしだな、閻羅王さまからお咎めを受けるかもしれんぞ。おれまで冥府を追放されたらどうしてくれる」

　あおえの顔がぱっと明るくなった。演技ではなく、本当に嬉しそうに、

「そしたら、いっしょに一条さん家で暮らそうよ！」

　ずいっと前に出そうになった一条を、寸前で夏樹が押しとどめた。

「抑えろ。言いたいことはわかるが、ここは抑えるんだ」

　小声でささやけば、ぶるぶると震えつつも一条はおとなしく引いてくれた。

　まさか、都での居候暮らしに興味を持ったわけではあるまいが、しろきは迷いを振りはらうように大きくうなずいた。

「よし、特例中の特例だ。おまえたち、黄泉比良坂を通っていけ」

「黄泉比良坂を!?」

　平然としている一条に代わって、夏樹が驚愕の声をあげる。

「このあたりに、珍皇寺（ちんこうじ）の井戸みたいな冥府への入り口があるのか？」

「特にはないが、異界への扉はどこにだってあるようなものだ。峠だの、橋だのがそれにあたる。仮にそういったものが近くにないからといって、まったくの無理だというわけでもない。そうだな、たとえば邸（やしき）に入ろうとするとき、普通は門をくぐるが塀を乗り越えていくのも可能だろう？　今回のは、そういった特例中の特例だ」

「し、しろきぃぃぃ、わかってくれると信じていたよぉぉぉぉ」

　あおえが目を潤ませ、牛頭鬼に熱い感謝のまなざしを注いだ。夏樹も、あおえに負けず劣らず熱いまなざしをしろきに向ける。見られているほうは、ふんと鼻を鳴らし、

「勘違いするな。そのほうが手間が省けるからそうするだけだ。おまえたちがあの怨霊の始末をつけられなかったときは、おれたちも仲間をひきつれて遠慮なく都に乗りこんでいくからな。もちろん、そのときはおまえのかりそめの命も――」

　しろきは方天戟を一条につきつけた。

「なかったことになると思え」

　一条もふんと鼻を鳴らし返して方天戟の刃の根もとをつかみ、脇へ押しやった。琥珀（こはく）

色の瞳が牛頭鬼を見据えて不敵に輝く。

「きっちり始末をつけてやるとも。怨霊結構、あの男を生きたまま捕らえるよりも、死霊（しりょう）退治のほうがずっと楽だからな」

死霊退治になるのか、と夏樹はぼんやり思った。久継は甦りの秘法を会得している。持ち去った自分の死体に自ら術を施し、生き返ることはできるかもしれないが……。

（あのひとはそれをやらない）

夏樹はなぜか、そう確信した。生き返るつもりなら、そもそも自害するはずもない。

（でも、それならなぜ、あのひとは自分の身体を持ち去ったのだろう。単純に、遺体をさらしていたくなかったんだろうか。そんなことにこだわるひとでもないとは思うけれど……）

あれこれ考えている暇もゆとりはなかった。冥府からやって来た鬼たちは、しろきの指示を受け、向かい合って二列に並んだ。カシャン――と音をたて、列の先頭ふたりがそれぞれの武具を頭上高くで触れ合わせれば、同じ動作を鬼たちは手前から順にやっていく。

彼らが手にしているものは槍だったり戟だったりとさまざまだが、どれも柄の長い武具だった。その刃を頭上で触れ合わせれば、三角形の隧道（トンネル）ができあがっていく。鳥居が延々と連なるさまにも似て。

稲荷の社でよく見る赤い鳥居の隧道は、まさに異界へと続く道。牛頭鬼馬頭鬼がつくっていくこの急ごしらえの隧道も、同じ意味合いのものなのだと、素人の夏樹でも類推できた。

隧道のむこうには松林が広がっているはずなのに、いくら目を凝らしてもそれが見えない。影になり、暗く闇に沈んだ隧道の奥からは、浜の空気とは全然違う乾いた風が吹いてくる。

夏樹はその風を肌に受けた途端、ぞっとした。これは間違いなく冥府の風だと本能で察したのだ。

「道は開いた」

列には加わっていなかったしろきが重々しく告げる。

「血に汚れた衣装は脱いでいけよ。でないと、余計なものを惹きつけてしまうからな」

その忠告に従って、夏樹は血の雨を受けて汚れた狩衣と烏帽子を脱ぎ捨て、単と指貫だけの姿になる。一条も同じ恰好になり、さらに元結いをほどいて長い髪をざっとひと振りした。黒髪は瞬間うねって、彼の白い頰やうなじにまとわりつく。それを目にした夏樹は、なんとはなしに厭な予感をおぼえた。

「まあ、脱いだところで気休めにしかならんだろうが」

しろきのそんなつぶやきが、夏樹の不安に拍車をかける。

「それはいったいどういう……」

「夏樹さぁん、一条さぁん」

質問はあおえの声にかき消された。あおえが繋いであった二頭の馬を引っぱってくる。顔が似ていて親近感がわくのか、どちらの馬もおとなしく女装の馬頭鬼にされるがままになっていた。

「おふたりは馬に乗っていってくださいよ。わたし、いっしょに走っていきますから」

「なんだ、おまえも来る気か？」と、一条が不快感を露骨に表す。

「だ、だって、都に戻るんでしたら、みんなでいっしょに……」

「留守をちゃんと守っていろとおれは言ったのに、それに背いたのはどこのどいつだ？」

「だって、だって、しろきが」

「おれは関係ないぞ！」

叫ぶ牛頭鬼に、あおえはすかさず嚙みついた。

「嘘つけ！　一条さんたちの監視に協力すれば、冥府へ早く戻れるよう便宜を図ってやるって約束したくせにぃぃぃ!!」

「協力だと？　結局、なんの役にも立たなかっただろうが、おまえは！」

「ほう、それで都からずっとつけてきたってわけか……」

一条が低くつぶやくと、しろきとあおえはふたりそろって身をすくませた。

「その件に関しては後日ゆっくり話し合おうかな、あおえ」

「い、一条さぁん……」

瞳を潤ませて震える馬頭鬼から馬の手綱を奪い取り、一条は一方を夏樹に手渡した。

「一気に走るぞ」

「でも、大丈夫なのか、おまえ……」

死んでしまった友人に逢いに黄泉比良坂を下っていったときのことが、否応でも夏樹の脳裏に甦る。ただ通過するだけにしろ、一条をまた冥府へ戻すことに不安を感じないわけがない。なのに、当の本人はなんの迷いも見せなかった。

「だったら、地上の道を行くか？　馬鹿だな、都にたどりつくのに何日かかると思ってる」

「黄泉比良坂を経由しても、時間はかかるかもしれないが……」

と、苦々しげにしろきが言った。

「あの男がさんざん暴れまわった末に、龍馬まで乱入してきたからな。いまだに気脈が乱れている。が、それでも、地上を走るよりはマシなはずだ」

「わかったよ」

夏樹はしろきに向かってうなずき、一条から受け取った手綱をぎゅっと握りしめた。

他に選択肢はないんだと自分に言い聞かせ、槍や戟でつくられた隧道をいちばんにくぐる。

奥から吹きつけてくる冷たい風が、夏樹の頰をなぶる。それだけで、全身に鳥肌がたった。珍皇寺の井戸から冥府へ下ったときは必死で何も考えていられなかったが、いまはそうもいかない。一条の身に影響はありはすまいか、無事に都に帰り着けてもそれからどうすればいいのかと、いろいろ考えてしまう。

でも、もう引き返せない。ここで立ち止まったら、すぐ後ろからついてきている一条に背中を蹴り飛ばされるだろう。そんな情けないことになる前にと、夏樹はひたすら奥へ足を進めていった。

夏樹たちが冥府へ踏みこんだその頃、久継はすでに筑紫国(つくしのくに)の到津の浜から遠く離れた場所にいた。平安の都を見おろせる小高い丘の上に立っていたのだ。

都とはいえ、陽(ひ)が落ちてしまえば闇に沈んでしまう。しかし、内裏(だいり)や寺院、大貴族の邸などは無数の燈籠(とうろう)からなる光を放っている。まるで眼下にも暗い夜空が広がり、雲の切れ間から星の光を垣間見(かいまみ)させているかのようだ。

久継の口もとにはまた笑みが浮かんでいる。しかし、それは大弐を引き裂いたとき放った哄笑とはまったく異なっていた。目の前のものを慈(いつく)しんでいるような、穏やかな表情だ。

彼の背後には龍馬がいる。景色にはまるで関心をはらわず、かりこりと音をたてて何かを噛み砕いている。

「満足か、焔王？」

久継が問うと、龍馬は上機嫌で大きく鼻を鳴らした。

「それはよかった。口のおごったおまえに気に入ってもらえるとは光栄だ」

そんなことを言いながら、くっくっと喉で笑う。

夏樹は、久継がおのれの肉体を持ち去ったことを疑問に思っていた。確かに、彼は死体を使って甦ろうとしたのではない。抜け殻に執着などはない。使えるものは可能な限り有効に使おうと考えただけのこと。

久継は自分が身につけている胴丸をふと見やってつぶやいた。

「こんな戦(いくさ)装束で都にはいるのも無粋だな」

右手を軽く胸にあてる。たったそれだけの動作で、血に汚れ激しい戦闘で傷んでいた胴丸が真新しい装束へと変わった。身体にこびりついていた血も消えてしまう。

彼が新たにまとった衣装は、濃き香染(こうぞめ)（暗褐色。焦がれ香とも）の法被(はっぴ)に、金箔(きんぱく)で雲と稲妻の紋様が施されたものだった。縹色(はなだいろ)（青）の袴は裾を紐(ひも)でくくらない大口で、法被同様たっぷりと布地を使ってある。

急にあたりに丁子（ちょうじ）の香りが漂い出した。源は久継の衣装だ。香料である丁子で染めた香染は、染めてしばらくのうちなら、丁子の馨（かぐわ）しい香を放つ。最上級の貴族しか着られない高級品なのだ。

怨霊となった久継は千里の道も瞬時に越えられるし、風を操ることもできる。衣装を変えることぐらい造作もない。

「さあ——始めようか」

その言葉とともに、空の雲が不気味に動き出した。まるで災厄の暗い影が、意思を持って都を覆い尽くそうとするかのようだった。

あの男が暴れまわった挙げ句に龍馬に乱入され、冥府の気脈が乱れている——と、しろきは言った。

どこがどう乱れているのか、夏樹にはまったくわからない。冥府は以前来たときと同じように荒涼としてうそ寒く、岩と闇と風ばかりだ。

こんなところは早く抜けてしまうに限ると、夏樹と一条はそれぞれ馬に乗って黄泉比良坂を走った。先導役は勝手知ったる馬頭鬼のあおえ。装束の裾をまくりあげ、たくましい太股（ふともも）を剝き出しにした悩殺的な姿で疾走する。一条は真ん中に、しんがりが夏樹だ。

どっどっどっと足音高く走りながら、あおえはときどき振り返り忠告する。

「いいですか、外野がちょっかい出してくるでしょうけど、気にしないでくださいよ」

案の定、それからいくらも経たないうちに、右側の耳もとで童女のささやき声が聞こえてきた。

(ねえ、ねえ)

やっぱりこれか、と夏樹は思った。前に黄泉比良坂に来たときもこの声が聞こえてきて、尋ねもしないのに坂の名の由来を教えてくれた。きっと死者の声なのだろう、よほど生者の存在が気になるらしい。

見廻したところで姿は見えないとわかっているから、頭から無視をする。なのに、童女の声には気を悪くしたふうもなく、ささやき続ける。

(何をそんなに急いでいるの?)

無邪気で愛らしい、楽しげな声。殺伐とした風景に、まったくそぐわない。その強い違和感は、夏樹の腕にびっしりと鳥肌を立てさせた。

(ねえ、ねえ、ねえ……)

くり返されるささやきは、やがてくすくす笑いに変わり、ありがたいことに馬の蹄の音にまぎれて聞こえなくなった。ホッとしたのもつかの間、今度は左側から違う声が問いかけてきた。やや甲高い男の声で、

（新蔵人どのはどちらへ行かれる？）

いきなりおのれの官職名を呼ばれ、夏樹は声のしたほうを反射的に振り向いた。次の瞬間、とんでもないものを見てしまい、危うく馬から落ちそうになる。

赤い火の玉が、馬を駆る自分と並列に宙を飛んでいたのだ。

前髪が焼けそうなほど近いのに、熱は一切、感じられない。それだけでも普通の火でないことは明らか。しかも、燃え盛る真紅の中心には、髪を振り乱した大弐の顔が浮かんでいる。

目尻や口の端から血をしたたらせた大弐は、驚きのあまり何も言えずにいる夏樹に笑いかけると、すっと脇を抜けて一条へ近づいていき、彼の後方について、いやらしげな声でささやき出す。

（現世にあるときは気づかなかったが、そなた、強い力を持っているな。あちら側よりこちら側のモノに近いのではないか？　いや、面白い面白い）

一条は大弐を完全に無視しているが、相手はしつこい。粘っこい笑みを浮かべ、間隔をぴったり同じに保ってついてくる。

（その美貌にその力。いや、面白い面白い）

歌い嘲笑うようなその響きに、夏樹のほうが我慢できなくなった。

「一条！　そんなやつ、術でちゃっちゃとやっつけてしまえよ！」

以前の一条なら、やっていただろう。だが、彼は何もせず、ただひたすら馬を走らせていた。大弐の亡霊ごとき、相手をするのも面倒だと、力を出し惜しみしているのか。夏樹はこれ以上、大弐のにやにや笑いを見ていたくなかった。一条がやらないなら、自分が始末をつけてやろうと、片手で手綱を操りつつ、もう一方の手で太刀を抜く。菅公ゆかりの太刀は、その刀身を白く光らせていた。冥府の霊気がそうさせるのか、一点の曇りもない、いつにも増してまばゆい光だ。

夏樹は馬の脇腹を蹴って速度をあげさせ、火の玉の斜め後ろすぐにまでつけた。気配を感じたか、大弐の首が振り返る。そこへすかさず太刀を下から突きあげる。

光る刃に貫かれ、大弐の首は小さな声をあげた。

幻を貫いたかのごとく、手応えはない。が、炎はすぐに消えた。首も炎とは少し遅れたが、霞（かすみ）のごとくに薄らいでいき、消滅してしまう。夏樹はホッと息をついた。

一条がまぶしそうに目を細めて振り向く。礼を言おうとしたのか、余計なことをしやがってと怒鳴ろうとしたのか、とにかく口を開きかける。だが、言葉が発せられる前に、ふたりの間に新たな火の玉が飛んできた。

その火の玉の中にも、ひとの顔があった。夏樹たちにも見おぼえのある、海賊の残党だと豪語していた伊予（いよ）の利常（としつね）だ。

利常も大弐に負けないほどいやらしげな笑みを浮かべ、ちらちらと心配そうに夏樹の太刀をうかがいつつも、一条のまわりを羽虫のように飛んでは、ひそめた声で何事かをささやいている。内容は聞こえないが、どうせろくでもないことに違いない。

大弐ならばともかく、この男は生前、一条との接点を持たなかったはず。なのに、とても執拗だ。

黄泉比良坂を行く生者がどうしても気になるらしい。それに加えて、一条の何かが死者たちを惹きつけてやまないのだろう。彼が陰陽師の卵だからか、美貌のせいか、一度死んでいることが影響しているのか……。

「あっちへ行け！」

何もしようとしない一条に代わり、夏樹は太刀をふるった。が、すんでのところで利常の首は横へ飛びのき、光の軌跡から外れてしまう。

「ちいっ！」

思わず舌打ちした夏樹に、方向転換した首が向かってくる。威嚇するように大きく口をあけて。さすがは海賊の残党を自称するだけあって、大弐よりは気概があるらしい。

夏樹はとっさに頭を低くしてかわしたが、おかげで体勢を大きく崩し、馬の脚をもたつかせてしまった。

「馬鹿、気をつけろ！」

一条が怒鳴る。それも道理、坂の片側は千尋の谷だ。そちらへ落ちれば、ただでは済まない。だが、夏樹も負けじと怒鳴り返した。

「じゃあ、おまえがあれをなんとかしろよ！」

「そんな暇、あるか！　気にせず走れ！」

「あれを気にしないでいられるほど鈍くないんだよ！」

先頭を行くあおえが心配そうに振り返る。

「おふたりとも、こんなときに仲違いなんかしないでくださいよぉ」

八つ当たりだと知っていながら、じれた夏樹は声を荒くする。

「仲違いなんかじゃない！　だいたい、血に汚れた服を脱いでいれば大丈夫だとか言っておきながら……」

「大丈夫だなんて言ってませんよぉ」

一条が自嘲気味に笑った。

「そうだな、あれはただの気安めだな。わかってはいたとも」

「一条、おまえ……」

やはり、本調子ではない彼を冥府に連れてくるのではなかった。夏樹は深く後悔したが、もうあとの祭りだ。

（自分はずっと呆けていたから、頭ではわかっていても、一条の不調を本当には理解していなくて、彼にずっと甘えていて、いまでさえまだその気持ちが残っていて……）

情けない。恥ずかしい。腹立たしい。

見上げれば、炎に包まれた利常の首は、ふたりが油断するのを待っているかのように頭上高くを旋回していた。太刀が届く距離ではないだけに、なおさら鬱陶しい。

「しつこいぞ、おまえ！」

怒鳴っても、首はけたけたと笑うばかりだ。この太刀の光が怖くて下りてこられないのだろうが、こんなものにずっとつきまとわれたままで黄泉比良坂を走りたくはなかった。それ以前に、一条に余計なものを近寄らせたくなかった。

（もう少し、あいつが近づいてくれれば――）

夏樹はふと思いついて太刀を鞘に納めた。白い光は収斂し、周囲はもとの陰気な薄闇に戻る。頭上の首はちらりと視線を向けたが、何も言わない。

頭上の首は警戒してか、しばらく近寄ってこなかった。が、こらえかねたようにやがて高度を下げ、一条と夏樹の背後に廻る。夏樹は無視するふりをしながら、むこうがもっと近くに来るのをじっと待っていた。

（あともう少し、あともう少し……）

背後に息遣いを感じた。海賊の首は夏樹を追い越し、一条の後ろにつこうとしている。

その寸前、夏樹はいきなり振り返って首を鷲づかみにした！

火の中に手をつっこんだ形ではあったが、予想した通り熱くはなく、むしろ冷たい。

額を押さえこまれた首は、活(い)きのいい魚のように手の中で暴れている。夏樹は自分の鬱憤を晴らすために、それを力いっぱい放り投げた。

崖とは反対側の岩の斜面に火の玉は激突する。赤い火が一瞬ぱっと散ったが、消え失(う)せはしない。首は怒りのうなり声をあげると、ものすごい形相で夏樹に襲いかかってきた。

夏樹の手が太刀にかかる。今度こそ、光る刃で一刀両断してやろうと待ち構える。が、鞘から抜くより早く、炎に包まれた別の首が横から飛びこみ、海賊の首にかぶりついた。

新たに出現した首は、老人のものだった。頬はこけ、目は髑髏(どくろ)さながらに落ちくぼんでいるが、それでも生前の面影が残っている。

「惟重(これしげ)か……！」

病死した家人(けにん)の惟重だった。死してなお、主人である夏樹のために役立とうとしてくれたのだ。

「夏樹さん、いまのうちですよ！」

惟重が以前、夏樹に仕えていた者と知ってか知らずか、あおえがたくましい太股を高く上げて突如、足を速める。夏樹たちの馬は特に指示を受けていないにもかかわらず、置いていかれてなるものかと、同じように速度をあげる。

後ろを振り返ると、ふたつの火の玉はもつれあって坂の上を転がっていた。壮年の海賊と、老人の惟重と、どちらも負けてはいない。年齢など亡霊にはもう関係なく、ひとえに気力の勝負となるのだろうか。

ふたつの火の玉がどんどん遠くなっていく。引き返し、太刀で海賊の首にとどめを刺すべきかと迷い、ためらい、決めかねた夏樹が一条の表情を盗み見ると、血の気の失せた彼の頬が痛々しく目に映った。一条のためにも、やはり、できるだけ早く冥府を抜けたい――

「惟重、すまない」

夏樹は小声でつぶやくと、前を見据えて馬を走らせ続けた。

いまは一刻も早く、ここを抜けて都へ。それが必要なことだから。

そう自分に言い聞かせていた。

第五章　災厄の都

朝を迎えたというのに薄暗いのは、大粒の雨が叩きつけるように降っているせいだった。風も激しく、両脚をしっかり踏ん張っていないと、大人の男でさえよろけて賀茂川に転落してしまいそうになる。

都を南北に流れる賀茂川は、いまや白茶けた泥色の水をいっぱいにたたえ、ごうごうとうねりをあげていた。まるで、泥の壁が盛りあがったり引っこんだりをくり返しているかのようだ。

上流からは大量の流木が次々と押し寄せ、橋の支柱にひっかかっている。雨音が激しすぎて聞き取れないが、橋は軋んで悲鳴をあげている。崩れるのも時間の問題と思われた。

夏もそろそろ終わり。秋の初めには激しい野分（台風）が吹き荒れるのが常ではあるが、それにしても激しすぎる。堤防を管理する防鴨河使の長官は、賀茂川の荒れようを間近に眺め、恐ろしげにつぶやいた。

「これほどの嵐は初めてだ……」

防鴨河使は災害時に臨時に設けられる職で、都の警察官である検非違使（けびいし）がその任に当てられる。わざわざ川辺にまで出張（でば）ってきた防鴨河使の長官は、検非違使においては長官の補佐役の佐（すけ）だ。普段は都の治安を守り、凶悪な盗賊どもと渡り合ってきているだけあって、それなりの度胸はついている。しかし、そんな彼でさえ、自然の猛威の前では恐怖心を感じずにはいられない。

雨が降り出したのは二日前の夜遅くのこと。昼間は気持ちよいくらいに晴れ渡り、陽（ひ）が落ちてからも月や星が明るく夜空を彩っていたのに、突如として暗雲がたちこめてきたのである。

寝ていた子供がびっくりして起き出したほど激しい雨。風も荒々しく、飢えた獣のような咆哮（ほうこう）をあげ、家屋を絶え間なく揺さぶり続けた。夜が明け、また二度目の夜を迎えても、風雨は衰えることを知らなかった。この二日の間、安眠できた者などこの都にはひとりもいないだろう。

激しい風雨は、いまも一向に弱まる気配がなかった。むしろ、より激しくなっている。そのため、臨時官である防鴨河使が編成され、賀茂川の様子を見に来たのだ。

「ただちに堤防を強化する必要があるぞ。いや、その前に川近くに住む者を高台に移さなくては。それから――」

考え得る限りの対策を口にするが、長官のその指示も雨音にまぎれてしまい、部下たちの耳に届かない。あまりの風の激しさに立っていることもできず、地に両手をついて這いつくばっている者までいるほどだ。他人に避難を促すより、自分たちがここから早く逃れたいのが本音だった。

とうとう耐えきれずに、防鴨河使のひとりが上司に退却を勧めた。

「ここは危険です！　お早くおさがりください！　これほどの嵐、怨霊の仕業に相違ございません!!」

他の者たちも悲鳴のような声をあげて長官に退却を勧める。嵐が怨霊の仕業かどうかはともかく、実際この状況では何もできない。

長官は部下のおののきぶりとおのれの無力さに腹を立て、雨に濡れた唇を嚙んだ。が、彼らの言うのもわかる。いま自分たちが立っているこの堤防も、いつ崩れるかわからない状態なのだ。

退却の命を下そうとしたそのとき、ひときわ大きな音があがった。橋の支柱がとうとう水の圧力に負け、裂け始めたのだ。

一ヶ所が崩れるともう止まらない。たちまち橋そのものが、くの字に曲がっていく。めきめきと音をたて、裂けた木材は濁流に吞みこまれてしまう。

防鴨河使たちは悲鳴をあげた。今度は長官も例外ではなく、くぐもった声を洩らす。

が、本当の悲鳴をあげるのはそれからだった。橋を呑みこんだ泥色の渦の中から、何かが現れいでたのだ。

馬だ。脇腹にのみ赤斑を散らした真っ白な馬。それもとてつもなく大きい。

どこぞの邸で飼われていた名馬が川に落ち、溺れているのかと防鴨河使たちは思った。実際、彼らが堤防の上で賀茂川の様子を見ていた間にも、牛や馬が流されていくのを一度ならず目撃している。しかし、水の中から現れたにもかかわらずその馬は少しも濡れていなかった。それどころか、濁った川の水は馬の存在を中心に渦を巻いている。

馬は、その背に男をひとり乗せていた。

突風に乱れる彼の短い髪も、濃き香染の広袖も、雫ひとつ含んではいない。手綱も鞍もなく、川の中だというのに危なっかしげなところは微塵もない。

しかも微笑んでいる。濁流の中にありながら、余裕たっぷりに。川岸にいる防鴨河使たちに見せつけるかのように。

川の中から現れる人馬。おびえもせず、濡れもせず、水の上にあって沈みもしない。明らかに、普通の人間ではない。

「物の怪だ！」

防鴨河使の誰かが叫ぶ。言わずもがなだ、他に何があるだろう。

長官もこの異常な存在を前に蒼白になったが、恐怖を押し殺して太刀を抜いた。

「おのれ、この嵐もおまえの仕業か⁉」

返答は聞けなかった。馬上の男が応える前に、防鴨河使の足もとの堤防が崩れ始めたのだ。

しっかり押し固められているはずの土が、もろくも浸食されていく。白茶に濁った水が、あっという間に大量に押し寄せてくる。この流れにさらわれてしまえば、まず助かるまい。

「堤防が決壊いたします！」

「早くこちらへ！」

防鴨河使たちは長官の袖をつかみ、必死になって引っぱった。長官も抗わずに部下たちとともに水から離れる。

この世の者ならぬ男は彼らに嘲るような一瞥をくれ、馬を川から天へ駆けあがらせた。水に沈まなかったその馬体は、風にも楽々と乗ってしまう。暗雲に覆い尽くされた空に舞いあがった人馬の姿は、まさしく鬼神そのものだった。

降り続く豪雨がもたらす被害の状況が、次々と朝廷にもたらされていく。あちこちで山が崩れ、川が氾濫し、家屋は流され、あるいは土砂に埋もれ——嵐はやむ気配もなく、被害がさらに拡大するであろうことは、内裏の奥に集った貴族たちにも予測ができた。
そこへ、防鴨河使たちが賀茂川で目撃したものについての報告が飛びこんできたのだ。
額を突き合わせ、対応策を論じていた左大臣以下の公卿たちは途端に顔色を変えて、あわてふためいた。

「やはり、この嵐は怨霊の仕業か」

「それで、いかなる御霊が現れたというのか。北野の大臣か、伴大納言か、崇道帝か」

災害や疫病の流行は、御霊と呼ばれる強力な怨霊の仕業。一般に、政治的に敗れて憤死した者が御霊になるとされていたが、昔からそんな人間はいくらでもいる。御霊としてあげられる名には事欠かない。

が、賀茂川に出現した存在は、過去、都を騒がせたどの御霊とも違っていた。

「防鴨河使たちの申すところによりますと、脇腹に赤き斑の散った白馬にまたがり、賀茂川の底から現れいでたのは三十前後の男。烏帽子もつけずに短き髪を乱し、濃き香染の装束をまとって不遜に笑っていたとのことでございます」

報告を聞いて顔色を変えた者が、その場にふたりいた。左大臣とその息子、定信の中納言である。自分たちの周辺にたびたび現れた怪馬のことが、その脳裏に浮かんだのだ。

年の功か、左大臣が動揺を見せたのはほんの一瞬だった。

「これはゆゆしきこと。ただちに都中の寺社仏閣へ命じ、怨霊鎮撫の加持祈禱をさせねばなりませぬ」

と、発言する声もしっかりしている。心当たりがあるなどとは、口が裂けても言わない。しかし、息子の定信のほうはそうもいかなかった。

いまにも倒れそうなほど顔が青ざめる。扇を握りしめた手は激しく震える。うつむき、動揺を周囲に悟られまいと努力はしているが、どだい無理だ。左大臣と朝廷の権力を二分する右大臣などは、絶対に見逃さない。

「しかし、赤い斑の白馬とは——どこぞでそのような馬が出たという話、前にも聞いたことがあるような」

たっぷりと含みを持たせた右大臣の発言に、左大臣が厳しい声を返す。

「いまは一刻を争う非常時。怨霊を鎮め、嵐をおさめることを優先させなくては。これ以上、雨が長引けば、秋の収穫にも関わってきましょうぞ。それでもよろしいのか」

「何をおっしゃる。よいはずがないではないか」

ふたりの大臣の間に険悪な雰囲気が漂う中、他の公卿たちは扇の陰でひそひそとささやき合っている。どちらの肩を持つべきかと、おのれの保身のために探り合っているのだ。

彼らのけして好意的ではない視線は、定信の中納言にも向けられていた。しかし、針のように痛く感じられるはずのその視線にも、いまの定信はかまってなどいられなかった。

　雨は一向にやむ気配を見せず、風はひっきりなしに吹き荒れている。地に倒れ伏している萩を、薄くあけた格子戸の隙間から覗いて、深雪はため息をついた。

「ああ、もったいない。もう少ししたら、きれいな花を咲かせてくれたのに……」

　場所は内裏の中の弘徽殿。ここの女主人である弘徽殿の女御は、いまだ大堰の別荘に籠もりきりだ。それでも、帝は女御に宛てて、早く後宮に戻ってくるようにと熱心に文を送ってくる。深雪はそういった帝からの文への返事を女御から預かり、二日前に内裏まで届けに来ていた。

　翌日の朝には大堰へ戻る予定だったのに、到着した日の夜半から降り始めた雨で足止めをくらい戻れずじまい。女御がずっと留守をしていたため、弘徽殿の中には下級の女官が数人いる程度。彼女たちは、昼だというのに真っ暗な殿舎の奥で、固まって震えている。

　そのうちのひとりが、外を眺めている深雪にためらいがちに声をかけてきた。

「伊勢の君、風の音が恐ろしゅうございますから、格子戸を閉めてくださいませ」

　振り返った深雪は、女房・伊勢の君としての猫をかぶりつつも、少しばかり小鼻に皺を寄せていた。

「まあ、格子戸を閉めたところで風の音は聞こえるわよ。それよりも、こんな嵐はめったにないのだから、奥で震えていずに外を見てみないこと？」

「滅相もございません……」

「風に揺さぶられる青竹も、厚い雲に覆われた空も、それはそれで見ていて趣深いものなのに」

いくら勧めても、女官たちは恐れ入るばかりで窓辺に寄ろうとしない。深雪はあきらめて、また外に視線を戻した。

風の向きによっては冷たい雨粒が顔に降りかかってくる。それでも、そこから離れる気は起きなかった。何しろ、これほど派手な嵐に遭遇するのは生まれて初めてなのだ。怖いことは怖い。だが、同時にわくわく、どきどきもしている。

（雷でもドーンと一発来ないかしら）

などと、物騒な期待をこめて空を見上げてしまう。

そういう変わり者はやはり彼女くらいなのか、内裏の他の殿舎はどこもしっかりと戸を閉め、外を眺めている者などひとりもいなかった。

が——暗色の袍（ほう）を着た男が雨の中、こちらへ近づいてくるのが、ふと視界の隅に映った。後ろに付き従った小舎人童（こどねりわらわ）が傘を差しかけているが用はなしておらず、袍はもとより冠までずぶ濡れになっている。

た。

「あれは……」

賀茂の権博士だ。はっきりと顔が見えたわけでもないのに、深雪は直感でそう悟った。

ともに嵐を楽しめる相手がいなくて残念に思っていた彼女は、自分がここにいると気づいてほしくて檜扇をぶんぶんと振り廻した。この距離ではわからないかとも思ったが、意外にもむこうは手にした笏を軽く振り返してくれた。しかし、権博士は深雪のいる弘徽殿のほうへは来ず、帝の住居である清涼殿へと行ってしまう。

仕方がない。帝のお召しでもない限り、こんな日にわざわざ出歩いたりはしないだろう。おそらく、この嵐に関して陰陽師として帝に報告すべきことがあったに違いない。

(ご用が終わったら、こちらに寄ってくれないかしら……)

誘いの文でもしたためて、権博士が清涼殿から退出するころを見計らって遣わそうか。そう考えた直後に、

(それは難しいわね)

と自分で打ち消す。文使いをしてくれるはずの女官たちは奥で固まって震えており、梃子でも動きそうにない雰囲気なのだ。

(かといって、自分で行くのもねえ……)

簀子縁や渡殿には屋根がついているが、雨が吹きこんでいて床板は水浸しになってい

る。ひさびさの御所とあって、深雪は思いきりおしゃれをしてきた。表が紫、裏が蘇芳の、紫苑の花を表現した装束だ。これを濡らしてしまうのは哀しい。雨は屋内から眺めるから楽しいのであって、濡れてしまえばうっとうしくて厭なものには違いないのだ。

（権博士どのが出てきたら、また檜扇を力いっぱい振るとしましょうか……）

そうなると、なおさらいまいる場所からは動けない。だいぶ身体が冷えてきたので、そろそろ奥へひっこもうかと考えていたのに。

（でも、権博士どのも来て早々に退出されたりはしないでしょうし、少しくらいなら引っこんでもいいわよね）

自分への言い訳をしつつ、深雪が格子戸を閉めようとしたそのとき、激しい風の音にまじって別の音が聞こえた。

馬のいななきだ。

深雪は閉めかけた戸をまた押しあけて外を覗いた。少なくとも、見える範囲に馬などはいない。

「ねえ、いま何か聞こえなかった？」

念のため、奥で震えている女官たちに声をかけたが、彼女たちは一様に首を横に振る。

「風の音ばかりで何も……」

「そうなの？」

では、空耳だったのだろうか。それとも——

気にしないように努めても、大堰の別荘に現れた不思議な馬のことがどうしても頭をよぎる。

(まさか、ね)

あの馬はなぜか左大臣家の者を狙っている。弘徽殿の女御が後宮にいるのならばともかく、留守にしているこのとき、あれが内裏に現れる理由などないはずだった。

深雪は知らなかったのだ。いまこの近くに女御ではない、別の左大臣家の人間が来ているということを。


清涼殿の、夜の御殿(おとど)と呼ばれる一室で、帝は脇息(きょうそく)にもたれてすわっていた。そこは帝のための寝室で、四方には妻戸がめぐらせてあった。

側近である頭(とう)の中将はそばにいない。よからぬ噂(うわさ)が一時流れたせいで、自発的に自宅で謹慎し続けているのだ。いささかそれが長すぎるため、重い病にでもかかっているのではと言う者もいたが、本人が公式の場に現れない以上、実際のところはわからない。

帝は珍しく難しい顔をしていた。それが女官に案内されて権博士が入ってきた途端、ホッとした表情に変わる。

「おお、やっと来たか」

「申し訳ございません。この雨で遅参いたしました」

全身ずぶ濡れで清涼殿にあがるわけにもいかず、ざっと表面を拭いてきたのだが、雨は芯まで染みこんで権博士の身体から熱を奪い続けている。本人にはつらいが、湿った髪がやや乱れているさまは、秋草に露を置いたような風情があってなかなか見目うるわしい。

もっとも、女好きの帝がそんな感慨にひたるはずもない。身を乗り出して「さっそくだが」と、本当にさっそく切り出してくる。

「当代一の陰陽師の率直な意見を聞きたいのだ。そなた、この嵐をなんと見る？」

権博士も、もってまわった曖昧な台詞（せりふ）など返さなかった。

「まず間違いなく、御霊のなせるわざでございましょう」

「御霊」

畏（おそ）れおののいていいはずなのに、くり返した帝の目はなぜか生き生きとしていた。

「して、それはいかなる御霊か」

「古（いにし）えより都に祟（たた）りなす亡魂は多うございます。しかし、こたびの嵐に関しましては、いくら占っても判断がつきかねます」

「賀茂の権博士にもわからぬと」

「申し訳ございません」

権博士本人の口からなら、とびきりで重要で楽し――否、興味深い情報が聞き出せると期待していたのだろう。帝はいかにも残念そうに唇を尖らせた。

「相手の正体がわからぬでは、鎮めるための祈禱もできないのではないか？」

「御意……」

「だからといって、何もせぬわけにもいくまいしなぁ」

こうしている間にも、賀茂川から氾濫した水は家々を押し流し、田畑を泥で埋めているのだ。やれることはとにかく、すべてやっておかなくてはならない。

「こんなときだというのに、頭の中将は物忌みし続け、新蔵人もそなたのいちばん弟子も西国へ旅立ったきり……」

「主上直属の隠密でございますれば」

そう呼ばれたときの夏樹の顔を思い出したのか、帝はあまり上品ではない笑みを浮かべた。

「あれはわたしだけの考えではないぞ。誰かときっちり相談して決めたこと」

「それはどなたでございましょう、とはうかがいません」

ふっふっふっ、と帝は急に声を低くして笑った。頭の中将ならば、げんなりした顔になっただろうが、権博士はいつもの穏やかで真意の見えない笑みを浮かべただけだった。

そこへ、帝付きの女官が妻戸の扉越しに「おそれながら」と声をかけてきた。こんな嵐の中だというのに、弘徽殿にいた女官たちとは違ってきびきびとしている。さすが、帝のそば近くに勤める女房だけはある。

「中納言さまがお目通り願いたいとまかり越しております。いかがいたしましょうか」

「定信が？　あれも最近、物忌みが続いていると聞いていたが、こんな嵐の日に参内するとは感心感心。これも忠心のなせるわざだな。うむうむ、すぐに通しておくれ」

女官はさらさらと衣ずれの音をさせて去っていき、ほどなく定信の中納言が現れた。女房たちの憧れの貴公子は、かなり面やつれしていた。例の怪異が彼のまわりで集中的に起こっているのだ、無理もない。

定信は賀茂の権博士がそこにいるのを見て、なぜかひるんだようだった。あわてて視線をそらし、帝に対して平伏する。

「突然に申し訳ございません。どうしてもお伝えしたき儀がございまして……。つきましては、おひとばらいをお願い申しあげたく……」

定信の要求を、帝は笑顔で軽く一蹴した。

「権博士はこたび都を襲った嵐の件でここに来ておる。悪いが、中納言、こちらの用のほうが火急ゆえ、そういうことであればしばし待ってはくれぬか」

御霊について、よそでは聞けないような専門家の意見を、いっぱい、いっぱい聞きたい。別の表現をするなら、暴れ馬のごとき野次馬根性を存分に満たしたい。これのどこが火急なのかは、帝の理屈であって本人にしかわからない。権博士は賢明にも沈黙している。

そうとは知らない定信は青ざめた顔を上げ、かたかたと身体を震わせて言った。

「わたくしもこたびの嵐のことで申しあげたく思い、まかり越しましてございます」

ならば、話は別だった。

「では、そなたの意見を権博士にも聞かせてやってはくれぬか」

定信は迷う素ぶりを見せたが、思い切ったように口を開いた。

「わたくしはけして誰かを陥れるために、このようなことを申しあげに参ったのではございません。それだけは、どうかご理解していただきたいのでございます」

「うむうむ」

理解したかどうかはなんとも怪しいが、とにかく帝は二、三度うなずいて先を促した。

「賀茂川から現れいでた怨霊の件は、すでにお耳になさっておられましょうか」

「防鴨河使たちが目撃したという、馬に乗ったあれだな」

「はい……」

殿舎の外では、風に草木が揺さぶられる音が響いていた。枝がちょうど当たっているのか、窓に下ろした蔀戸(しとみど)を叩き続ける音も聞こえる。

定信は嵐のもたらす音響に、いちいちおびえている様子だった。これだけ強く恐怖心に囚われていながら、それを圧して言上しに来たのだ。どうしても帝に申しあげなくてはならないと、彼なりに判断を下したのだろう。ごくりと唾を呑み、

「あれは、あれがなんであるか、わたくしは存じております。脇腹に赤斑のある馬に乗った、髪の短い男——そのような者が、そうそう他にいるとも、思われませぬゆえ」

口が乾くのか、本当に言いにくそうに定信はしゃべる。視線も時折、不安げにさまよわせている。そんな彼に哀れみをおぼえたのか、早く話せとじれてきたのか、帝が助け船を出した。

「左大臣家での宴に乱入してきた狼藉者もそのような風体であったと聞き及んでいるが？」

「ご存じでしたか……」

あれだけ派手な出来事が伝わらぬはずもないとわかりそうなものなのに、定信は畏れいって再度平伏する。再開させた口調は、先ほどと違ってだいぶ早くなっていた。

「あれは左大臣家に恨みをいだく者だと世間は噂しているようでございますが、とんでもないことです。わたくしどもは、けして恨みを買わねばならぬようなことはいたしておりません。ただ不幸にして、あれの憎む者と関わりを持ってしまいましたがゆえに同類と思われ、巻き添えになってしまっただけにございます」

権博士の表情が、それとわからぬ程度に変わった。視線がすっと頭上に動く。上に、清涼殿の屋根に、何者かの気配を感じたのだ。

定信はもちろん権博士のそんな様子にも気づかず、一気に自分の意見を並べたてていく。

「都がいま未曽有の災難にさらされているのも、もとを糺せばその者があれの恨みを買ったがため。すべて、その者の責任にございます。これを讒言とお受け取りなさらないでくださいませ。わたくしは何よりも都と民草のことを思い、このままにしてはおけぬと、とても申しあげづらいことを、あえて——」

風の音が激しくなる。感情が高ぶってきた定信はそれに負けまいと、なおさら声を張りあげる。

「すべては十一年前に、若さゆえの浅はかさから、頭の——！」

その瞬間、すさまじい音が清涼殿に響き渡った。

定信も、帝も、権博士までもが思わず息を呑む。あちこちから女官たちの悲鳴があがる。

「どうした！　落雷か!?」

あちこちで、女官たちがあわてふためいている。その中のひとりが帝の問いに応えた。

「風でございます。風で蔀戸が落ちてしまいまして……！」

みなまで言わぬうちに、また同じような音が響いた。別の戸が倒れたらしい。と同時に、複数の悲鳴がまたあがる。強い風が殿舎の中へ勢いよく吹きこんできて、夜の御殿の妻戸まであけてしまう。

定信は女房たちに負けないほどの悲鳴を放ち、頭をかかえてその場にうずくまった。女官たちは「誰か！　誰か、早く戸を閉めて！」と金切り声をあげている。しかし、風のあまりの強さに誰も動けないのだろう。その間にも、蔀戸が倒れていく音が立て続けに響き渡っていく。

吹きこんできた風に燈台の火は吹き消され、清涼殿の中は昼だというのに真っ暗になった。調度品はひっくり返り、御簾や几帳はばさばさと激しくはためいている。女官たちの悲鳴が聞こえなくなったのは、逃げ出したからか気を失ったからか。

そんな混乱の中で、権博士は必死に帝のそばへ這い進んだ。

「主上！」

怖がって震えているかと思いきや、

「大丈夫だ。戸が倒れたぐらい、なんということもない」

帝は権博士の手を振りはらうと、大胆にも吹いてくる風に向かって声を張りあげた。

「何者の怨霊かは知らぬが、来るなら来てみよ。わたしは逃げも隠れもしはしないぞ」

勇ましいことは勇ましいが、帝の身に何事かあっては一大事だ。

「ともかく、お隣の萩戸へ！」

萩戸と呼ばれる隣の部屋へ問答無用で帝を押しこみ、権博士は閉ざした戸に呪符をばんと貼りつけた。

「こら！　いますぐここから出さんか、権博士！」

帝は萩戸の中で大騒ぎをしたが、彼がいくら押しても引いても戸は開かない。たかだか紙一枚の封印が、どうしても破れないのだ。

「こちらは危のうございます。しばし、そちらに――」

「こんな心躍る機会はめったにないのに！」

力が抜けてしまいそうな帝の発言に、誰かがくすっと笑った。

雨の音、風の音は依然、激しく、帝もうるさい。なのに、その小さな失笑は不自然なほどはっきりと聞こえ、権博士を戦慄させた。

権博士は戸を背にして、ゆっくりと顔を上げた。

男がひとり、夜の御殿の全開になった入り口に立っている。

風になびく髪は短く、烏帽子もない。濃き香染の装束は金箔で雲と稲妻の紋様を飾った美麗なものだが、正装とは全然違う。男の出で立ちは、とても内裏に立ち入れるようなものではない。まして、許しもなく清涼殿にあがりこむなど言語道断だ。

だが、そんな世間の約束事など、男はまるで気にもとめていなかった。目の前の男は、世の約束事の範疇を超えたところに身を置いているのだ。なぜなら――

「そうか、あなたはもはや、この世の人間ではないんですね」

それを耳にして、小さくうずくまっていた定信がおそるおそる顔を上げた。振り返り、風とともに清涼殿へ入ってきた男を見る。

次の瞬間、定信は小さく甲高い悲鳴をあげ、再度そこへ倒れ伏してしまった。


「また聞こえたわ」

弘徽殿の中で、深雪は眉をひそめてあたりを見廻した。窓辺ではなく、殿舎の暗い奥へひっこんでいたのだから、何が見えるわけではないが、そうせずにはいられなかったのだ。

「ねえ、本当に聞こえなかった？　馬のいななきが」

女官たちは互いに顔を見合わせ、一様に首を横に振る。

「いえ、聞こえますのは風の音ばかりで」

「そう？」

確かに、いま聞こえてくるのは風の音ばかりだ。風雨は一向に弱まる気配がなく、逆に強くなっていくのが屋内にいても感じられる。このまま長く続けば、雨が面白いなどと言ってはいられなくなる。

(別荘のそばの桂川も増水してるでしょうし、女御さまも不安がっていらっしゃるわね……)

女御のことを気にしすぎているから、なんでもない別の音を馬のいななきと聞いてしまったのかも。深雪はそんなふうに自分を納得させようとしたが、居心地の悪さはどうしても消えない。

じっとしていられずに袿の裾をさばいて立ちあがると、女官のひとりが「伊勢の君、どちらへ」と尋ねた。

「別に。また外を見たくなっただけよ」

身体も温まったし、奥でじっとしているのもつまらない。権博士のことも気になるし、また暇つぶしに雨でも眺めようと窓辺に寄る。格子戸を細く押しあけて、外を覗いてみると、ぱらぱらと顔に雨粒が降りかかってきた。

目を細め、心の中で悪態をつきながら、周囲を見廻す。どんよりとした空の下に、権博士の姿は見当たらない。

(まさか、もう帰ったなんてことはないわよね……)

雨も吹きこんでくるし、深雪は仕方なく格子戸を閉めようとした。が、その手が途中で止まる。振り返り、大きな声で女官たちに問う。

「聞こえたわよね⁉」

「何がでございますか？」

女官たちは困惑顔だ。

「何がって、いななきよ。今度ははっきりと聞こえたわ！」

「いえ、わたくしたちは何も……」

深雪は舌打ちしたいのをこらえ、閉めかけた格子戸をまた押しあけて頭を外につき出した。髪が雨に濡れるのもかまわず、あたりを見廻す。けれども、馬などどこにもいはしない。

「嘘よ……。わたし、聞こえたもの」

小声でつぶやきながら、何気なく視線を上に向ける。視界に入ったのは清涼殿の屋根、その上にほんの一瞬だが、白いものが見えた。

深雪はそれを馬のたてがみだと思った。

屋根の上に馬が登るなど不可能だ。その馬が空でも飛ばない限りは。だが、深雪はそういう不思議な馬に心当たりがあった。以前、大堰の別荘で、空を飛ぶ凶悪な馬を目撃していたのだ。

（あれが内裏に来ている！）

しかも、よりによって帝のいる清涼殿の屋根に。

深雪は考えるより先に弘徽殿の外へ飛び出そうとした。驚いた女官たちがあわてて彼女の袖を捕らえる。

「伊勢の君！　いかがなされました⁉」

説明したところで彼女たちを余計におびえさせるだけだ。

「いいから、放して――」

力任せに振りほどこうとしたそのとき、ばたんと激しい音が響いた。たったそれだけで、女官はひっと声をあげ、深雪の袖を放してうずくまった。

ばたんばたんと音は続いている。どこかで、大きな板が次々と倒れていっているらしい。女官たちはそのすさまじい響きにおびえきってしまい、全員床に伏して震えている。

深雪も呆然となり、しばし立ち尽くしていた。

しかし、弘徽殿そのものは無事だ。あの音は外から聞こえてくる。近くの別の殿舎が大変なことになっているらしい。

「もしや、清涼殿が？」

音がする方向からして、その可能性は高い。ならば、なおさら、

「知らせないと――」

屋根の上に怪しい馬がいると、賀茂の権博士に知らせなくてはならない。あれを見てしまった以上、じっとしてなどいられない。

深雪は弘徽殿の妻戸をあけ放った。途端に激しい風雨が身体を叩きつける。頬が痛い。目があけられない。簀子縁の上には折れた枝や木の葉が大量に散らばっている。

それでも、深雪は袿の裾を握り、外へと単身、飛び出していった。


風の吹き荒れる清涼殿に突如として現れたのは、死んだはずの久継だった。

定信は悲鳴をあげてすぐに気を失ってしまっている。そのぶざまな姿に久継は関心をはらわない。彼がその冷ややかな視線を据えているのは、賀茂の権博士だ。

「中納言の邸にいた陰陽師……」

「ええ、いましたよ」

平静を装ってはいたが、権博士は全身に汗をかいていた。目の前にいる男が何を考えているのか、予想がついてしまったのだ。

たとえば。

気を失った定信がやがて目を醒ます。夜の御殿は荒れ放題だが、風はおさまっている。

ああ、よかったと、胸を撫で下ろした定信がふと見ると――血まみれの首がひとつ転がっている。これまでに祈禱を何度も依頼した、頼みの綱の陰陽師の首が。

刺激的で効果的な演出だ。やりたい気持ちは権博士にも理解できたが、自分の首をそういうふうに使ってもらうのは困る。

だが、目の前の男ならやるだろう。それだけの力と非情さを同時に兼ね備えている男だと、権博士は痛いほど感じていた。陰陽師としての直感がそう告げているのだ。

一方で、そういった危機感がまったく伝わらない相手もすぐそばにいた。

「こら、権博士！　いったい誰と話しているのだ⁉」

帝は扉一枚むこうでまだ騒いでいる。

久継の眉が面白がるように動いた。

「うるさい男だ」

そうつぶやくや否や、久継の背後からひときわ激しい風が吹きつけてきた。直撃をまともに受けて、権博士の身体は妻戸に強く押しつけられる。さらに、帝がどれほど押しても破れなかった呪符が簡単に吹き飛ばされた。

勢いよく開いた扉が、そのすぐむこうにいた帝の顔面を強打した。さらに風に押された権博士が上に倒れこんできたせいで、帝は床板に後頭部を打ちつけ、ぐっ、と声をあげたきり、大の字にのびてしまった。

「主上！」

権博士はあわてて帝の息を確かめた。死んではいない。気絶しただけだ。

権博士は安堵（あんど）のため息をついた。帝が敵を下手（へた）に刺激しなくなった分、むしろありがたかったが、権博士は無防備な背中を久継に向けていることに気づき、ぞっと総身の毛を逆立たせた。

脂汗を流しながらゆっくり振り返ると、こちらをじっとみつめている久継と視線が合った。その口もとに微笑はあっても、まなざしは冷たい。脂汗が凍りつくような心地がした。しかし、権博士も感情を隠して冷静な声で呼びかけた。

「藤原久継どの……」

名を呼ばれても久継は反応しない。権博士は構わず続けた。

「どうやら、あなたはもうこの世の人間ではなさそうですね。そうすると、わたしの弟子や新蔵人どのはそういう形でしか、あなたを止められなかったのか……」

「いいや」

亡霊はおのれの胸に手を置いて、静かに言い切った。

「わたしは自分で望んで、いまの自分になった」

その言葉に重なって、馬のいななきがどこからか聞こえた。同時に、屋根を踏み鳴らす音が響く。あの怪しい馬も来ているのだ。この風雨をうまく隠れ蓑（みの）にして、内裏に侵入してきたらしい。

いや、この嵐そのものが彼らの仕業なのだ。ここにいたっては、怪馬はもう、物の怪ではなく、水辺に現れるといわれる霊獣の龍馬（りゅうば）だとみなさざるを得ない。水に属するその力をもってすれば、都に大雨を降らせることも可能というわけだ。

さらにまた、恨みを残して死んでいった者は、時として天変地異を招くほど強力な怨霊、御霊となる。

「そういうことですか。なるほど」

権博士はほんのつかの間、目を閉じ、淡々とした口調でつぶやいた。

「あなたは生前から死者を呼び戻すほどの力を持ち、龍馬の協力までとりつけて、左大臣家のかたがたをさんざん苦しめた。それでもまだ足りず、死してなお、ひとびとに災いをもたらすおつもりで。まさに御霊ですな。そこまでなさるとは、よほどの想いに身を焦がしておられたらしい」

焦がれるほどに濃き香染——焦がれ香の装束になぞらえた台詞に、久継は皮肉っぽく笑った。

「陰陽師、詮索は無用だ」

久継の足が一歩、前に出た。権博士はすかさず両手で印を結ぶ。霊縛の効果を持つとされる不動明王の印を。

久継は歩みを止め、それ以上近寄ってこなくなった。が、霊縛が効いたのではない。

「密教系の技か。陰陽師らしく紙人形でも飛ばしてみせたらどうだ？」

権博士は苦々しげに微笑んだ。

「どうせ、あなたの風に吹き飛ばされてしまいますよ」

「ならば、これは？」

久継がそう言うや否や、風の流れが変わった。その風に揺さぶられ、周囲に乱雑に散らばっていた調度品ががたがたと動き出す。

ふいに手箱の蓋が権博士めがけて飛んできた。とっさに叩き落とすと、間髪を入れずに箱のほうが向かってきた。

首を傾(かし)げてそれをよける。確かにかわしたはずなのに、微(かす)かな痛みが頬を走った。箱そのものではなく、風が皮膚を切り裂いていったのだ。

その程度の傷にかまけている暇はなかった。誰もふれていないのに、鏡台に掛けてあった鏡が突然、硬質な音をたてて砕け散ったのだ。

鋭利な破片が周囲に飛び散る――かに見えた。しかし、床に落ちる寸前、風が破片をすべて巻きあげる。きらきら光る切っ先を権博士のほうへそろえさせ、彼めがけていっせいに飛ばせる。

権博士はさっきまで帝が座していた畳をはねあげ、その後ろに素早く身を隠した。無数の破片が、高価な繧繝縁(うんげんべり)の畳にぐさぐさと突き刺さる。幸い、貫通まではしない。

が、吹きつけてくる風が急に激しくなって、権博士の手から畳をもぎ取ろうとする。

盾を奪われてなるものかと指に力をこめるが、風の勢いは強く、指そのものが引きちぎられそうなほどになる。

「くっ！」

耐えきれずに、畳を放したその隙を逃さず、風が畳をさらう。そこへ今度は、虎を描いた大きな衝立が転がりながら突っこんできた。

権博士は片手をのばして衝立を受け取めた。彼の手のひらは、竹林を背景にした虎の顔面を押さえている。絹布に描かれた絵のむこうに風の圧力を感じる。このままだと潰されてしまいそうだ。

「陰陽師にしては、いい動きをする」

久継の揶揄を無視して、権博士は口の中で何事かを唱えた。すると、衝立の絵の虎が、生きているかのごとく大きく身体をしならせた。

「来よ！」

呼びかけと同時に、衝立から虎がせりあがる。瞳の輝き、毛の一本一本の艶、すべてが本物そっくりの質感をもって。

「討ち落とせ!!」

虎は命ぜられるままに走り出し、久継へ襲いかかった。咆哮をあげて相手の左肩にとりつき、香染の衣装の上から鋭い牙を深々と食いこませる。

だが、久継は声ひとつあげなかった。

自分と同じくらいの大きさの虎にのしかかられ、食らいつかれているというのに、顔色ひとつ変えない。獣の重みさえ感じないのか、ふらつきもしない。

「効かない」

その声に虚勢はなかった。本当に効いていないのだ。

絶句する権博士に、彼は哀れむように言葉をかける。

「普通の亡魂ならば虎を恐れよう。その姿形だけでおののき、ここにはないはずの絵の牙にあえなく噛み砕かれよう。だが、わたしには恐れるものなど何もない」

うなり声をあげていた虎があきらめたように牙を放した。噛みつかれたはずのその肩から血は噴き出さず、香染の生地も傷ついていない。

久継はまるで猫の子を扱うかのように、虎の頭を軽く撫でてつぶやいた。微かに笑みまでにじませて、

「仕損じた術は、術者に返るが理(ことわり)」

次の瞬間、虎は身を翻(ひるがえ)し、権博士に向かっていった。鋭い爪を権博士の装束にかけ、剝(む)き出しにした牙を、久継にしたように左肩へと食いこませる。袖の裂ける音と、激痛にかすれた声とが重なる。

「散(さん)！」

たちまち虎は姿を消した——いや、衝立の絵に戻ってしまったのだ。

鮮血が床に転がった衝立の上に散っている。虎の絵の、ちょうど口もとに。

権博士は荒い息をつきながら、肩の痛みに顔をしかめていた。たとえ虎が襲ってくる寸前に呪を唱えられたとしても、こればかりは免れ得なかっただろう。久継の言う通り、術に失敗した以上、これは必ず受けねばならない痛みだった。


ちゃんと屋根のついた通路を渡っているのに、深雪は全身ずぶ濡れになっていた。長い髪が、幾重にも重ねた袿が、水を吸ってひどく重くなっている。袴まで濡れて脚にからみつく。

とんでもなくみっともない恰好だし、こんなふうにいきなり清涼殿に駆けこむなど非常識の極みだ。だが、深雪の行く手を阻む者はひとりも現れなかった。この嵐に恐れをなして、警固の武士すら弘徽殿の女官たちのように縮こまっているのか。それとも、何かの力が作用しているのか。

他のことに考えを向ける余裕もなく、深雪は走り続け、清涼殿にたどりついた。外に面した蔀戸はすべて倒れ、雨は屋内に遠慮会釈なく吹きこんでいる。こんな有り様だというのに、中の者たちはいったい何をしているのか。

「どなたか、どなたかいらっしゃらないのですか!?」

いきなり踏みこむのはさすがにためらいがあり、声をかけつつ、簀子縁のすぐ内側の孫廂（まごひさし）を覗きこむ。ちらりと、美しい女房装束の裾が見えた。清涼殿の女官が倒れていたのだ。驚いて駆け寄ったが怪我（けが）はなく、ただ気を失っているだけのようだった。

（みんな、こうなのかしら……主上は？　賀茂の権博士は？）

矢も盾もたまらず、孫廂からさらに奥へ踏みこむ。仕切りの戸や几帳が倒れてしまっているため、奥にある夜の御殿までが丸見えになっている。

そこに、彼らがいた。

帝と定信の中納言は、それぞれ床の上に倒れこんでいる。片膝をついた権博士の左袖は、無惨にも引きちぎられている。剥き出しになった彼の肩からは、真っ赤な血が幾筋もしたたっている。

痛みに顔をしかめつつ、権博士は濃き香染の衣装を着た男を見上げていた。両者の間にあるのは、うなりをあげる風と異様なまでに張り詰めた空気。

（あの男――！）

権博士の前に立ちふさがり、全身から殺気を漂わせている人物に、深雪は見おぼえがあった。忘れるはずがあろうか、龍馬に乗って左大臣邸での宴に現れた男、先輩女房の小宰相（こさいしょう）をたぶらかした男だ。

「やめなさい!!」

考えるより先に声が出、身体が動いた。深雪は濡れた袿を引きずって、風と殺気のただ中へ飛びこんだ。権博士の前にまわって、背中に彼をかばって両手をいっぱいに広げる。

「伊勢の君！」

「この卑劣漢！　いったい、何人苦しめれば気が済むのよ!!」

突然、深雪が乱入してきたことに、権博士は驚きの声をあげる。久継はほう、と小さく息を吐く。

「余計な者は入りこめないようしたつもりだったが……」

目を細め、深雪の顔を探るようにみつめる。冷たい凝視に深雪はたじろいだが、逆にもっと表情を険しくし、睨み返してやった。その強がりを好ましく思ったか、久継の表情が変化した。練り絹のごとく柔らかく微笑んだのだ。

「なるほど。もともと女性は霊力を持つ存在だが、あなたは殊にその方面の素質があるらしい」

「伊勢の君、危ないですからさがってください。彼はもう、生きて……」

「そんなの関係ないわ！」

権博士の言葉をよく聞きもせずに途中でさえぎる。深雪は生のままの自分になって、思いきり久継を怒鳴りつけた。

「あなたなんかに、自分を信じてくれたひとを平気で裏切るような人間なんかに、このわたしが負けるもんですか！」

久継は軽く首を傾げた。憎らしいことに、そんな些細（ささい）な仕草が妙にはまる男だ。深雪もそうは思ったが、感心するどころか余計に怒りを膨れあがらせる。

「忘れたふりなんかしないでよ。そのことだけじゃないのよ。夏樹だって、あなたのことをあんなに慕ってたのに！」

「夏樹――」

久継がその名を口にする。風は弱まらない。しかし、殺気が消えた。

「そうか。伊勢の君とやら、あなたは新蔵人どのを好いておられるらしい」

怒りで上気していた深雪の頬が、久継の指摘を受けてさらに真っ赤に染まる。

「そんなこと、あなたにはどうでもいいことでしょう！」

久継が目を細める。瞳から冷たい輝きがなくなって、微笑も驚くほど優しげになる。

「ひたむきで、かわいらしい」

「馬鹿にしないで!!」

子供扱いされたのがくやしくて、深雪は相手につかみかかろうとした。が、後ろから権博士に肩を押さえられて動けなくなる。

「放し……！」

放すどころか、権博士は深雪を背後から抱きこむ体勢をとった。押しつけられる身体に当然、深雪はぎょっとしたが、権博士は構わず、彼女の両手を自分の手の中に包みこむ。

「何をするんですか、こんなときに」

「いいから、このまま手を組んでください」

わけのわからぬまま、権博士のされるままに指を組まされる。耳もとでは口説き文句ではなく、不動明王の真言(しんごん)がささやかれる。

ばちっとはぜるような音が、久継の周囲で発生した。

気のせいか、屋内に吹き荒れていた風が少しばかり弱まる。久継もそれを感じたか、意外そうな顔をして周囲を見廻す。

「力を借りたか」

深雪はなんのことだかわからずに、すぐ後ろにある権博士の顔を振り返った。

血に汚れ、いつになく険しい表情の彼は、無言で久継を凝視していた。彼が力をふりしぼっているのが、ふれた手からも直接感じられる。その努力があまり効力を発していないのも。

ばちばちと何かがはぜるような音は続いているが、風の音のほうがもっと大きい。屋根の上に待機している龍馬が戦列に加われば、もうどうしようもなかっただろう。

が、久継は権博士の術を力ずくで破ろうとはしなかった。

「命拾いをしたな、陰陽師」

それから、気を失っている定信を一瞥し、「いずれまた」とだけ告げる。行ってしまうつもりだ。

「待ちなさい!! 逃げるなんて卑怯よ!!」

深雪が命知らずな台詞を放ったと同時に、ひときわ強く突風が吹きこんできた。本能的に目をつぶり、顔をそむけたのはほんの数瞬。しかし、再び目をあけたときには、もう相手の姿はなくなっていた。

嵐は続いているが、屋内で不自然に風が暴れるようなことはない。屋根の上の龍馬の気配も消えている。ほどなく警固の者も駆けつけてこよう。

当面の脅威は去ったのだ。それこそ気まぐれな風のように。

重いため息をついて、権博士は背後からの抱擁を解いた。

「本当に、命拾いをしましたよ……」

呆然としていた深雪はその言葉を聞くや、振り向いて権博士相手にまくしたてた。未消化に終わった怒りの捌け口を求めて。

「命拾いって、そんな、権博士どのが邪魔をされなかったら、この檜扇であいつの顔が変形するまで殴ってやれましたのに!」

「あの怨霊をですか？」

「ええ、それこそボコボコのベコベコに……」

威勢のいい啖呵を唐突に中断させ、深雪は眉間に皺を寄せた。

「怨霊？」

「ええ。彼のことです。あの怨霊」

「……あれが怨霊なんですの？」

手負いの権博士はにっこりと微笑んだ。

「はい。彼はもう生きている者ではないと言いかけたのですが、そんなことは関係ないとあなたにさえぎられてしまって」

しばしの沈黙のあと、深雪の肩から紫苑襲の唐衣がずるりと落ちた。

「怨霊……」

気力の抜けた顔になっていたのだろう。権博士は手を口にあてて笑いを噛み殺そうとするが、うまくいかない。

「こんなびしょ濡れで飛びこんでこられ、しかも怨霊相手に勇ましく食ってかかるとは、さすがは伊勢の君。いやはや、感服いたしましたよ」

「権博士どの！」

深雪の抗議の声が大きかったせいか、帝はまだ気を失ったままだったが、定信は低くうめいて目を醒ました。

最初は何がなんだかわからないといった様子だったが、すぐに気絶する前のことを思い出したらしく、恐怖心に満ちた目で周囲を見廻す。しかし、大の字にのびている主上も、ずぶぬれの深雪も視界に入ってはいない。彼が探しているのは久継だけだ。

「あれは……？」

権博士はうやうやしく頭を下げて教えてやった。

「はい、すでにここより退散いたしてございます」

「退散……退散と申したか？」

「はい」

定信がホッと息をついたところへ、権博士はさらに説明を捕捉する。

「ですが、残念ながら調伏(ちょうぶく)にまでは至りませんでした。それに、去り際にあの怨霊は気を失っておられる中納言さまに向かい、『いずれまた』と……」

久継の伝言を聞いた途端、定信の表情は劇的に変わった。また気絶するのではと心配になるほど青ざめ、唇をわなわなと震わせる。

「『いずれまた』だと!?」

「間違いなくそのように」

「わたしは――わたしは――」

何を言えばいいのか、自分でもわかっていないのだろう。息をあえがせ、迷った末にようやく吐きだした言葉は、

「失礼する!」

言うが早いか定信は立ちあがり、あとをも見ずに駆け去っていく。威厳も気品もありはしない。

深雪は定信のぶざまな後ろ姿を見送りながら、

「まあ……かなり、がっかりだわ」と、正直な感想を洩らした。

「そうですか。がっかりですか」

権博士はとても嬉しそうだった。


牛車(ぎっしゃ)の牛は嵐を怖がって、なかなか進もうとはしなかった。牛飼い童(わらわ)も供の仕丁(しちょう)も、もう少し小降りになるのを待ったほうがよろしいのではと、定信の中納言に勧める。が、すっかり怖じ気(おじけ)づいてしまっている定信は、もとから聞く耳など持たない。無理を遮二無二押して、内裏から一目散に自宅へと逃げ帰っていく。

狭い牛車の中なら他人の目は届かない。雨音が激しすぎるから、何を言おうと大声でさえなければ他人の耳に届かない。そこまで考えたかどうかはともかく、定信は誰はば

かることなく涙を流し、「自分は悪くない。自分は悪くない」とくり返した。

「すべてはあの男が悪いのだ。あの男が身分をわきまえなかったせいなのだ……」

その様子を冷ややかな目で観察している者の存在に、定信は気づいていない。

牛車は完全な密室状態だったが、相手にとってそんなことは関係なかった。彼はこの世の約束事に囚われぬ存在、しかも定信のいる場とは異なる空間にいたのだ。

この世でも、あの世でもない、ふたつの狭間(はざま)。そこから定信の様子を観察しているのは、久継と龍馬。

久継が冷笑を唇に刻んだまま、龍馬に何事か耳打ちする。承知したと返事をするように、龍馬が軽く首を揺らす。

しばらくして、雨足がほんの少しではあったが弱まった。風も次第次第に威力を落としていく。何も知らぬ牛飼い童はこれを喜び、牛を励ましつつ道を急ぐ。

久継はみつめるだけで、まだ直接の手出しはしない。定信が自宅に帰り着くのをじっと待っている。

が、突然、龍馬が定信の牛車から目を離し、全然違う方角を振り返った。

「どうした、焔王(えんおう)？」

問いかけはしたが、答えを聞く前に久継もその理由を悟った。都をめざして彼方(かなた)から駆けつけてくる者たちの息遣いを、熱意を、はっきりと感じ取ったのだ。

「存外に早かったな」

こちらをとるか、あちらをとるか。心の中で吟味するように久継は目を細める。それなりに楽しそうで、どちらとも決めかねる。

すると、龍馬が方向を変えて一歩前に踏み出した。確認をとるように久継の顔を見やる。あちらを任せろと、その目が言っている。

「わかったとも」

承諾を得るや、龍馬はまっすぐに走り出した。


定信が自宅にたどり着いた頃には、雨はほとんどあがっていた。あれほど激しかった風もおさまっている。嵐が始まるのも唐突だったが、鎮まるのもそれと劣らぬほど唐突だ。

牛車から降りた定信は、内裏を退出した際といまの空の明るさがあまりにも違うことに驚いていた。

「いつの間にか……雲が薄らいでいるようだな」

思わずそうつぶやくと、主人を出迎えに出た家人(けにん)たちは、みな一様に大きくうなずいた。

「ようございました。このまま降り続いては、都が海になってしまうと本気で案じておりましたよ」

だが、定信は雨がやんだ程度でそこまで安心などできなかった。あの男が――久継が二度と目の前に現れないという確証が持てぬ限り、よかったなどとはけして口にできないのだ。まして、『いずれまた』などと約束されてしまっては……。

思い出しただけでも鳥肌が立つ。足もとがふらついて、水たまりにしゃがみこんでしまいそうだ。定信はそんな自分の気弱さを隠すため、声を大にして指示を飛ばした。

「それよりも、早く門戸を閉ざしてしまえ。どのような者が来ようとも、わたしの許可がなければけしてあけてはならぬ！」

唐突に荒々しくなった主人の口調にあわてて、家人たちはすぐさま命じられた通りに動く。

「それから、僧侶、陰陽師の類いを呼べるだけ呼ぶのだ。費用はいくらかかってもかまわん！　強力な術者をありったけ、かき集めろ!!」

あの賀茂の権博士でさえ、清涼殿に現れた久継を調伏できなかった。ならば、数で対抗するしかあるまい。定信は単純にそう思ったのだ。

しかし、そういった手筈を整える暇はなかった。

「あれは……」

牛車を車宿に運ぼうとしていた牛飼い童が、真っ先にそれに気づく。が、彼はそうつぶやくのが精いっぱいで、空の一角を指差したきり、言葉を失っていた。

やがて、ひとり、ふたりと、他の者たちも異変に気づき始めた。牛飼い童が指差す方向を見上げ、彼と同じように言葉を失ってしまう。

邸内に上がりかけていた定信も、なんとはなしに空気の変化を感じ取って振り返った。

「どうした？」

主人の問いに誰も応えない。みながみな、魅入られたように同じ方向を見上げ、口を大きくあけている。

ぞくぞくと悪寒が定信の全身を走った。見たいような見たくないような。気持ちは後者に大きく傾いていた。知りさえしなければ恐れることもないから。が、どうにも抵抗できずに定信は顔を上げた。

空は一面、雲に覆われている。ところどころにむらのある、灰色の雲だ。

牛車に乗りこむまでは昼とは思えぬほどあたりは暗かったし、空を覆っていた雲ももっと重い色をしていた。いまのこの空の明るさを、天候の好転の証しと喜んでいいはずだが、家人たちの顔に浮んでいるのはそんなものではない。あれはなんだと、恐れおののいている表情だ。

定信の顔にも彼らと同じ表情がすぐに表れてきた。

「あれは……」

　空の遥か彼方、雲の一角で、色合いがひときわ淡くなっている。ほとんど白といってもいい。そこから乳白色のしっぽのようなものがひとすじ、垂れ下がっている。

　遠くてよくわからないが、大きさはかなりのものだ。見守る間にもゆるゆると延びていく。天界の白い蛇が、身をくねらせながら地上へ降臨しつつあるかのように。

　庭木の枝が揺れ始めた。梢の葉が、最初さわさわと、やがてがさがさと音をたてる。雨はまだだが、風が再び強まってきている。

　家人のうちの誰かが、呆けたようにつぶやくのが聞こえた。

「あれは……龍神か？」

「そんな、まさか。あれは……」

　雲の中から下がってきた一端が地上へ到達し、天と地は結ばれた。乳白色の架け橋は先が細く、雲に近いほど太く、漏斗のよう。よくよく見れば、表面は螺旋状に上昇していく渦となっている。

　地上ではその渦に呑みこまれた家屋が崩れ、細かな断片となって天に巻きあげられていく。庶民の粗末な木の小屋も、大寺院の重い瓦屋根も区別はない。

　とうとう誰かが叫んだ。

「竜巻だ！」

それを皮切りに悲鳴が起こる。やっと呪縛から解き放たれたように、家人たちは闇雲に走り出す。定信も声にならない悲鳴をあげて、一目散に邸の中へと駆けこんだ。

「こっちへ来るぞ!!」

「早く早く！　格子を下ろせ！　戸には錠をかけろ！」

「表に出るんじゃない！」

悲鳴と怒号。走り廻る足音。それらを圧して近づいてくる風の、笛のごとき高い響き。

定信は両手で耳をふさいで走り、寝殿の塗籠へと急いで飛びこんだ。塗籠は狭く、壁や柱が迫っている。ここでなら邸が竜巻に襲われても持ちこたえられるのではないかと、定信はとっさに考えたのだ。

それだけでは不安で、奥にあった古い几帳の裏へ廻りこみ、黴くさい帷子を命綱のように身体に巻きつけた。堅く目を閉じ、両手を合わせて必死に念仏を唱える。合間合間に自分の主張を織りまぜて。

「御仏よ、わたしは悪くない、わたしは悪くないのです！」

突然、風の甲高い調べが地響きのような低く重いものに変わった。

同時に、邸全体がすさまじい衝撃を受ける。

屋根は軋む。柱は揺れる。ありとあらゆる戸が次々と倒れていく。定信がいくら目を閉じ耳をふさいでも、振動となって身体に直接伝わってくるものは阻めない。

「ああ！　ああっ！」

恐ろしさのあまり、気を失うこともできない。もはや念仏も忘れ、定信は声をあげて泣きわめいた。

「どうして、どうしてこのようなことが！」

絶対に理不尽だと思った。それを誰に訴えることもできず、竜巻に早く去ってくれと願うばかり。

その願いはなかなか叶わない。それどころか、風は荒々しく扉をあけ放ち、塗籠の中にまで侵入してきた。

吹きこんできた突風に、しがみついていた几帳が倒れる。定信は几帳の支えの丸柱で頭を打ち、冠を取り落としてしまう。痛みにうめきつつ帷子の間から顔を出すと――すぐ目の前に縹色の大口の袴があった。

すべての音が聞こえなくなる。

風は依然として邸の中を荒れ狂い、破壊の限りを尽くしていた。が、定信の意識が目の前に立つ誰かに釘づけになってしまったのだ。

定信は息を呑んだ。ゆっくりと、ゆっくりと視線を上げていく。

濃き香染の広い袖が視界に入る。金で施した雲と稲妻の紋様がまぶしい。肩の少し上には、風に躍る乱れ髪。それから――冷ややかに見下ろす久継と目が合った。

「ひっ！」

定信は悲鳴をあげ、後ろ向きに這いずって相手から距離をおこうとしたが、すぐに背中が壁につかえてしまった。唯一の出入り口である扉は、久継のむこう側。彼を押しのけていかない限り、逃げ場はない。定信にそんな勇気が出せるはずもない。

「あ、あ、あ」

涙が出る。声が、久継を差した指がどうしようもないくらい震える。

「おのれ、おのれ！」

とうとう自暴自棄になって、定信は泣きながら大声をあげた。

「十一年も経（た）ってから、いったい何を血迷ったか！　おまえを官職から解き、都から追い出したわたしを恨んでいるのやも知れぬが、すべてはその身から出た錆（さび）なのだぞ!!」

激怒するかと思いきや、久継はわずかに顎（あご）を上げ、相手を見下している様子をさらに強調してから飄々（ひょうひょう）とした口調で応えた。

「身におぼえがない」

「ならば思い出させてやろうとも！　おまえは昔から、上司を上司と思わぬ傲慢不遜な輩（やから）だった！　そればかりならまだしも、立場を利用して役所の公金を横領したではないか！」

「おぼえがない」

「怪しげな連中と徒党を組んで夜盗まがいの悪行まで！」

「おぼえがない」

「淡路守の妻を無理やり手ごめに……！」

久継がにやりと笑った。

「あれはむこうから言い寄ってきた。当時、あなたが熱をあげていた若女房同様に」

その返答を耳にするや昔の屈辱が甦り、定信の顔色が青から赤へ変わった。

左大臣家の嫡男として生まれ、容貌にも恵まれた彼は、そのときまで恋の道では誰にも負けたことがなかった。まして、自分より遥かに身分の低い者に恋人を盗られるなど、絶対に認められない出来事だった。

十一年も昔のことなのに、思い出せば臓腑が煮え返る。久継を都から追い出すことで一度は下げた溜飲が、また喉にせりあがってくる。

「だが、おまえの最も身近な友人がそう証言したのだぞ！　わたしは上司として、そのような者を官職に就けておくわけにはいかないと、正しき判断を下したまでだ！　恨むのなら、おまえの罪を事細かに密告した友を恨むがいい!!」

久継の顔から一切の表情が消えた。

代わってまなざしに厳しさが増す。定信の背筋は恐怖に凍りつく。

そのときになって、ようやく思い知る。

龍馬にまたがって宴に飛びこんできたときの久継とは違う。賀茂の権博士も清涼殿で言っていたではないか、もはやこの世の者ではないと。

目の前にいるこれは、あのときよりももっと危険な——怨霊なのだ。

平安の都に天変地異を呼びこんだ御霊が、定信に向かって一歩前に踏み出してきた。身を少し屈め、じっと目を覗きこんで、その唇から低くて深いささやき声を洩らす。

「雅春にそれを言わせたのは誰だ?」

定信が言葉に詰まった次の瞬間、邸はいままで以上に激しく揺れた。

たちまち、ばきばきと音をたてて天井が割れた。定信があっと声をあげて頭上を見ると、天井板はめくれあがり、灰色の空が覗いている。梁が途中で折れて真っ逆さまに落ちてくる。

「うわあ!!」

両腕で顔を覆い、背中を壁にこすりつけて、ずるずると逃げる。折れた梁は、彼のすぐそばに落ちてきた。直撃はしなかったが、砕け散った細かな木片が全身を激しく打ちつける。他の梁も、天井板も、屋根に葺いていた檜皮までもが続けざまに落ちてくる。柱が倒れ、背中に感じていた壁板も後ろに崩れる。贅の限りを尽くした邸の、何もかもが木っ端微塵となっていく。

「ああ……」

定信は瓦礫（がれき）の山にうずもれ、風のうなりとおのれの悲鳴を聞きながら、その意識を失っていった。

第六章　短夜(みじかよ)の夢

無我夢中で馬を走らせていた夏樹は、頬にかかった雨にハッとして、あたりを見廻(みまわ)した。

岩ばかりだった黄泉比良坂(よもつひらさか)の光景とは異なり、緑がある。見上げれば、そこに広がるのはただの暗闇ではない。灰色の雲に覆われてはいるものの、確かに空だ。光がそこにある。何より、形容し難いあの重苦しさが消えている。

いつの間にか、黄泉比良坂を抜けていたのだ。やっと、きつい旅から解放されたのだ。まだ何も解決していないとわかってはいたが、それでも両手を広げて快哉(かいさい)を叫びたい気分だった。そうする代わりに、夏樹はあられもない姿で先頭を行く馬頭鬼(めずき)に大声で呼びかける。

「あおえ！　おい、あおえ！」

聞こえていないようだったが、夏樹に代わって一条がひと言、

「おい」

それだけで、あおえのたくましい脚がぴたりと止まった。

「あ、どうかしました、一条さん？」

「どうしたも、こうしたも」

一条はあおえの横に並べて馬を止める。夏樹もそれに倣って自分の馬を休ませる。どちらの馬も人間たち同様、ホッと息をついたように見えた。

「いつの間にか、現世に出ているような気がするんだがな」

「うん、ぼくもそう思うんだ」

「あ」

ふたりに指摘されて周囲を見廻し、あおえは肉厚な舌をぺろりと出した。

「ほんとだ。いやはや、走ることについ夢中になっちゃって……」

笑ってごまかしながら、まくりあげていた裾を整え、背中にぶら下がっていた市女笠をかぶり直す。もとから無理な女装なのに、衣装も市女笠もぼろぼろで、全身から胡散くささが強烈ににおっている。なのに、本人いわく、

「さあ、これで完璧です！」

「どこがだ、ボケ」

すかさず、一条がゲンコツであおえを殴った。馬上からだと高さもちょうどよく、市女笠越しながら気持ちのよい音が響き渡った。

「どうして殴るんですかぁぁぁぁ」

「どうしたもこうしたもあるか」

　語尾をやたらと強調する、みじめったらしい泣きの入りかたは健在だ。一条もかつての元気を取り戻したように、生き生きとあおえをいじめる。

「ったく、その恰好でよく堂々と外を歩こうって気になるな」

「そう言う一条さんだって、烏帽子もないし、狩衣も脱いじゃってるし、下着姿も同然じゃないですかぁぁぁ」

「仕方ないだろうが。血に濡れたものは脱げと言われたんだから。もっとも、脱いでも脱がなくても、たいした違いはなかったみたいだが」

　その言葉に、夏樹は黄泉比良坂で一条が亡霊たちにつきまとわれていたのを厭でも思い出す。あのあと、火の玉こそ現れなかったものの、正体不明のささやき声は幾度も聞こえてきて、彼らを悩ませ続けたのだ。

　ああいったものたちが、単に血の残り香に惹きつけられて現れたのなら、夏樹とて条件は同じだったはず。しかし、声はともかく火の玉は、ひたすら一条に関心がある様子だった。

　確かに、彼の美貌には生死にかかわらず誰しもが魅せられてしまうのだろう。陰陽師の卵として才に優れている点が、怪しいモノどもにはまたこたえられない魅力になっているのかもしれない。

　そんなふうに理由づけしても、大宰府へ向かう旅の途中で小さな物の怪どもに追われたときのことが、そのあとの一条の衰弱ぶりが、どうしても夏樹の頭をよぎる。心配になってくる。牛頭鬼のしろきも、何やら気がかりなことを言っていたではないか。

「そういえば、しろき……」

　夏樹のつぶやきを聞きつけて、一条が振り返る。

「あの白牛がどうしたって？」

「いや、どうしてついてこなかったんだろうって、ちょっと思ったんだけど」

「ああ、しろきのことでしたら」

と、あおえが解説役を買って出る。

「あの浜辺にあけた冥府への通路をふさぐために残ったんですよ。力いっぱい強引な裏技でしたからね、あとの始末はちゃんとしておかないと」

　一条がぼそっと洩らす。

「ついでに馬も残ればよかったのに……」

「だって、わたしは先導役ですよぉぉ。ちゃんと役に立ったじゃありませんかぁぁ」

「はっきり言うとだな、乱れる裾にたくましい太股っていう気色の悪い光景は、もう見たくないんだ」

「何をおっしゃいます。わたしのこの脚線美は、それこそ通にはこたえられない逸品ですよ！」

力説しながら直した裾をまたまくりあげようとする。通にはこたえられない逸品とやらを無理に拝ませられる前にと、夏樹はあわてて別の話を振った。

「それより、大丈夫なのか？」

「何が？」と一条が不機嫌そうな顔で問い返してきた。

「何がって体調とか……」

陰陽師としての力の回復とか、とはとても訊けない。それを訊いては彼の自尊心を傷つけてしまいそうで。

本気なのか虚勢なのか、一条は胸を張って応えた。

「全然平気だ。そっちのほうこそ疲れただろ、馬を走らせながら太刀を振り廻して」

「あれは別に……。それよりも、おまえのほうがむしろ……」

一条は長い髪をうざったそうに後ろへかきやった。

「あんな雑魚、しゃべくるだけで何もできやしない。ほうっておけばよかったんだ」

「でも……」

とてもほうっておくことなどできなかった。気味の悪い火の玉に一条がしつこくつきまとわれていること自体、厭でたまらなかったから。

それを正直に告げると、「何言ってるんだ」とあおえのように罵倒されそうな気がして、夏樹は視線をそらし空を見上げた。

雨が静かに降っている。暗い空のせいで、いまが朝だか夕方だか見当もつかない。が、自分たちのいるこの位置は、地形から大体把握できる。遠くに見える町並みは、まさしく平安の都。ひときわ目だつ、ふたつの塔は東寺と西寺のもの。手前に流れるのはきっと桂川。つまり、都の南西あたりの山中に出てきたらしい。

妙な気分だった。

西国から都まで、どんなに急いでも半月はかかる。平穏無事な旅など、この時代にあるはずもなく、途中の状況次第で日数はいくらでも延びていただろう。

が、黄泉比良坂を疾走していたのはそんな長い時間ではなかった。時間の感覚が麻痺していてどれくらいとははっきり言えないが、ひと晩もかかっていなかったと思う。黄泉比良坂にいた間、現世でどれほどの時間がすぎたのかはまだ不明だ。

なのに、到津を出たのは夜で、こちらでは昼。それも翌日の昼とは限るまい。

それに――違和感は時間的なものだけだろうか。

「なんだろう……」

都のすぐ近くまで来ているというのに不安が消えない。じわじわと首を締めつけられているような感じだ。その原因は目の前にあった。

「景色が違う……」

雨で霞んではっきりとはしないが、都の光景が以前とは異なっている。顕著にそれが表れているのが川だ。

「桂川……だいぶ、川幅が広がってないか？」

自信なさそうに夏樹が言うと、一条も土色に濁った川を見やって表情を曇らせた。

「ああ。あの分だと、賀茂川もそうとう水かさが増しているだろうな」

それどころか、すでに氾濫している可能性が高い。賀茂川は昔からよく氾濫し、都に甚大な被害をもたらしてきた川なのだ。

夏もそろそろ終わり、野分の季節。それを考えるとけしておかしくはないのだろうが――

怨霊となった久継が都へ向かった直後、大雨が都を襲った。それを思うと、不吉な予感がぬぐえない。逆にどんどん膨れあがってくる。

「とりあえず、邸に戻って服装を整えよう。それから主上にご報告をして、頭の中将さまにもお逢いして、賀茂の権博士とも今後のことを話し合って……」

夏樹はやらなくてはならないことを思いつくままに並べあげた。そうやって自分に「考えている暇なんかないんだぞ」と納得させようと試みる。

しかし、一条は夏樹の言葉など聞いてはおらず、難しい顔で都をみつめている。あおえも何事か察したのか、市女笠の虫の垂衣を少し持ちあげ、落ち着かなげに耳をぴくぴく動かしている。

どうかしたのかと訊くのも怖かった。鎮めようとしていた不安が募り、心臓の鼓動が息苦しいほど速くなる。

夏樹が沈黙に耐えきれなくなり質問しようとすると、一条の唇が微かに開いた。

「来る……」

そのつぶやきを受けて、夏樹は息を殺した。彼らが見ている方向に目を凝らし、耳を澄ませる。

雨の降る音しか聞こえない。最初はずっとそうだった。

しばらくすると彼にも聞こえてきた。ばしゃばしゃと水をはねあげ、ゆっくりと近づいてくる音が。

ひとではない。馬か何か、大きめな動物の足音だ。

ぞくぞくと強烈な悪寒が夏樹の背を這い昇っていく。

（黄泉比良坂を抜け、都が見えるところまで到着した矢先に、まさか……！）

そのまさかを裏づけるように、馬のいななきが聞こえた。何度も耳にした力強い響き。

あの龍馬だ。

夏樹はすぐさま馬から下り、太刀に手をかけて臨戦態勢をとった。まだ龍馬の姿は見えない。だが、とても気を抜いてなどいられない。雨に邪魔される視界を少しでも見通せるようにと、目をすがめる。

その勇ましい姿とは裏腹に、食いしばった歯は震えていた。怨霊となった久継と闘うことの重圧に押し潰されそうになる。

だからといって、いまの一条に頼りきってはいけない。あおえにおいては言うまでもない。自分こそが久継と対決しなくてはならないのだ。

（しっかりしろ、大江夏樹……！）

自分自身の気弱さと闘う夏樹の前に、それは姿を現した。

そぼ降る雨のむこうから、悠然とした足取りでこちらへ歩んでくる龍馬。白い脇腹に浮き出た赤い斑点が、雨に濡れてますます鮮やかに映える。その大柄な身体と尊大な面がまえは、厭になるくらい威圧感に満ちている。

しかし、夏樹は別のことが気になった。

（龍馬だけ？）

久継はいない。罠かもしれないという思いが頭をかすめたが、この雨の中に彼の気配は感じられない。もしかして、自分と闘ってはくれないつもりなのか。

戸惑う夏樹の背中に、誰かが手を置いた。びくっとして振り返ると、いつの間にか一条が馬から下りてそこに立っていた。

その唇を不敵な笑みが飾っている。琥珀色の瞳は力強く輝いている。尊大さでは龍馬にけして負けてはいない。

「ここはおれに任せろ」

「なんだって？」

夏樹は耳を疑った。式神をうまく使いこなせないとくやしがり、黄泉比良坂でもつきまとう亡霊相手に無視することしかできずにいたくせに、なぜいまになってそんなことを言い出すのか。

「何を馬鹿なことを――」

夏樹は途中で言葉を呑みこんだ。一条がすぐ間近で、ぞくっとするほど凄みのある笑みを浮かべたのだ。

「馬鹿じゃないさ。あの男はおまえに譲ってやる。おれは手は出さない。その代わり、龍馬の始末はおれにつけさせろ」

「無茶言うな！」

一条はいきなり夏樹の胸倉をつかんだ。

「無茶を言ってるのはそっちだ。いいかげん、全部しょいこむのはやめろよな」

低く押し殺した声には、ひどく凶暴な響きがこめられていた。ずっと溜めこんでいた焦燥感が、噴き出る場所を求めて彼の中で渦巻いているのが感じられた。

そんな一条の表情に瞬間、ふっと苦笑めいたものがよぎった。

「ずっと、いいところなしだったんだ。そろそろ出番をくれてもいいだろ？」

「でも、でも、おまえ……」

気持ちはわからないでもない。しかし、

「まだ本調子じゃないんだろう？」

「そうですよ、一条さん！　無理は禁物です！」

あおえも握り拳を作って説得に加わる。

「相手はですね、ただでかいだけの馬じゃないんですよ。龍馬なんですよ、わかってるんですか!?」

「うるさい」

一条はあくまで強気だ。

「おまえたちは黙って見ていろ。特にあおえ、その馬づらが近くにあると敵と間違えかねないから、ずうっと遠くへさがってろよ」

とばっちりを受けてはは大変と思ったのか、あおえは素直にずうっと遠くへさがった。

それでも、

「ああ、そんな、そんなお身体で……」と盛んに身悶えしている。

夏樹のほうは、とてもあおえのようにおとなしくしてはいられず、一条にしつこく食いさがった。

「あおえの言う通りだ。いまは無理するんじゃない。第一、おまえ……」

「いいから、ひっこんでろ。その代わり、あの男の始末は任せるって言ってるだろうが。それが最大限の譲歩なんだ。残ったあの馬はおれの獲物だ。横取りするんじゃない！」

「横取りだのなんだの言ってる場合か、このわからず屋！」

ついカッとなり大声で怒鳴り返すと、一条はつかんでいた夏樹の胸を強く押し戻した。よろけた夏樹は水たまりに手をついてしまう。泥水が着ていた指貫(さしぬき)に大量に飛び散る。

「何するんだよ！」

「夏樹さん、抑えて抑えて」

あおえが素早く寄ってきて、泥で汚れた夏樹の身体を後ろから抱きかかえ、彼といっしょにまた素早く、摺(す)り足で後ろへさがる。

「こら馬鹿、あおえ、放せよ！」

いくらもがいても、馬頭鬼の太い腕は離れない。

「ここは一条さんにお任せしましょ。そうしないと、一条さんも気が済まないんですよ。ねっ、ねっ」

言われなくてもそれくらい、夏樹にもわかっている。

背中を射られて絶命し、冥府からの蘇生(そせい)を果たして以来、一条はどこかおかしかった。

そのことにいちばん危機感をいだいていたのは、他ならぬ本人だったはずだ。

いっそ、甦らせないほうがよかったのかもしれないと、そんなことまで思ってしまう。自分が、自分のわがままで、彼を現世に引きずり戻したくせに。

その間、龍馬は一条たちの会話を理解しているのか、ずっと薄笑いに似た表情を浮かべていた。厭味な笑みを保ったまま、ぶるっと鼻を鳴らして二、三度土を掻く。話はついたか、早くしろと急かしているかのようだ。

一条はそんな龍馬を険しい目で睨みつけた。例の凄みのある笑みを浮かべて。

「待たせたな、馬」

一条の手が自身の懐へのびる。龍馬は相手の出かたをうかがうように頭をわずかに下げる。

「こっちだって、この機会をずっと待っていたんだよ！」

それが闘いの宣言だった。

一条は懐から無数の紙人形を取り出して放った。

白い紙人形は彼の手を離れるや、四方八方に飛び散る。灰色の景色の中、白い花びらがいっせいに舞うかのごとくに。花びらは、龍馬を中心に、大きく包みこむように旋回する。

唐突に、雨が激しくなった。

宙を舞っていた紙人形たちは、矢のような雨に打たれて地に落ちる。それでも紙人形はなんとか起きあがろうと、泥にまみれた端々をぱたぱたと動かす。が、水気を多分に吸ってしまったせいか、再び宙を飛ぶことはできない。やがて、動きも止まり、健闘虚しく人形たちはただの紙きれに戻ってしまった。

一条はそれでも強気な姿勢を崩さなかった。天候を操るほどの相手に対し臆するどころか、むしろ敵が強力なことを喜ぶように言う。

「そうか。やっぱり、この雨はおまえの仕業か」

龍馬は軽く足踏みをすると、いきなり前に駆け出してきた。一条を踏み潰す気か、前脚を大きく振りあげる。

その下をかいくぐり、一条は大声で式神の名を呼んだ。

「長月！」

途端に、青紫色の袿がふわりと虚空に現れる。その色の袿をいつも身にまとっていた、美しい式神自体は姿を見せない。

袿はばさりと龍馬の顔に覆いかぶさった。たっぷりと広がった袖は龍馬の首に巻きつき、きつく締めあげようとする。

が、動きを封じこめたと見えたのは、ほんの刹那にすぎなかった。龍馬は内側から袿に嚙みつき、勢いよく生地を引きちぎっていく。

布の裂ける音に混じって、女の悲鳴が微かに聞こえた。

「長月……！」

その名を呼んだのは夏樹だった。

長月は、海に落ちたときと空から叩き落とされたときの二度助けてくれた、いわば命の恩人だ。その彼女が目の前で引き裂かれていく。裂けた青紫の袿は地面に達する寸前で、はかなく消えてしまう。倒されたのか、撤退しただけなのか。たぶん後者だろうけれどと、夏樹は願った。

一条は間髪入れずに次の式神を呼んだ。

「水無月！」

ぼっと宙に赤い火が点る。しかし、雨の中ではその火はいかにも弱々しい。しかも水無月はすでに一度、龍馬に敗れている。

龍馬もそのときのことを記憶しているのか、せせら笑いをしつつ、火の玉に噛みついた。鋭くはないが頑丈そうなその歯で、暗色の火の玉を噛み砕いていく。赤い火はたちまち細かく散って、消滅する。いつか、大堰の別荘で水無月を相手にしたときそのままの再現だ。

立て続けに式神二体を倒して調子づいた龍馬は、誇らしげにいないた。追い討ちをかけるように、龍馬は殊更に脚を振りあげて一条に迫る。よける一条に、蹄が跳ねあげた泥水が頭からかかる。龍馬はわざとそうやって、彼を嘲笑(あざわら)っているのだ。琥珀色の瞳が屈辱に煮えたぎっている。

幾度もそれをくり返され、一条は全身泥だらけになった。その息は荒く、琥珀色の瞳が屈辱に煮えたぎっている。

なのに、一条は三体目の式神を呼ぼうとはしない。三体目を、もっと強力な式神を使えばいいのに、なぜそうしないのか。

いないはずはあるまい。長月や水無月以外の式神を使う場面にも、夏樹は過去、遭遇している。やはり、陰陽師としての呪力が回復していないから呼びたくとも呼べず、有利に闘いたくても闘えないのだろうか。

「一条！」

これ以上、黙って見ているわけにはいかない。夏樹は馬頭鬼の拘束を解こうと、必死になってもがいた。だが、あがけばあがくほど、

「駄目ですよ、夏樹さん」

そう言いながら、あおえは夏樹を押さえつける腕に力をこめる。どうしても放してくれないのなら仕方がない。

「許せ、あおえ」

夏樹は思いきり力をこめて、あおえの腹に肘鉄を食らわせた。屈強な馬頭鬼がうめき声をあげ、片手で腹を押さえる。夏樹にはそれで充分だった。

弱まった縛めを振りほどき、泥水を跳ねあげつつ一条の前に駆けこむ。彼を自分の背後へ押しのけようとする。

いままで無視していた外野の乱入を、龍馬は怒るでもない。むしろ、面白がって笑っている。馬も笑うのだ。それも、すこぶる厭な感じに。

「笑うな」

一喝するとともに、夏樹は太刀を抜こうとした。が、それより先に、一条の口から罵倒の言葉がほとばしる。

「横取りするなと言っただろうが！」

龍馬の嘲笑よりも、夏樹の恫喝よりも声が大きい。普段の夏樹ならその剣幕に圧倒されてしまっただろうが、いまの彼は一条に負けず劣らず頭に血が昇っていた。

「黙って見ていられると思うのか！」

怒鳴り返せば、一条もさらに声を張りあげ、

「いいかげんにしないと簀巻きにして賀茂川に叩きこむぞ！」

「やれるものならやってみろよ！　式神も満足に使えないくせに!!」

いちばん言われたくない言葉だったろう。重々承知のうえで夏樹はそう叫んだ。その結果、本当に簀巻きにされて賀茂川に叩きこまれても、最悪、一条に殺されても構わないと覚悟していた。

言葉は、予想通りに相手を傷つけた。

一条が顔を歪めて殴りかかってくる。迫ってきたその拳を、夏樹は反射的に手のひらで受け止めた。

ふれた彼の手は火のように熱かった。

夏樹は驚いて、一条の顔をまじまじとみつめた。頬骨のあたりだけが赤く、目は血走って潤んでいる。まるで熱に浮かされているかのように。

「一条、おまえ……」

「うるさい！」

威勢のいい声にも、さっきまではわからなかった疲労と絶望が嗅ぎとれた。さらに、それだけではなく――夏樹の指の下で、一条の手の甲がもぞりと不気味に蠢いたのだ。

まるで、手の皮一枚下に何かがひそんでいるように。

夏樹は仰天し、本能的に手を離した。全身に鳥肌が立つ。脳裏には黄泉比良坂で振り向いた際目撃した、腐乱した友人の姿が浮かび、目の前の一条と重なる。

だが、あのときとは違うはずだ。一条は死んでいるわけではないし、腐ってもいない。

苦しそうにしてはいる。つらそうにも見える。おのれの右手首をつかみ、内からこみあげてくる何かと闘っているようにも見える。だが、あの問題はもう解決したはずだった。

まさか、摂理を乱した代償がどうのこうの言っていたあれが、よりによってこの場面で表面に出てこようとしているのか？　それとも、何か別の要因でもあるのか？

考えても、夏樹にはわからず、不安とあせりばかりが膨れあがる。

「一条……！」

一条の額に散った水滴は雨ばかりではなかった。大量の汗に濡れたその顔に、嫌悪の表情が浮かぶ。それは、自らの肉体に向けられたものだった。

ふいに、一条の手の甲から何かが染み出してきた。

煙のように立ち昇ったのは、黒い霧のごとき代物だった。ねっとりと一条の白い手にからみつき、まとわりつき、密度を自在に変化させつつ、うねり、躍る。

夏樹は呆然とそれをみつめていた。

龍馬も、さすがにそれには驚いている様子だった。こいつでも、こんな妙なものは見たことがないのかと、詳しい経緯を知らない夏樹はそう思った。

夏樹にとっては、初めて見たわけではない。以前にもこの正体不明の、生き物なのかそうでないのかさえはっきりしない、黒い霧と遭遇している。

大宰府に向かっていた旅の途中だった。小さな物の怪どもが逃げ去った直後、その隙を衝くように現れたもの。一条を衰弱させ、船に乗りこむ原因をつくったもの。瘴気そのものが凝り固まったような、見るからに凶々しい何か。

もしや、ずっとそこに――一条の身の内にひそんでいたのだろうか？　旅の、まだ序盤にしかすぎなかったあのときから？　どうしてそれで、一条は――だいぶ弱っていたとはいえ――旅を続けていられたのか。

夏樹は硬直し、頭の中は真っ白になった。龍馬の存在すら完全に忘れ、ただ大きく目を見開いて、黒い霧を凝視する。

そんな彼の背後で、龍馬は前脚を大きく振りあげていた。いままでの遊びとは違い、完全に無防備になった獲物を、この一撃で屠（ほふ）ろうとする。

「どけ、夏樹！」

苦しげな呼吸の下から一条が怒鳴るが、夏樹は動けない。自分に言われているのだと認識することさえできていない。

「夏樹さん！」

間一髪のところで、あおえが夏樹を抱きかかえ、横へ跳んだ。ふたりまとめて泥の中へ倒れこむ。顔半分が水たまりに沈んで、泥水が口の中へ入る。夏樹は激しく咳（せ）きこんだが、おかげで思考を取り戻すことができた。

「一条……」

起きあがろうとした夏樹を、あおえの腕が再びがっしりと捕まえた。振りほどこうとするが、今度はどうにも身体に力が入らない。

「放せ、放せよ！」

駄々っ子のようにくり返すその声も、咳にまぎれてしまい、泣いているかのようだ。

龍馬は奪われた獲物に見向きはしなかった。勢い余って走っていたが、方向転換して駆け戻ってくる。その延長線上にいるのは一条だ。

一気にかたをつけるつもりか、龍馬はいままでにない速さで彼に迫る。

一条は腕に黒い霧を手に巻きつけたまま。不気味なそれを振りほどくことも、龍馬の進路上から離脱することもしない。

自暴自棄になったのか、それとも策があるのか。

ふいに彼は叫んだ。

「おまえに名前をやる！　だから、おれに従え！」

視線は龍馬に向けていたが、呼びかけたのは、まとわりつく黒い霧にだった。

一条はずっと前から決めていたかのように、力強く宣言する。

「おまえの名は——」

龍馬の蹄の音に負けぬよう、声高らかに新しい式神の名を。

「極月だ」

極みの月、果ての月、十二月の異名。

果たして霧にその意味がわかったのかどうか。見た目には何も変化はなかった。黒い霧は依然として一条の腕にとりつき、不定形にうねっている。

しかし、一条は構わず、新たな式神に最初の命令を下した。

「極月、疾く疾く律令のごとくせよ！」

ほとばしる言葉に、つかみどころのなかった霧がただちに反応した。

一条の腕から離れるや、長く尾を引いて龍馬に向かって飛んでいく。もはや霧とは言い難い黒のそれは、彗星のごとくに虚空を駆け、龍馬の左目に激突した。

と見るや、はじけて、ぱっと花火のように広がる。いや、火花が散るというより、縮こまっていた蜘蛛がいちどきに脚を広げ、馬の顔にとりついたかのようだった。

すさまじい悲鳴があがった。

あの龍馬が悲鳴をあげている。

さしもの龍馬もたまらなかったろう。黒いそれは眼球に直接食らいついていた。そればかりか、眼窩の奥へさらに深く身をねじこませようとしている。

龍馬に同情するつもりなどなかった夏樹も、無意識に嫌悪のつぶやきを洩らした。

「なんてことを……」

血を噴きあげ、怒号をほとばしらせて、龍馬は必死に首を振る。あまりに激しい抵抗に、しがみついていた怪しい蜘蛛が離れる。その間を逃さず、龍馬は走り出した。逃げ出したのだ。

敗走するその姿を覆い隠すように、雨足が急に激しくなった。視界は夜と変わらぬほど真っ暗になる。もともと黒かったせいで、あの変幻自在の物の怪もどこにいるのかわからなくなる。

肩で息をしていた一条は、雨に打たれながら泥の中に両膝をついた。しばし唖然(あぜん)としていた夏樹だったが、一条の様子を見て、あおえの力の抜けた腕を振りほどき駆け寄る。

「おい、大丈夫か！」

一条の両肩をつかみ、前のめりになった身体を起こさせる。濡れた身体がまだ不自然に熱い。しかし、一条は青ざめた顔を上げ、にやりと笑った。いたずらに成功した悪童のように。

「勝ったぞ」

ふてぶてしいその笑みと疲弊しきった様子との落差に、夏樹はなんと言葉をかけるべきか迷ってしまった。結局、言葉はみつからなくて、肩を抱く手に力を入れる。

「はは……」

一条は小さく声に出して脱力しきったように笑い、顔を伏せた。その頭を夏樹は軽く撫(な)でてやる。

「よくやった。よくやったよ、おまえは」

そう言っていいものかどうか。喉の奥にひっかかるものはあったが、とにかく夏樹はそうくり返した。

「よくやった……」

その間にも、雨はどんどん小降りになり、ついにはやんでしまった。周囲は急速に光を取り戻していく。その中に、白い龍馬も黒い霧もいない。

本当に勝ったのだ。本当に。しかし、夏樹は手放しで喜ぶ気になれなかった。

「あいつは……？」

一条は青ざめた顔を上げて、新しい式神の名前をなんの感情もこめずに口にした。

「極月のことか？」

「なんで、あんなものを式神に……」

「ねじ伏せたと思ったんだが、うまくいっていなかった。ずっと身の内にいた」

穏やかならぬことを、一条は他人事のようにつぶやく。

「つまり、むこうも居心地がいいと感じていたんだろう。だから、式神にもしやすかった。いわば、いつの間にか勝手に軒先に住み着いたやつと、間貸しの約定を正式に結んだってところだ」

さすがは物の怪邸のあるじ。馬頭鬼を居候させている実績もあって、不動産関係のたとえが妙にはまる。

「それで、あいつはどこにいるんだ？　まさか、またおまえの中に戻ったんじゃないだろうな」

「冗談じゃない。こっちの身がもたなくなる」

「じゃあ、どこに？」

「さあな。そこらへんは陰陽道の秘技にかかわることだから、素人には教えられない」

「おいおい……」

不安で不安でたまらないのに、一条はタネを明かしてくれない。心配させまいと気を遣っているのではなく、本人も確証がないのではと勘ぐりたくもなる。

なおも問い質そうとする夏樹の邪魔をしたのは、あおえのうわずった声だった。

「夏樹さん、一条さん、あれを。あれを見てくださいよ」

せっかく龍馬を退けたのに、また何事か起こったのか。

緊張して振り返るふたりに、あおえは空の一角を指差してくり返す。

「ほらあそこ、あそこ！」

雨はあがっていたが、空はまだ全面厚い雲に覆われている。都そのものを覆い尽くす災厄が、質感を伴なって、そこにはっきりと存在を示しているかのように。

あおえが指差しているのは、その雲から下がった漏斗状のうねり——竜巻だ。

乳白色のそれは見る間に距離をのばし、地上に達する。すると、その周辺に建っていた家屋がたちまち粉微塵となった。

砕け散った木材やら何やらはいっせいに舞いあがり、竜巻の周辺で渦を巻いている。かろうじて無事だった近くの家屋にぶつかり、破壊の手伝いまでしていく。

龍神を思わせるその威容、圧倒的な破壊力。風が創り出す、驚異の現象。しかも、とてつもなく大きい。

一条ですら驚愕の声をあげた。

「竜巻だと!?」

滅多に見られるものではない。まして、これほど大規模なものは、夏樹には生まれて初めてだ。

竜巻はわがもの顔で都を縦断していく。夏樹たちのいる位置からはかなり遠い。だからといって高みの見物などしていられる気分ではない。その進路に気づいてからはなおさらだった。

「中納言さまの邸へ向かっている……！」

できすぎていると夏樹は思った。

（水の力を有する龍馬が都に大雨を降らせたのなら、あの竜巻も――）

到津の浜に久継の怨霊が出現した際のことが思い出される。あのとき、海からは風が吹いていた。放たれた数多の矢を打ち返すほどに激しく。

（久継どの？）

彼が招き寄せた竜巻ならば、定信の中納言の邸に向かっているのも、偶然などではない。

「行かなくちゃ……！」

一条も、あおえも、どこへとは訊かない。彼らも夏樹とまったく同じことを考えていたのだ。

都に入ってみると、いかに竜巻の威力が大きかったかがはっきりとわかった。

竜巻の通っていったあとはすべてが瓦礫の山に変化している。崩れた家の前で身を寄せ合って泣いている幼い兄弟。筵の上に横たえさせられた怪我人たち。泣き声とうめき声が混合して、黄泉比良坂で聞いた死者の声よりも凄惨に響く。

そんな悲惨な光景をたどっていった先の、終着点が定信の中納言の邸だった。

夏樹は中に招かれたことはなかったが、過去に幾度も前を通りはした。父親の左大臣の邸に比べればやや小ぶりにしろ、いくつもの殿舎や倉が建ち並び、いかにも上級貴族が住まうにふさわしい華やかな邸だなと感嘆したものだった。

それがこんなふうになってしまうとは。絢爛豪華な御殿がもはやただの塵あくただ。途中で目にしてきた庶民の家々の残骸となんら変わるところはない。

崩れ果てた邸のまわりに呆然と立ち尽くしている男女は、中納言邸の家人たちだろうか。彼らの中に定信の姿は見当たらない。

とりあえず、崩れた塀を乗り越えて敷地内に入ろうとしたとき、馬に乗った貴族がひとり息を切らして近づいてくるのが夏樹の目にとまった。

狩衣姿の頭の中将だ。とるものもとりあえず、あわてて駆けつけてきたのだろう。

「頭の中将さま！」

泥だらけの少年に呼び止められ、頭の中将は怪訝そうな顔をする。が、すぐに相手が夏樹とわかり、彼は驚きを露わにした。

「新蔵人か！」

馬から下りてすぐさま駆け寄ってきた頭の中将は、信じ難いといった表情で西国に旅立ったはずの部下をみつめた。その視線に夏樹はたじろぎ、自分がいまどんな姿をしているか忘れて声をかけたことを、すこぶる後悔する。

しかし、頭の中将は恰好のことなど気にしてはいなかった。それよりも、夏樹がここにいること自体を不審に思ったらしい。

「なぜここに？　途中で難儀をしているとの知らせがあったから、やっと大宰府に着いたぐらいかと思っていたのだが……」

頭の中将の視線は、夏樹と同じように泥だらけになっている一条にも注がれた。その後ろの、異常に体格がよく、悪めだちしている市女笠の大女にも。さすがにひいたのか、頭の中将が一歩、後退する。

「こちらは……」

すかさず、一条が口からでまかせを並べた。

「わたくしの手の者です。何かと便利なので一存で同行させました。勝手なことをいたしまして申し訳ございません」

「い、一条さん……」

擁護してもらえてほろっときたのか、あおえが感動したように小さくつぶやいた。黙っていろと言いたげに、一条はさりげなくあおえの足を踏みつけ、さらに踏みにじる。市女笠の垂衣のむこうで、「おうっ」とかいう小さなうめきが微かに聞こえた。

あわてた夏樹は、上司の注意をこちらへ向けさせようと急いで発言する。

「大宰府にはたどり着きました。藤原久継どのにもお逢いいたしました」

久継の名は効果的だった。頭の中将はすぐにあおえから視線をもとへ戻す。その表情につかの間、暗い影が差したのを夏樹は見逃さなかった。

「それで、彼は」

死にましたと答えるしかないだろう。だが、そのことを言おうとしただけで、気持ちがひどく乱れてしまった。どうしても冷静さが装えない。上司の前だというのに。

またすかさず、一条が口を挟む。

「その話は長くなりますから、のちほど詳しくご報告いたします」

頭の中将は怪訝そうに眉をひそめたが、一条はさらに、

「それよりも、中納言さまの無事をご確認にいらしたのでございましょう？」

と言葉を重ねて、強引に話を変えさせた。頭の中将も自分がここへ駆けつけてきた理由をやっと思い出したかのように、崩れ果てた邸を振り返る。

「ああ。だが、もしかしたら中納言さまはご自宅にはおられず、参内(さんだい)されているかもしれない」

頭の中将はそうつぶやきながら、崩れた塀のいちばん低いところを大胆にも乗り越えていく。夏樹と一条も彼のあとに続いた。あおえもついてこようとしたのだが、振り向いた一条に止められてしまう。

「おまえは馬を連れて家に戻ってろ」

「だってぇ……」

「いいからそうするんだっ。まわりの人間が竜巻の被害に気を取られているうちに、刺激しないようこっそり裏道を通っていけよ」

といった会話が、夏樹の背後で秘(ひそ)かに交わされた。それだけ聞いていると、一条も普段の彼に戻ったかのようだった。

結局、あおえが一条に口で勝てるはずもなく、命じられた通りに馬を連れてすごすごと離れていく。心配事の種がひとつ減って、夏樹がホッと息をついていると、前を行く頭の中将が突然、

「あの竜巻を見たか？」

と訊いてきた。夏樹はうなずいたが、上司が前を向いたままだったので、あわてて「はい」と返事をする。

「驚きました。いったい都はどうなってしまうのかと……」

「竜巻はあれが初めてだが、嵐は二日前から続いていて、賀茂川は氾濫するし、崖崩れが頻発するしで、被害は大きくなる一方だ。これは御霊の仕業ではないかという噂も、すでに巷に流れ始めていると聞く」

「御霊……」

一条を振り返ると、陰陽生の友人は大きくうなずいて肯定した。

間違いない。この大きな災厄をもたらしたのは久継だ。

彼が大弐を引き裂いて都に飛んでいってから、夏樹たちが黄泉比良坂を疾走している間に、二日の時が流れていたらしい。その間にどれほどの人命が失われたことか。そう考えると、夏樹の身体は自然と小さく震えてきた。

どんな理由があって、久継は何を考え、何をしようとしているのか。夏樹にはもう理

解できない。もうどうしようもない。

彼は御霊になってしまった。ほうっておいては左大臣家の周辺のみならず、都全体が大変なことになる。関係のないひとたちまで大勢死んでいく。

夏樹が考えこんでいる間に、頭の中将はその場にいた中納言邸の家人の中から知った顔をみつけ、状況を尋ねていた。詳しい話を聞くにつれ、彼の表情はどんどん暗くなっていく。

「では、中納言さまが内裏から戻られてすぐに竜巻が襲ってきたというのか」

「はい、まるでそのときを狙いすましたようでした。このところ、お邸では凶事ばかりが続いておりましたが、ついにこんなことになろうとは」

「このぶんでは定信さまは……」

逃げ遅れたのだとしたら、この惨状だ、まず助かるまい。夏樹を含めた誰しもがそう思ったそのとき、瓦礫の下から弱々しいうめき声が聞こえてきた。

まっさきにそれに気づいたのが頭の中将だった。

「生きておられるぞ！」

すかさず駆け寄り、折れた梁に最初に手をかける。遅れ馳せながら夏樹も頭の中将の加勢をする。一条も、進んでといったふうではなかったが、とりあえず彼らに倣う。

呆然としていた家人たちも、その様子を見てようやく動いた。仕える主人に死なれてしまっては、彼らも居場所を失い、路頭に迷ってしまう。そんな現実的な問題もあって、家人たちは必死に柱や壁のなれの果てをどかし始めた。

積み重なった瓦礫が少しずつ取りのぞかれていく間、定信はずっとうるさく泣きわめいていた。

「腕が折れている、脚も痛い、血がいっぱい出ている、このままだと死んでしまう、早くここから出してくれ！」

一条が小さく「意外と元気そうだな」とつぶやいたが、幸い夏樹の耳にしかそれは届かなかった。もちろん、言った当人がそうなるよう配慮していることは間違いない。他の者も大なり小なり「意外に元気じゃないか」と思っているだろうが、身分柄とてもそうは口にはできない。頭の中将がいる手前、なおさらだった。

この場にいる誰よりも、頭の中将が定信の身を真摯に案じているのは、火を見るより明らかだった。相手が妻の兄だからではなく、ひとえに彼の性格からくるものだろう。

「もう少しでございます。もう少し、ご辛抱くださいませ」

定信をなだめすかしつつ、頭の中将は率先してきつい作業を続けた。その甲斐あって、ようやく定信を残骸の下から引きずり出すことに成功した。

家人たちの間から歓声があがる。しかし、当人は少しも嬉しそうではない。感謝の言葉もない。

装束は裂けてちぎれて、ぼろ同然。ぐしゃぐしゃに乱れた髪。顔は鼻血と涙のあとで汚れて、泥だらけの夏樹や一条よりもみすぼらしい。これでは百年の恋も冷める。女房たちの憧れの君が台なしだ。

「確かに血は出ているな。鼻血だけだが」

と、納得したように一条はつぶやいた。もちろん、夏樹にしか聞こえないような小声で。

定信は助け出されるや、折れていると訴えていた腕を勢いよく振り廻して怒鳴り出した。

「頭の中将、あの竜巻はあいつの仕業だぞ！」

『あいつ』が誰を指しているか、頭の中将も夏樹たちも知っている。が、頭の中将は認めたくないのか、困惑したように首を横に振った。

「そう申されましても……。確かに彼は博学で陰陽道や仏道などにも通じておりましたが、あのように巨大な竜巻を起こすなどと、そこまでは……」

「できるに決まっている！　あれはもはや人間ではない！　怨霊だ!!」

頭の中将の表情が瞬間、厳しいものに変わった。反論しようとしたのか口を開き、寸前で言葉を呑みこむ。

いろいろな考えが彼の頭の中を駆けめぐっていたようだが、それがどういう経路をたどって、どういう結論にたどりついたのか。頭の中将は定信に反論するのをやめ、代わりに夏樹を振り返った。どこか哀しげな表情で、

「新蔵人？」

言葉にしたのはそれだけだったが、目が問いかけている。久継のことを。中納言はいったい何を言っているのかと。

遅かれ早かれ、答えないわけにはいかない。上手な嘘などつけない。身を切られるような痛みを感じつつ、夏樹はためらいがちに真実を口にした。

「確かに久継どのは――亡くなられました。自害されたのです」

頭の中将は絶句する。驚愕している上司の顔を見るだけでも、夏樹にはこたえた。だが、他人の感情の揺れに一切気がつかない、鈍い者もいた。定信だ。彼はひきつった笑い声をあげた。

「ほらみろ、わたしの言った通りだろうが」

声高にそう言って胸を張る。同時に恐怖も感じただろうが、それは他人に押しつけてやろうと、頭の中将に向かって言い放つ。

「いまにおまえの前にも現れるぞ。あれはおまえが十一年前、美都子を得たいがために友を売ったことも知っていたからな!!」

夏樹は息を呑んで頭の中将をみつめたが、彼は否定も肯定もしなかった。

現し世の境を龍馬が駆けていく。傷ついたその左目からおびただしい血を流しながら。頬の輪郭に沿ってこぼれ落ちた血の玉は、左の脇腹に当たって砕け散り、そこにあった赤い斑点を増やしていく。もとからあった斑紋といっしょになって、血の花がどんどん咲いていくかのようだ。

龍馬の向かう先には久継が待っている。定信の邸を破壊し尽くした直後だからか、表情は穏やかだ。龍馬の傷の深さを見ても、その穏やかさは変わらない。

「焔王」

久継はおのれが授けた名で龍馬を呼び、片手を差し出した。近寄っていった龍馬は、その手に鼻づらを押しつける。龍馬の血が久継の指を汚したが、そんなことを気にする彼でもない。

「いままで、よくやってくれた」

静かに、ゆっくりと久継はささやいた。

「もう充分だ」

彼らはけして主従の関係ではない。契約で縛られているわけでもない。出逢った最初からそうだった。

あれは乳兄弟の良光が流行り病にかかって死んでしまう以前。

当然、久継はまだ髪をおろしておらず、普通の成人男子なみに結えるだけ長かった。昼間は大宰府政庁で仕事に追われ、その息抜きに、夜は良光を伴って海へ釣りに出かけていた。釣りそのものも楽しかったが、何より夜の海の美しさが、昼間の激務を忘れさせてくれたのだ。

ただし、夜の世界はただ美しいばかりでもない。油断していると暗い波間に転落してしまう危険もあるし、ごくまれにだが遠い沖合いに月光とは違う怪しい光がともることもある。

その都度、乳兄弟の良光はひどく恐ろしがった。

「早く帰りましょう、久継さま。あのような怪しいものに関わり合ってはろくなことになりません」

と、顔をひきつらせて袖を引っぱったりもした。怪異を恐れる以上に、主人があちらの世界へ引きずりこまれはしないかと心配したのだろう。

が、久継のほうはまったく気にせず、「そう案じるな。ああいうものもこの世にはある、ただそれだけのことだ」で済ませて釣りを続けていた。第一、好奇心の赴くままに陰陽道をかじったりといろいろやってきた彼だ、そっち方面にはもとから耐性がある。

しかし、そんな久継も、初めて龍馬を目撃したときには言葉を失った。

波の穏やかな夜だった。

月に照らされた水平線の近くを、突如どこからか現れた一頭の馬が駆けてきた。

普通の馬よりも格段に大きなその身体が、水にまったく沈まない。蹄が跳ねあげる海水が雫となって散る程度。その速さも、空を行く鳥のようだった。

不思議な馬は、あわてて岩場に身をひそめたふたりの男に気づかず、砂浜のほうへまっすぐ走ってきた。そちらに繋がれている、久継たちの馬――二頭の牝馬に関心があったらしい。

そうと気づいて久継は苦笑した。同時に近くの古い墳墓の中に、これとよく似た状景を描いた壁画があるのを思い出した。そこには龍馬と、龍馬の子を妊ませようと牝馬を牽く人物が描かれていた。

「龍馬か――面白い」

横で震えていた良光は、そのつぶやきを耳にして仰天する。

「久継さま、まさか……！」

そのまさかだった。久継は身を低くかがめると、足音を忍ばせてそっと龍馬に近寄っていった。

龍馬のほうはまだ彼の存在を知らない。おびえる二頭の牝馬の周囲をゆっくりと廻り、彼女たちの気をひくことに夢中だ。どちらかは――それとも両方まとめて――射止める自信があるらしく、胸を反らし気取って歩いている。

これほど美しい馬は見たことがなかった。身体つきといい、肌つやといい申し分なく、威風堂々としている。こんな姿を見せつけられたら、落ちないはずがあるまい。最初はおびえるばかりだった牝馬たちもいまはそわそわして、龍馬の動きをずっと目で追っている。

久継も彼から目が離せなかった。もっと近くで見たい、いや、なんとしても触れてみたいと熱望し、はやる気持ちを抑えて近づいていく。

急に、龍馬の耳がぴんと逆立った。気配を察したか、何事かと振り返る。

そのときにはすでに、久継がすぐそばまで来ていた。

龍馬に気づかれても怖じることなく、彼は最後の距離を走って一気に詰める。長いたてがみをつかんで、いきなり背中に飛び乗る。

突然入った邪魔に、龍馬は怒り狂った。けたたましい声をあげ、後ろ脚を振りあげて、無礼な狼藉者を砂浜に叩き落とそうとする。気持ちがほぐれかけていた牝馬たちも、この剣幕には驚いて尻込みをする。

だが、久継はしっかりとたてがみをつかみ、両脚で龍馬の脇腹をきつく挟みこんで姿勢を保とうとした。かなり難しいが、地に落とされたが最後、容赦なく踏み潰されるとわかっているだけに久継も必死だ。

背中に乗った人間をなかなか振り落とせなくて頭に来たのか、龍馬は突然、海に向かって駆け出した。波がざんぶと跳ね返る——かと思いきや、そうはならず、龍馬は波の上を滑るように走っていく。

どんどん沖のほうへと連れ去られていく。岩場に置き去りにされた良光が何か叫んでいるが聞こえない。あまりにも龍馬の脚が速すぎて、吹きつけてくる風に掻き消されてしまう。

耳がちぎれそうなほど痛かった。瞬く間に岸からかなりの距離が開いた。ここで落ちたら、自力で戻れるかどうかもわからない。いくら泳ぎに自信があっても、怒り狂った龍馬がほうっておきはしないだろう。のしかかられ、沈められるのがオチだ。

こういう場合、恐怖に震えあがるのが普通のはず。しかし、久継は恐怖心などほとんど感じていなかった。龍馬の背から見る世界の美しさに、すっかり魅せられていたのだ。

空には真円の月。足もとには、降り注ぐ月の光を受けて輝くさざなみ。金と銀がいりまじったその輝きには、限りがない。龍馬も、疲れなど微塵も見せずに力強く走り続けている。

果てなく続く金の波、銀の波。その上をひたすら駆けていく龍馬。波間を走るその白い身体には、赤い斑点がくっきりと浮かびあがっている。

久継は自分でも気づかぬうちに、声をあげて笑っていた。あまりにも世界が美しくて。

楽しくてたまらなくて。

彼のその反応は龍馬を驚かせたに違いない。やや速度を落とし、首をねじって怪訝そうに彼を見る。久継はその目を覗きこんで言ってやった。

「すごいな、おまえ」

龍馬は『なんだ、こいつは』とあきれたのかもしれない。ほんの少し、速度を落とす。久継は身体を大きく後ろに反らして天を仰いだ。

天上の月がいつもより大きく見える。濃い乳のようにわずかに黄味がかって、放つ光も今宵は格別と明るい。

ああ、と彼はため息を洩らした。

このまま、月に照らされてどこまでも行きたい。岸に戻れなくても構わない。

意識せずに出たつぶやきを聞いて、龍馬は急に向きを変え、岸へ向かい出した。

「このヘソ曲がり」

くすくす笑いながら龍馬の太い首をなでてやる。相手はそれを厭がる様子でもない。厭がっているのなら許しはしないはずだと解釈し、久継はずっとなで続ける。

岸では、良光が気を揉みながら久継を待っていた。龍馬が勢いよく近づいてくるのを見ても逃げようとはせず、太刀を両手で握りしめ、必死の形相で身構える。本当は怖くてたまらないのだろう、棒のように痩せた身体を、太刀を取り落としそうなほど激しく震わせている。

また心配をかけてしまった。都から西国までいっしょについてきてくれた、ただひとりの肉親とも言うべき乳兄弟に。

龍馬はざんと音をたてて砂浜に立った。威嚇するように、良光のすぐ目の前に。及び腰にはなったが、彼はけして逃げようとはしない。

「久継さま！　ご無事でしたか！」

「良光、落ち着け」

そう言いつつ、龍馬のほうもなだめようとその首を優しくなで続ける。久継の指の動きが心地よいのか、龍馬はじっとしている。

「太刀はしまっていいぞ。こいつはもう、わたしの友人だ」

不満を表すように龍馬が鼻を鳴らす。だが、それほど盛大にやってくれたわけでもない。良光の仰天ぶりのほうが激しかった。

「久継さま!?」

乳兄弟のその表情がおかしくて、久継は悪いと思いつつ、また声をあげて笑う。

「そんなに心配するな。怪我などしていないし、それどころか、すこぶる気持ちがよかったぞ。まるで空を飛んで月まで行けそうだった」

すると突然、龍馬の身体がふわりと宙に浮いた。良光は小さな悲鳴を洩らして、また太刀を構え直したが、久継は素直に喜びの声をあげた。

「そうか、おまえ、飛べるんだな！」

龍馬はまた軽く鼻を鳴らして着地する。『これくらい、造作もない』と自慢しているかのよう。その態度が良光には気に食わないらしい。

「ずいぶんと気位の高い馬ですね……」

「そう言うな、良光。これはただの馬じゃなく龍馬なんだぞ。空も飛べるし、第一、あの速さならば――」

久継の声の調子が微妙に変わった。自分でも驚くほど優しく、柔らかく、どこか遠くのものへ心馳せるかのように。

「都へもすぐ行ける」

龍馬の耳が変化を感じ取ってぴくりと動く。良光は「久継さま！」と諫めるように言う。

「都のことはお忘れください。もう昔のことです。とうに昔の――」

だが、久継は気にしない。思いがけずこぼれ出た言葉は、長い間、胸の奥に仕舞っていた感情を引き出していく。彼自身にも止められるものではない。

「逢いたいひとが都にいる」

宝箱から珠玉をそっと取り出すかのごとく、吐露する。

「彼らがいまどうしているか、物陰から見るだけでいい」

途端に龍馬が浮きあがった。今度はさっきのようなほんのわずかではなく、ぐんぐんと夜空へ駆け登っていく。

久継の言葉を聞いて、その想いを感じ取って、かなえてくれようとしているのか。

「久継さま！　お戻りください、久継さま!!」

地上では良光があわてふためき、拳を振りあげて叫んでいる。

「逢ってどうなさいます。あなたは、あのかたがたに——裏切られたのに！」

知っている。わかっている。だからなんだというのか。

取り乱す地上の良光に、久継は馬上から明るく声をかけた。

「大丈夫だ。朝には戻れる。と、思う」

ある程度上昇すると、龍馬は風に乗って走り出した。たちまち浜辺が遠くなり、良光の声は聞こえなくなる。

龍馬が向かう方角は東。そのむこうに都がある。目的地は遥か彼方だが、この速さならば、本当に夜明けまでには行って戻ってこられるだろう。

その分、向かい風がきつい。馬具がないため、すわり心地は安定せず、うっかりすると真っ逆さまに落ちてしまいかねない。この高さからなら、海に落ちようが山に落ちようが、五体はばらばらだ。

そんな危うさも含めて久継は心底楽しんでいた。

「すごいぞ、おまえ」

子供のように手放しで龍馬を賞賛する。

「そうだ、名前をつけようか。焔王でどうだ？　焔(ほのお)の王だ、その脇腹の斑点にちなんで」

龍馬は走りながら続けざまに鼻を鳴らした。大喜びという感じではないが、少なくとも厭がってはいない。

「じゃあ、決めた。焔王、わしは久継。おまえの同類だ」

それが、彼らが都をめざした初めての飛行だった。

その後の一連の行動は、好意からか好奇心からか、久継のやりたいことに龍馬が自身の意思で付き合っただけのこと。死体を与えたのは、それに対するささやかな返礼。彼らは常に対等だった。

無理強いも懇願もない。どうするかは龍馬の気持ちひとつ。

もはや片方しかない目で、龍馬はじっと久継をみつめている。視線だけで、いななきも余計な表情の動きもない。それは久継も同じだった。

すっと、龍馬が離れた。

方向を変え、並足(なみあし)で駆け出す。振り返りはしない。久継も黙ってそれを見送る。たぶんもう逢えないことを、互いに知っていて。

別れの言葉は必要なかった。

桂川の瀬音が耳につく。小降りではあるが雨の音もまだ聞こえる。

美都子は暗闇の中で目をあけて、何十回目かの寝返りを打った。

場所は大堰の別荘。隣では異母妹の弘徽殿(こきでん)の女御(にょうご)が疲れ果て、熟睡しきっている。昨夜とその前の晩、荒れ狂う嵐のすさまじさにずっとおびえていたのだ。無理もあるまい。

それに、今日はいいことがあった。風雨はかなり勢いが落ち、しかも内裏に使いに出たまま嵐に足止めされていた女房の伊勢(いせ)が、雨がいったんやんだ隙に大堰へと戻ってきたのだ。

彼女がいると場がいっそう華やぐ。直後に中納言邸が竜巻に襲われて崩壊するというとんでもない知らせが入ったが、気をもむ女御を伊勢がずっとはげましてくれた。ほどなく、兄の生存の知らせも届いたし、女御もやっと安心して熟睡できるようになったのだ。

だが、美都子のほうはそうもいかなかった。竜巻がまるで狙いすましたかのように定信の邸を直撃したのが、気にかかって仕方なかった。

このところ、異母兄の周辺にはよからぬことが頻繁に起こっていると洩れ聞いている。そこへ今度は竜巻だ。

(何もかも、あのひとの仕業だとしたら……)

そう考えてはまた否定する。鬼神でも味方につけない限り、天候を操るようなすさまじいことは、いくらなんでもできるはずがない、と。

(だけど、あのひとは恐ろしげな馬に乗って父上の宴に現れた。嵐を呼ぶようなことも、できるのかもしれない)

また考え、否定し、また考える。どうしてもそこから離れることができない。身体は疲れているのに心は乱れ、どうしても寝つけない。御帳台の中は空気がこもって寝苦しく、汗もずいぶんとかいている。

美都子はため息をつくと、女御の眠りを醒まさぬよう静かに身を起こした。

女御付きの女房たちは、近くの廂の間で几帳を仕切りに立てて眠っている。彼女たちも嵐がおさまったことで安心し熟睡しているのだろう、ことりとも音がしない。

いまここで目醒めているのは美都子ひとり。

雨は好きではない。昔を思い出させるから。

厭ならば考えないようにすればいいのに、美都子は逆に雨の音に耳を澄ませ、自ら過去への扉をあける。どうしても忘れ難い、あの夜に戻っていく。

十一年前の初秋、久継の最後の訪い(おとな)を受けた夜に。

正室腹(ばら)ではないにしろ、自分は上級貴族の娘。有力者である父親の力をもってすれば、入内(じゅだい)も夢ではない位置にいた。それにひきかえ、久継は中流どころか下級に近いような家の出。いくら彼本人に恵まれた才があろうと、出世の限界は最初から見えている。

そんな、どう転んでも結ばれるはずのないふたりが出逢い、恋に落ちた。身分や家柄など関係ない。夜陰に乗じて久継は足繁(あししげ)く美都子のもとへ通い、同じときを何度もすごした。

そして、小雨の降るあの夜――秘かに訪れてきた久継はいつにない様子で御簾(みす)のむこうにじっとしていた。だから最初、美都子は恋人が来ていると気がつかなかった。ふと顔を上げると、御簾越しに愛(いと)しいひとの影があったのだ。

「まあ、いつからそこにいらしたのですか?」

てっきり、彼が自分を驚かそうとしたのだと無邪気に思った。しかし、答えは長いこと返ってこない。

不安をおぼえて美都子のほうから近寄り、ふたりの間を隔てる御簾を持ちあげる。すると、彼は伏し目がちにしていた顔をゆっくりと上げて、静かに言った。

「もはや都にはいられなくなりました。あなたの兄上のご不興を買ってしまって」

それを聞いて、美都子のほうが何も言えなくなってしまった。そんな彼女を久継はじっとみつめていた。彼の濡れた烏帽子や直衣(のうし)からは、雨のにおいが漂ってきていた。

ややあって、再び口を開いた彼の口調からは、怒りや悲愴(ひそう)感などはまったく感じられなかった。あくまでも淡々と、

「乳兄弟が筑紫国(つくしのくに)に縁故がありますゆえ、そちらへ行こうかと思います」

「筑紫へ……」

当時、西国では瀬戸内海を中心に藤原純友(ふじわらのすみとも)が暴れまわっていた。多くの村々が、国府までもが純友率いる海賊たちに焼き討ちされ、血腥(ちなまぐさ)い争いは絶えずくり広げられていた。ずっと都の邸にこもって暮らす美都子のもとにも、そういった話は断片的ながら届いていたのだ。あまりにも遠すぎて、別の世界の話のように感じてはいたけれど。

「ご心配なさいますな。西国はいま麻のごとく乱れておりますが、だからこそ、わたしのような者が生きていく場所もみつかりましょう」

確かに彼ならば、どんな土地であろうと生きていける。そう胸を張って言い切れるだけの強さがある。心配はない。

だけど、もう逢えなくなる……。

胸の痛みに美都子が震えていると、彼はしっとりとささやいた。

「ともに来てはくださいませんか?」

みつめ合った。

沈黙が生じた。

雨の降る音だけがふたりの間に流れていた。

彼は催促などせず、じっと返事を待っていた。どれほど時間が経とうとも表情を動かすことなく、余計な重圧などけして相手に課しはしなかった。

そうやって充分すぎるほどに与えられた時間だったが、どれほど考えても答えはひとつしかなかった。

「わたくしは……都を離れられません」

久継が目を閉じる。上体をわずかに傾け、顔を寄せてくる。美都子も目を閉じる。

触れ合ったのは唇だけ。雨に濡れた彼の唇はひどく冷たかった。

久継が離れても美都子は目をあけなかった。衣ずれの音、一瞬大きくなった外の音、戸が閉まる音、再び小さくなる雨音を、目を閉じたまま聞いていた。

目をあければ、そこに彼はいなかった。

追いすがればまだ間に合う。いっしょに行くとひと言言いさえすれば、彼は力いっぱい抱きしめてくれるだろう。父や兄が連れ戻そうと追ってきたところで、彼ならば追っ手を煙に巻くことも簡単だろう。

だが、どれほど考えても、どれほど悲しんでも答えは変わらない。

生まれてこのかた、ずっと都で暮らしてきた。この地を離れたためしなど、物見遊山に洛外の寺院をまわった程度しかない。美都子にとって西国など考えも及ばない遠い異国、唐天竺と同じだった。西の果てに久継の生きていける場所はあっても、自分の生きていける場所はないと、わかりすぎるくらいにわかっていた。

いや、想像ができないだけで、飛びこんでしまえば、どこでだって生きていけただろう。久継がそばにいてくれるのなら、なおさらだ。

ただ自分がそれを選び取らなかっただけ。都に残ることを決めたのは他ならぬ自分自身。

それでも心には深く傷を負ってしまった。そんな傷を、癒してくれたのが幼馴染みからの真心のこもったたくさんの文だった。彼は久継の親友でもあり、同じ相手を失ったという共通の悲しみを分かち合うこともできた。

信頼が愛情に変わるのに、さして時間はかからなかった。そのころの彼は、家柄がよいにもかかわらず有力な後見人がいないために地位が低く、結婚は難しいと思われた。しかし、彼の熱意に加え、兄の定信が積極的に協力してくれたために話はうまく運び、ふたりは晴れて夫婦になることができたのだ。

その後は順風満帆の日々と言えるだろう。美都子の父が娘婿の後見人になったため、彼は順調に出世していって、いまや帝の側近の頭の中将に。子供には恵まれずとも、夫婦仲は他がうらやむほど睦まじく、夫は側室をひとりも持たぬ真面目ぶり。幸せとはこういうものかもしれないと感じつつ、時を送ってきた。

後悔していないと言えば嘘になる。だが、昔をいまにできるはずもない――

美都子はため息を洩らすと、額の汗をぬぐって御帳台から出た。渇いた喉を潤しに水を飲みに行こうと思ったのだ。

単(ひとえ)の上に袿を一枚だけ羽織る。女御を起こしては申し訳ないので、明かりは点(つ)けない。

暗闇の中、御簾のほうへ向かいかけた美都子の足がふと止まった。御簾のむこうにたたずむ人影に気がついたのだ。

たったいま、心に思い描いていたのと同じ光景がそこにあった。

美都子は息を呑み、御簾越しにその人影をじっとみつめる。相手は微動だにしない。美都子のほうが、一歩一歩踏みしめるように前に進む。

過去が甦ってくる。

あのときと同じように御簾の前にすわる。両手で端を持ちあげる。

あのときと同じように、恋人がそこにたたずんでいる。

髪は短く、烏帽子はかぶっていない。装束も昔とは違い、露芝(つゆしば)模様の浅葱(あさぎ)色（薄い水色）の直衣に白の指貫。でも、それ以外は何も変わらない。自分の気持ちさえも。

だが、彼は自分を憎んでいるに違いない。美都子にはそうとしか思えなかった。

何をされても受け容(い)れるつもりで美都子はじっとしていた。

あのときと同じように、ただみつめ合う。

雨の降る音だけがふたりの間に流れる。

沈黙の中で、久継はゆっくりと上体を傾けてきた。

みつめ合ったまま触れ合った唇は冷たくて、雨のにおいがした。

その瞬間にわかってしまった。彼の穏やかな表情が、装束の淡い色調、直衣の柄までも、この闇の中ではっきりと見て取れるわけが。

彼はこの世のものとは違う——もう生きていない。死んでしまった。

ならば、真の闇も障害にはならない。嵐を呼ぶことも可能だろう。この世の約束事に縛られることはない。怨霊なのだから。

いつの間にかあふれてきた涙が、美都子の頬へこぼれ落ちる。彼女は目を閉じて、両腕を久継の肩に廻した。抱きしめた男の身体は氷のように冷たかった。

怖くはなかった。温めてあげたかった。

廂の間で同僚の女房たちと雑魚寝(ざこね)をしていた深雪(みゆき)は、なぜか急に目を醒ました。

すぐにまた目を閉じ、眠りに入ろうとしたが寝つけない。遠くの雨の音を聞いていると、逆にどんどん頭が冴(さ)えていく。

ついにあきらめて深雪は半身を起こした。けれども、することがない。ぼうっと頬杖をついて、昼間のことをなんとなく思い出す。いらぬ心配をかけたくなくて、女御へはとても報告できなかった清涼殿での一件を。本当は、夜中ひとり目覚めているときに思い出したくはなかったが。

(あれが怨霊だとすぐにはわからなかったなんて……不覚)

ちっと舌打ちが出る。わからなかったからこそ、大胆にもあの場に飛び出していけたのだが、くやしい気持ちはおさまらない。

(都がこんなになってるときに、夏樹ったら何してるのよ)

中納言邸崩壊の知らせは届いても、夏樹の帰京までは知らず、深雪は頭の中でいとこの悪口をずらずらと並べたてた。

(ほんとに愚図で馬鹿なんだから。どこ、うろついてるのよ。早く戻ってきなさいよ。そんでもって、あの太刀で怨霊をちゃっちゃとやっつけちゃってよ。夏樹が本気を出せば、ちゃんとできるはずなんだから。とにかく帰ってきたら、まず檜扇で一発ぶん殴って、ひるんだところを押さえつけて、天井から吊りさげて、都にいない間いったい何をやっていたんだか白状させなくちゃ。どうしても口を割らないようだったら、こんなことやあんなことも……)

夏樹の楽しい料理法を一所懸命に考えていた深雪だったが、ふとその想像が途切れた。

雨音以外の音が、微かではあったが聞こえたような気がしたのだ。

（誰か起きているのかしら）

だったらおしゃべりの相手とまではいかずとも、いっしょにいさせてもらいたい。昼間の出来事のおかげでいつになく気弱になっていた深雪は、そっと几帳のほころび（几帳は帷子の中ほどを縫い合わせておらず、できた隙間をこう呼ぶ）からむこうを覗きこんだ。

廂の間を誰かが静かに歩いていく。

女房たちの誰かではない。男だ。しかし、別荘にいる家人でも警固の武士でもない。

深雪は息を呑み、几帳の帷子を握りしめたまま固まってしまう。

久継。

昼間、清涼殿に現れた怨霊だ。

あのときとは衣装が違う。清涼殿での久継はおどろおどろしげな出で立ちだったが、いまの彼は淡い浅葱色の直衣に白の指貫をまとい、落ち着きと気品を漂わせている。まるで全然違う人物のようだ。

しかし、彼はもう生きている人間ではない。たとえそのことを知らなかったとしても、いまなら、その姿をひと目見ただけでわかっただろう。暗闇の中ではっきりと見える、ただそれだけの理由ではなく——本能が教えてくれているから。

ふいに、彼の歩みが止まった。ちょうど、深雪が握りしめている几帳の前だ。彼が振り返る。動作は緩慢だ。完全にこちらを向く前に顔をひっこめればいいものを、深雪にはそれができない。

当然のごとく、視線が合う。

昼間の勢いはいまの深雪にはない。動けず、声も出せず、気を失うこともできずに、目を大きく見開いて怨霊を見上げるばかり。

他の女房たちは熟睡している。助けなど呼ぶだけ無駄だし、呼んでも意味はない。この怨霊なら指一本動かすだけで、女ひとり殺すぐらい何も思わずやってのけるだろう。

しかし、久継はそうしなかった。微かに笑っただけ。

その笑みは、昼間のものとはまったく異なっていた。

とても哀しげに——見えた。

釣りこまれるように深雪は口を開きかけた。何を言おうとしたのか、自分でもわからない。言う暇もなかった。

ふっと久継の姿が揺らぐ。次の瞬間、彼は陽炎(かげろう)のようにおぼろなものになって、妻戸のわずかな隙間に吸いこまれてしまう。あとには何も残らない。いかにも亡霊らしい消えかただった。

自分の見たものが信じられず、深雪はしばらく声もなく震えていた。いっそこのまま気を失って目醒めると朝、といったことになってくれればよいのだが、なぜかそうはならない。何も見なかったふりをして寝直すことなど、できるはずもない。

（なんなのよ……、あの顔は……）

両手で頰を押さえ、なんとか混乱を鎮めようとするが無理だった。それに、亡霊が歩いてきた方向も気になった。あの先では、弘徽殿の女御とその姉がいっしょの御帳台で休んでいるはずなのに。

（もしや……）

勇気を振り絞って起きあがる。時間がかかったがどうにか燈台に火をおこし、それをまた紙燭に移し取って闇を照らす。片手にはその紙燭、もう片方の手で震えのおさまらない自分の身体を抱きしめ、よろよろと廂の間を歩いた。向かったのは、女御たちのいる部屋だ。

御簾の前で深雪は立ち止まった。中はしんとしていて、女御たちは眠っているように思えた。

「女御さま……？」

おそるおそる声をかけてみたが返答はない。もし熟睡しているのならば、起こしてはまずかろう。こんな夜ふけに声をかけた理由を訊かれ、正直に亡霊を見たと答えれば、また女御をおびえさせてしまう。

しかし、万が一の事態が、久継によってすでに引き起こされていたなら……。逡巡をくり返した果てに、とりあえず御帳台を覗いて女御たちの無事を確認しようと決め、音をたてぬよう細心の注意をはらって、御簾の内に入る。その途端、深雪はあっと声をあげそうになった。御簾のすぐ内側に、誰かが倒れていたのだ。

「女御さま⁉」

一瞬、そう思ったが違った。美都子だ。

紙燭の小さな火が、死んだように横たわっている彼女の姿を照らし出す。長く豊かな黒髪がうねって、剝き出しになった両肩の白さ、鎖骨の細さを際だたせている。

「美都子さま‼」

驚いた深雪は大声で彼女の名を呼んだ。反応はない。どうしたらいいかわからずに右往左往し、とにかく目についた近くの燈台の油皿に火のついた紙燭を置く。それから、美都子を抱き起こした。

「しっかりなさってくださいませ！」

深雪の腕の中に、美都子の身体はぐったりと沈みこむ。手首を握ると、確かに脈は感じられた。しかし、その手は氷のように冷たい。

「誰か――誰か来てください、美都子さまが！」

深雪の切迫した声が別荘中に響く。何事かとひとびとが起きあがり、駆けつけてくる。

御帳台の中で、女御も目を醒ます。
それでも、美都子のまぶたは堅く閉ざされたままだった。

第七章　友、遠方より来る

朝というのに都の空は一面厚い雲に覆われ、これっぽっちもすがすがしくはなかった。

そんな曇り空を、夏樹は寝不足で充血した目をこすりつつ蔀戸の隙間から見上げた。

彼がいるのは二条にある左大臣の邸、その西の対。ここには、竜巻で崩壊した邸から助け出された定信が避難してきていた。

昨夜ずっと、定信は御帳台の中にひきこもっていたが、ほとんど寝ることはできなかったろう。うとうとしかけては悪夢によって目醒めるを、くり返していたに違いない。時折、悲鳴をあげているのを、隣接する廂の間で夏樹は一条とともに聞いていたから。

ふたりがここにいるのには理由があった。本当はすぐに正親町の自分たちの家へ戻りたかったのだが、竜巻直撃の一報を聞いて現場に駆けつけてきた左大臣に、ともに邸へ来るよう強く勧められたのである。

それはちょうど、頭の中将が定信に、

「おまえの顔などもう見たくない。とっととわたしの前から消え失せろ！」

と罵声を浴びせかけられ、沈痛な面持ちで去っていった直後だった。夏樹と一条もさりげなくその場から抜けようとしたが、それが許されるような状況でもなかった。一条は賀茂の権博士の優秀な弟子として、夏樹は光る霊剣を携えた文武両道の人材として、左大臣におぼえられていたのだ。

「また息子が怨霊に襲われるやもしれぬ。悪いが、このままともにわたしの邸のほうへ来て、息子を守ってはもらえまいか」

左大臣直々にこう頼まれては、否とは言えない。それでも、こんなみっともない恰好ではと遠廻しに断ったのだが、結局は押し切られて邸に行くことになってしまった。

待遇はよかった。湯も存分に使わせてくれたし、新しい装束も用意してくれ、温かい食事もふるまわれた。これでぐっすり眠れたなら旅の疲れも癒せたのだが、そんなうまい話はない。定信のそばで寝ずの番をさせるための好待遇なのだから。

その間にも、左大臣は妻を安全な別邸へ移させ、高名な僧侶や陰陽師を招いて加持祈禱させ、警固の武士も集められるだけ集めて西の対に配置させと、息子のためにありとあらゆる守りを固めさせた。呪術的にも武力的にも、これ以上はない万全の守り。そこまでできるのも、ときの権力者だからこそ。

その甲斐あってか、何事もなく夜は明けた――

大堰の別荘での出来事を知らない夏樹は、そう思って安堵のため息をついた。

横を見ると、一条が柱にもたれかかって舟を漕いでいる。彼もこざっぱりとした直衣に着替え、髪も結って烏帽子をちゃんとかぶっている。

横顔に疲れは隠せないが、それはむちゃくちゃだった旅の痕跡にすぎない。あの不自然な熱はもう下がっているようだ。

そうであってほしいと夏樹は強く願った。

その視線に気づいたのか、一条がふと目をあける。眠たげな目が問いかけるようにこちらを見る。なんとなく気恥ずかしくなって、夏樹はあわてて目をそらした。

「もう少し――寝ていればいいのに」

「なんだか騒がしくて眠れない」

実際は寝ていたくせに、一条はそう言って大あくびした。夏樹はもう一度、蔀戸の隙間から外を覗く。

「確かに騒がしい……」

邸の豪華さに相応しく、ここの庭はおそろしく広い。その広い庭に、怪しげな風体の者たちがぎっしりひしめいている。左大臣が優秀な術者を金に糸目をつけず掻き集めているという話は、あっという間に都に広がり、それを聞きつけた連中が「われこそは」と次から次に押しかけてきたのである。

僧侶から陰陽師、修験者、巫女と職種も雑多。見るからに怪しげな連中だが、足しにはなるかもしれないということで、とりあえず南側の庭に通されていた。

彼らはさっそく自分たちの能力を誇示しようと、しきりに経文を唱えたり、鈴を鳴らして舞い踊ったりしている。とにかく見渡す限り競争相手だらけのこの中で、少しでも多く礼金をとりつけようと考えているのだから、派手でひたすら騒がしい。

暗雲が重くたちこめる空の下、邸の広い庭には、ひしめき合う術者と警固の武士たち。塀のむこうでは、何事かと見物しに来た野次馬たちの群れ。

そんな雑然とした光景を、一条も覗き見て、

「邪宗の祭礼の場か、ここは」

「否定できない……」

どうひいき目に見ても、使えそうにない連中ばかりだった。それに、いくら術者の数をそろえようと、相手が久継(ひさつぐ)ともなれば調伏(ちょうぶく)できるかどうか。いたずらに被害を増やすだけではあるまいか。

実際に久継の力をまのあたりにしている夏樹は、そう感じざるを得ない。庭にたむろする術者の中に白粉(おしろい)を塗りたくった歩き巫女の老女をみつけ、彼の危機感はなおさら強まった。

「あのばあさんまで来てる……」

むこうに悟られぬよう小声でささやくと、一条も彼女——過去にやり合ったことのあ

る老巫女の存在に気づいて、大仰に顔をしかめた。

「金のにおいを逃すようなやつじゃないからな」

「ほら、例のふたりの息子までいるよ」

辻のあやことその息子たち。あいかわらず仲がよく、元気で胡散くさい親子だ。

夏樹と一条は彼らに気取られぬよう、そっと蔀戸を下ろし、そろって大きくため息をついた。

「やっぱり、あおえをつれてこなくてよかった」

と一条がつぶやけば、夏樹もすぐさま同意した。

「うん。胡散くささの極致だものな、あれは」


その胡散くささの極致も、どんよりとした朝をどんよりとした気分で迎えていた。

ひと足先に家に帰るよう言い渡され、それに従ったあおえは、一条たちの帰りを正親町の物の怪邸で待っていた。ずっとずっとずっと待っていた。なのに、

「帰ってこなかった……」

ひとりぽつんと簀子縁にすわった馬頭鬼は、そう口に出してつぶやいた。

寂しさが募る。心に風が吹いていく。

「一条さんのために、ちゃんと着替えも用意したのに」

新しい狩衣と指貫が脇にきちんと折り畳まれて置いてある。あおえ自身も、ぼろぼろの女装からいつもの水干に着替え済みだ。

「ご飯だって、いっぱいいっぱいいっぱい作ったのに」

当然、料理は厨の片隅で冷えていく一方。

「お部屋だって、こぉんなにきれいに片づけたのに！」

留守にしていた間、積もりに積もったほこりは消え、屋内は旅立ち前よりも片づいているくらいだ。

「こんなに、こんなにつくしているのにぃぃぃ！　どうして帰ってきてくれないのおぉおぉおぉ！」

感極まって床に泣き伏す。みじめさは頂点に達していた。が、天はあおえを見捨てなかった。

「べぇべぇ泣くな。みっともない」

すぐ近くから聞こえてきた声に、ハッとして顔を上げる。いつの間にか、牛頭鬼のしろきが草ぼうぼうの庭に立っていた。

「し、しろき！」

牛頭鬼が身につけているものは僧衣ではなく、大陸風の甲冑だ。何か荷を背にしょっているが、片手に方天戟を携えたその姿は、いかにも冥府の獄卒らしい。べそべそと泣きじゃくるあおえとは、天と地ほども開きがある。

「まったく、情けないぞ、おれは」

ぶつくさ不満を言うしろきに、あおえは簀子縁から下りるや、がばりと抱きついた。

「しろきぃぃぃ!!」

身を振りほどいたしろきは、方天戟の石突きで容赦なくあおえの頭をどつき廻した。

「ええい、べたべたするな！　気色悪い！」

「そんな、そんなぁ」

あおえは両手の指を組んで小首を傾げ、涙に潤んだ大きな瞳でしろきをみつめた。

「優しく抱きしめて、もうひとりにしないよって言ってくれないの？」

しろきが方天戟を頭上でぶんぶん振り廻し出したので、あおえは組んだ指をあわててほどいた。

「じゃあ、いったい、何しに来たんだよぉぉぉ」

方天戟をいったんおさめると、しろきはしょっていた荷物をあおえの前に投げ出した。

「あけてみろ」

言われた通り、包みをあければ甲冑が一式出てくる。あおえの目の色が変わった。

「これって、もしやわたしの……！」

「武器も持ってきてやったぞ」

手渡されたのは槍だった。死者の魂をも滅ぼせる、冥府の槍だ。

「もしや、追放がめでたく解除とか⁉」

「そういうわけでもない」

しろきはにべもなく、あおえの希望を打ち砕いてくれた。

「だが、事態は切迫している。この際、猫の手も借りたいぐらいだ。相手はただの怨霊ではなく、一級の御霊なのだからな」

「ああ、あのひとのことね。でも、この件に関しては一条さんに任せるって……」

「そのつもりだったが、てんで駄目だ、あいつらは」

いまいましげに舌打ちをして、しろきは顔をしかめる。夏樹たちだけにではなく、彼らに任せた自分自身に対してもいらだっている様子だった。

「いま、やつらは定信とかいう、ろくでもない男の護衛についているがな、見当違いもいいところだ。藤原久継の本当の狙いはあそこじゃない」

「というと？」

訊きながら、あおえは甲冑に着替え始めていた。もうすっかり、しろきに協力する気になっている。

「藤原久継と関わりのありそうな亡者どもをかたっぱしから詮議していった。そうしたら、いろいろとわかってきた。やつはとんでもない極悪人だ。病死した乳兄弟を弔うためと称して一度出家していながら、その寺の高僧をひとり殺している。しかも、そのどさくさに、寺に伝わっていた砒霜を盗み出していたんだ」

「砒霜？　ああ、死人を蘇生させる薬ね」

自分で質問をふったくせに、あおえはそれほど身を入れてしろきの話を聞いていない。久しぶりに冥府の装束に手を通すことのほうが、嬉しくてたまらないのだ。考えこみながら説明しているしろきは、そのことにまだ気がついていない。

「やつはその砒霜で乳兄弟を甦らせた。そんなものを使ったところで、生前そのままに戻りはしないものを……」

「結局は死体の寄せ集めで造るんだしねえ。で、あのひとの本当の狙いって何？」

「かつての親友だ」

「親友なのに？」

「ああ。殺された僧侶というのが、昔、都にいた頃、定信と昵懇で当時のこともよく知っていたのさ。藤原久継は定信の異母妹のもとに通っていたらしい。定信としては、せっかくの出世の道具に傷をつけてと思ったんだろう。色恋がらみの個人的な恨みもあって、憎さ倍増だ。そこで、やつの親友をうまく抱きこみ、あいつを陥れるのにひと役買ってくれれば望みは叶えようと持ちかけた……」

「殺された坊主はおおかた、そのことを久継にしゃべったんだろうよ。迂闊なやつだ。結局、親友はでたらめな証言をして久継の失脚に手を貸し、その後、定信の妹と――久継の恋人だった女と結婚している。それが親友を裏切ってまでして叶えたかった望みだったのさ」

「親友と恋人と、両方に裏切られたってわけね。そりゃ、切れるかも」

「だからといって、やつのしたことは許されはしない。何がなんでも滅ぼしてしまわないと。人間どもに任せきりで失敗したとあっては、目も当てられん」

自分の言葉に自分で納得するかのように、しろきは何度もうなずいた。そこでふと、あおえは動きを止め、世にも情けない声をあげる。

「し、しろきぃぃぃ」

いきなりすがりつかれて、しろきもぎょっとする。

「どうした、あおえ!?」

「この甲冑……腰まわりがきつくて入らない……」

一瞬の沈黙のあと、しろきは方天戟の石突きで遠慮会釈なくあおえの頭をどつき廻した。

「なぁるほど」

大堰の別荘では、昨日の夜倒れた美都子がようやく目をあけたところだった。ずっと枕もとに詰め、寝もやらずに異母姉の介抱をしていた女御が、いち早くそれに気づいて声をかける。

「姉上……」

そのあとは涙にまぎれて言葉にならない。同じように介抱役を務めていた深雪が、代わって問いかける。

「ご気分はいかがでございますか？」

美都子は不思議そうにふたりを見上げていた。自分のいまの状況がまったくわかっていない様子だ。

「御簾のすぐ内側のところに倒れていらっしゃったのですよ。お身体がたいそう冷たくて、一時はどうなってしまわれるのかと、とても心配いたしましたわ」

久継の亡霊を見たとは女御の手前、絶対に言えない。それにもうひとり——その名を聞かせられない相手が近くにいた。女御付きの女房である小宰相だ。

閉じこもりがちだった彼女も、美都子が、というより女御が心配で局から出てき、ずっと主人のそばについていた。美都子が目を醒ましたものだからさっそく彼女は、

「女御さま。姉上さまもお気がつかれたことですし、少しお休みになられては……」

と勧める。だが、女御は譲らない。

「わたくしなら大丈夫よ、小宰相。もう少し、姉上のおそばにいるわ」

そう言って首を横に振る。やつれぎみの小さな顔に髪がふたすじ、みすじ、はらはらとかかって、なんともかわいらしい。

「ご迷惑をかけてしまいましたわね……わたくしは、どれだけ気を失っていたのでしょう」

すぐさま深雪が応える。

「半日ほどですわ。もう昼になろうかという頃なのですが」

部屋の中には火の点(とも)った燈台(とうだい)がいくつも置かれている。空がどんより曇っていて、夜と間違えかねないくらい暗いせいだ。

「昨夜の雨はいったんあがったのですが、また降るやもしれませんね。それよりも何か召しあがりませんか？」

深雪が美都子に食事を勧めていると、急に表のほうがにぎやかになった。誰かが訪れたらしい。

先触れもなく駆けつけてきたのは美都子の夫の頭の中将だ。息を切らして駆けこんできた彼だったが、女御が近くにいると知って遠慮し、御簾の外側に端座する。

「失礼いたしました。妻が倒れたと聞いて矢も盾もたまらず、女御さまがいらっしゃることもつい失念いたしまして……」

「いえ、いいのですよ。どうぞ、姉上のお近くにおいでなさいませ」

女御のほうも遠慮して几帳の陰にさがり、御簾を上げるよう深雪に促す。命じられた通りにすると、頭の中将はためらいがちに妻に近寄って、その顔を覗きこんだ。

「あなた……」

弱々しくつぶやいて、美都子は夫に手をさしのべる。夫はその手を握りしめて泣き笑いの表情を浮かべる。周囲に居並ぶ女房たちは、ちょっぴりうらやましげに理想の夫婦を見守っている。

心温まる光景。の、はずなのだが——深雪だけは複雑な気持ちで、それをみつめていた。

昼近くになっても、空の暗さは変わらない。だが、雨は降らず、再び竜巻が発生する気配もなかった。

時間ばかりが過ぎていく。その一方で、左大臣邸には続々と『霊験あらたかな』術者たちが集まってくる。西の対にも、賀茂の権博士を始めとする優秀な術者がそろっているというのに。

こういうときに彼が呼ばれないはずがない。権博士は真っ先にここへ招かれていた。夏樹は権博士と話したいと切望していたが、彼にはずっと定信が張りついているし、そうでなくても、術者がうようよいて、それぞれに祈禱を行っている。とても話のできる状況ではなかった。

大宰府でのこと、一条の不調のこと、話したいことはいっぱいあるのに、と夏樹はいらだちながら、権博士のいる一段高い母屋を廂の間からうかがった。御簾で隔てられ、目配せすらできないので、余計にじれったくなる。

「おい、やめろよ」

急に一条に言われて、何のことかと振り返る。

「さっきから爪、嚙んでる」

指摘されるまで、気がつかなかった。相当、気持ちがすさんでいるらしい。

「外に出ようか」

庭はあの老いた巫女を始め、胡散くさい連中でいっぱいだ。それを思ってためらう夏樹に、一条は笑いかける。

「馬鹿、庭のほうへは出ないよ。北側の簀子縁でちょっと新しい空気を吸おう。ここは煙くさい」

密教系の僧侶が別室で気合たっぷりに護摩を焚いているため、煙がどうしても漂ってくるのだ。

「でも、ここを離れるのもまずくないか？」

「少しだけだ、わかりゃしないさ」

それもそうかと思い、一条といっしょにこっそりと簀子縁に出る。ひとは多いし、各人それぞれに派手な呪術行為をくり広げているせいもあり、確かに誰もふたりの動きに気づかない。

夏樹は簀子縁の勾欄につかまると、身体をいっぱいにのばして大あくびをした。外の新鮮な空気を吸って、少しは気だるさがとんだような気がする。あくまで気がするだけだが。

「主上にご報告にも行かないといけないのに……」

「それは無理だな。おれたちは隠密隊なんだから、いくら左大臣が相手でも、これこれこういう理由で旅の報告を内裏にしに行きますから失礼します、とは絶対に明かせないのさ」

どこまで本気なのか、一条はくすくす笑う。

「笑うなよ……」

そう言いながらも、その笑顔に夏樹はホッとしていた。

演技ではない、本物の笑顔に見えたから。そこに、あの黒い霧――極月の気配はない。

（いや、自分は陰陽師じゃないから感じ取れないだけなのかも）

実際、旅の間、彼の不調を知りながら、夏樹は何もできなかった。

「あのさ、長月（ながつき）や水無月（みなづき）のことなんだけど」

遠廻しなところから訊いていこうと、唐突なことは承知のうえで夏樹は話を振ってみた。

「彼女たちは死んだわけじゃないんだよな。ほら、いつか水無月のことをそう言ってたじゃないか。今回もそれと同じなんだろ？」

「まあ、そういうことだろ。たぶん」

「たぶん？」

「最初から、生きるとか死ぬとかいう存在じゃないから。かといって不滅ではないけどな。滅びることは滅びる。龍馬から相当の痛手はこうむったが……滅びるところまではいっていない、はずだ」

曖昧な物言いだったが、夏樹にはそれを信じるしかなかった。

「あいつもそういった存在なのか？　あの黒い霧もどき」

「極月」

「うん、それ」

忘れていたわけではない。呼び寄せることになりそうで、夏樹はその名をなるべく口にしたくなかったのだ。

「どうかな。かなりの変わり者のようだから、これからじっくり互いの理解を深めていくよ」

「変わり者ですめばいいけど……」

「極月が気に入らないようだな。そうか、おまえ、実は面食いだったんだ。だから、長月はよくても極月が駄目なんだ」

「顔の問題か、顔の」

一条は勾欄にもたれかかって笑う。場所が場所だから声は抑えてあるが、たとえば自宅だったら思いきり笑い飛ばしてくれただろう。それで少しばかりは夏樹の気も晴れた。

（あとは生き返りの代償とやらが、どういった形になるのかが怖いけど……）

それはとても訊けない。訊いてはいけない気がする。

隠したつもりの不安が顔に出ていたのか、一条が急に穏やかな口調になって言う。

「安心しろ。前も言ったが、あの男の始末はおまえに譲ってやったんだ。極月を使ったりはしない」

その不安ではなかったのだが、夏樹は間違いを正さずに浅くうなずいた。一条が念を押す。

「その代わり、きっちり始末をつけろよ」

「わかってるよ」

手加減などできる相手でないことはわかっている。全力でぶつかっても勝ち目は薄い。それでも——都を覆うこの暗雲を晴らすために、やらなくてはならない。

「問題はここにこれだけ集まってきている外野のことなんだけど……」

「気にすることはないさ、あんな雑魚(ざこ)ども」

一条が断言するや否や、

「雑魚とはひどいな」

と、苦笑まじりの台詞(せりふ)が背後から聞こえた。ぎょっとして振り返ると、賀茂の権博士がいつの間にか簀子縁に出てきている。

「権博士どの……！」

夏樹は泡を食ったが、一条はまるで気にしていない。

「庭にたむろしている連中や必死で護摩を焚かれているかたがたのことですよ。保憲(やすのり)さまを雑魚呼ばわりなど、とてもとても」

涼しい顔でそう応える。猫かぶりの復活だ。師匠もさる者、怒るでもなくにこにこ笑っている。

「それより、中納言さまのおそばにおらずともよろしいのですか？」

「いまはお休みになられているから。それに護摩の煙で中は息苦しくて」

紙扇(かみおうぎ)であおぎながら、権博士はふうっと大きく息をついた。

「藤原久継は自害したんだね」

ふいにそう言われ、夏樹は息を吞(の)んだ。しかし、一条は表情を変えず「はい」と端的に応える。

「御霊になった彼を見たが……あれは、強いな」

「龍馬には深手を負わせてやりました」

「そうか。だが、仮に龍馬が出てこなくなったとしても、彼だけで充分すぎるくらいの脅威だよ。そういう相手だと知らずに集まってきた連中が気の毒になるね」

権博士にしみじみ言われると、夏樹も絶望的な気分になってくる。

「……そんなに勝ち目のない闘いなのでしょうか？」

おそるおそる問いかけると、権博士は笑顔を夏樹に向けた。真意のよく見えない、あの笑顔を。

「何事もやってみないとわかりませんよ。彼がここに来てくれるかどうかも確証はありませんし」

「餌が中納言ひとりでは弱いですからね」

一条の発言に夏樹はあいた口がふさがらなくなる。権博士がまったく注意しないのも

驚きだった。それどころか彼は、

「その点は大丈夫。頭の中将さまは東の対にいらっしゃるから。『定信はいま気が高ぶっているが、どうかそばにいてほしい』と左大臣さまに頼みこまれては、あの婿どのは断れないよ」

などと言い出す。夏樹は戸惑うばかりだ。

「ちょっと待ってください……。餌って、中納言さまと……頭の中将さま？」

「ここに怨霊を招き入れるための。それは左大臣さまもご承知のことですから」

穏やかで優しげで、非の打ちどころのない権博士の微笑みを、夏樹は怖いと感じた。

「でも、中納言さまは左大臣家の大事な跡取りで、餌というのはさすがに……」

「跡取りの替えはきくよ」

冷静冷徹に答えたのは一条だった。

「正室腹にこだわらなければ息子は他にもいるし、いざとなれば他家から養子をとればいい。それに左大臣にとっていまいちばん大事な子供は、次の皇子を産むかもしれない弘徽殿の女御だ。これ以上、女御に余計な心労をかけさせては、内裏に戻るのがまた先延ばしになり、あの気まぐれな帝のご寵愛がこれをきっかけに薄れかねないと、そっちのほうが左大臣としては心配だろうよ。もちろん、都の被害を広げないためにも怨霊を早く鎮めなくてはならない。怨霊がここに来て一気に片づいてくれれば最良だが、失敗して息子が殺されても最悪なわけじゃない。そうはなってもらいたくないだろうけれど」

夏樹は、左大臣が崩壊した中納言邸に駆けつけてきたときの様子を思い返してみた。あのあわてぶりは本物だった。息子の身を案じ、その命を守るために奔走する姿もまのあたりにしている。

だが、左大臣の公的な立場を考えれば、まさに一条の言う通りなのだ。上流貴族の家では家督を継ぐ息子より、入内(じゅだい)して帝の寵を得るような娘の誕生こそが望まれる。

理屈としてはわかるが——政治的な思惑と親の愛情はそれぞれ別のものとして、同時にひとりの人間の中に存在するのだと、こうも露骨に示されると、夏樹は抵抗を感じざるを得ない。そんなふうには割り切れない。それに、

「頭の中将さままで、その……餌にするっていうのは、どうして」

「あの男の本当の狙いはそこだからだよ」

一条の即答に、夏樹は一瞬目を閉じ、眉間にぎゅっと皺(しわ)を寄せる。

「あの話が本当だってことか……?」

頭の中将が昔、意中の姫君のために友人を裏切ったという——あの上司がそんなことをするとはどうしても信じられないが。

「たぶんな。だから、中納言はあの男にとって、ついでみたいなものなのさ。さんざん

遊んで、それでもとどめを刺さないのは、実のところ、どうでもいいからじゃないのか？　憎かったら確実に殺しているって。まあ、それを言うなら、十一年も経ってなんでいまさらこういうことをやり出す、とは思うけどな」

「昔は裏の事情を知らなくて……最近になって、それを知ったとか」

「まさか」

ふっ、と一条は微苦笑する。

「あの頭の中将なら絶対、内心の葛藤が表に出る。それに気づかないようなあいつでもあるまい。なのに十一年前に大暴れしなかったたってことは、友に裏切られた事実は事実として受け容れたんだろう。感情的にはどうであれ」

夏樹には何ひとつ理解できなかった久継の心情を、自信たっぷりに一条は述べる。まるで彼自身のことのように。

ひとりだけ、爪はじきにされたような気がしてしまう。くやしいのではなく、寂しい。

「あのひとの考えていることがわかるんだな、おまえには」

皮肉ではなく本心から出たつぶやきだった。それに対し、一条は本気で厭そうな顔をした。

「こうじゃないかと思うだけで確証はないぞ。おれはあいつじゃないんだから」

「でも、ぼくよりはずっとよくわかっている。ぼくはあのひとが好きだったから――わかりたかったのに」

後半は声が小さくなってしまった。反対に、一条の声は尻上がりに大きくなる。

「理解はできるがな、おれは、あいつが、大嫌いだ！」

勢いに圧されて夏樹が口をつぐんだのを見計らうように、それまで黙っていた賀茂の権博士が「まあまあ」と割りこんできた。

「ここで四の五の言っても仕方がないですから。早く怨霊が現れて決着をつけてくれるのを期待しましょう」

期待と表現するにはほど遠い心境で、夏樹は空を見上げた。

再び竜巻が来るか、嵐が起きるか。なんらかの天候の変化が久継登場の先触れとなるはず。その兆候はまだ出ていないものかと、頭上をぐるりと見渡す。何気なく西を向いた途端――彼は目を離せなくなった。

西の空が異様に黒いのだ。

普通なら、西の空が暗いからもうすぐあちらで雨が降るのだろう、くらいにしか思うまい。しかし、その空には雨よりももっと凶々しい何かをもたらすのではないかと、見る者を不安にさせるような重苦しさがあった。

夏樹が固まっているのに気づき、何事かと一条が、権博士が同じように西の空を見上げる。そして、空の異様さに彼らも尋常ならざるものを感じ取った。

「西……まさか、大堰？」

　つぶやく権博士に一条も、

「保憲さま、頭の中将は本当にここの東の対に？」

と念を押す。権博士は答える代わりに周囲を見廻し、たまたま近くを通りかかった女房を呼び止めた。

「すまない、お尋ねするが、頭の中将さまはいまどちらへ？」

　突然、権博士に声をかけられ女房は驚いて檜扇(ひおうぎ)で顔を隠したが、すぐにすらすらと返答した。

「頭の中将さまでございましたらば、朝がた訪れました使いの者から、奥方さまが倒られたとの知らせをお受けになりまして、急ぎ大堰へと向かわれましたが」

　大堰は都の西、あの暗い空の下だ。

「そうか、ありがとう」

　女房が一礼して去っていくのを待ってから、一条が短く言った。

「大堰の別荘へ参ります」

　もちろん、夏樹も、「ぼくも行きます」

「ちょっと待ちなさい」

　すぐにも駆け出そうとするふたりをひきとめて、権博士が懐から紙人形を一体、取り出した。何をするのやらと夏樹がいぶかしんでいると、彼は人形にふっと息を吹きかけた。

人形は短い距離を飛んで床に落ちる。かと思うと、次の瞬間、そこにもうひとりの権博士が出現した。顔かたち、表情はもとより、着ている装束もまったく同じだ。

「これで半日程度は騙せるだろう。わたしもいっしょに行く」

願ってもない申し出だった。

大堰の別荘の周辺には丈の高い草がいっぱいに生い茂り、都の中心とはまた違った鄙びた雰囲気を醸し出している。その草をうまいこと隠れ蓑にし、別荘の様子を北側の傾斜地から秘かにうかがっている者たちがいた。

かなりの数の武装した集団で、主に長物系の武具を携えている。妙に顔の長い者とそうでない者の二種類に大別できる。もっとはっきり言うと、馬と牛に。

冥府の獄卒、牛頭鬼馬頭鬼のご一行だ。

そのまとめ役、牛頭鬼のしろきは難しい顔で曇った空を見上げていた。

「雲がいまにも落ちてきそうだな……」

彼の隣でくすっと小さな笑いが起こった。

「顔に似合わない表現しちゃって」

しろきは何も言わずに方天戟を軽く一回転させる。長い柄が、隣の馬頭鬼の後頭部にきれいにぶち当たった。

「何するんだよ、しろき！」

抗議の声をあげたのはあおえだった。用意された甲冑がきつくて入らなかったために、彼だけが水干姿だ。

「大きな声をあげるんじゃない。できるだけ、人間たちには気取られたくないんだからな」

しろきが顎で差した別荘の庭には、警固の武士たちが待機している。弘徽殿の女御が滞在しているとあって、いずれも腕のたちそうな連中ばかりだ。が、しろきは彼らに侮蔑のまなざしを向けていた。

「ひとの世の武器であれが倒せるものか」

つぶやいて、再び天を見上げる。その視線がほぼ真上で止まった。

「あれは……」

それ以上続けられずに絶句する。しろきが見たものは、遥か天上から垂れてきた濃い灰色のうねりだった。

竜巻に似てはいるが細い。かなりの速度で回転しているためか、先端はゆらゆらと不安定に揺れている。しかし、大きく的をはずしているわけでもなく、このままいくと確実に、女御のいる別荘を直撃する。

久継だ。

彼自身の姿はまだ見えないが、間違いなかった。久継は二条の定信のもとではなく、まっすぐに大堰へとやってきたのだ。

「行くぞ！」

しろきが号令をかけるとともに、隠れていた冥府の鬼たちはいっせいに草深い斜面を駆けおりていく。黄泉比良坂では惜しくも取り逃がしてしまった亡者を、今度こそ滅ぼすために。

一方、別荘の庭でも、天から垂れてくるこの不気味なものに気づいた武士たちが騒ぎ始めていた。

選りすぐりの者たちだけあって、さすがに逃げ出しはしない。太刀を抜き、あるいは槍を構えて、暗黒の降臨を息を止めて見守っている。

空からの渦の先端が地についた。次の瞬間、渦は内側から勢いよくはじけ、武士たちはみな、とっさに顔を腕でかばう。

はじけて消滅した渦に代わって、そこに男がひとり立っていた。

黒一色の指貫。純白の直衣。その白地全面に金箔で施されているのは三角形の鱗紋。

整ってはいるが脆弱さとは縁のない顔を、風に躍る短い髪が縁取る。

天空から現れたこの男が、普通の人間であるはずがなかった。久継のことをまったく知らなかった者たちも、そこに立つ人物の危険さを肌で感知して震えあがる。

それでも、逃げるわけにはいかなかった。侵入者を排除し、別荘に滞在する貴人を守るという任務が、彼らには課せられている。その侵入者がどんなに異質で強力な存在であろうとも、任務は遂行しなくてはならない。

気勢をあげて、武士のひとりが太刀を振りあげ突進していく。久継は身に寸鉄も帯びていない。向かってくる武士を見ても、動こうとすらしない。

確実にやれた、とその武士は思っただろう。だが突然吹いてきた疾風に、彼は太刀を振りおろす間もなく飛ばされて、築地塀に激突した。それでもまだ足りずに、風は彼を塀にぐいぐいと押しつける。不運なその武士が最期に聞いたのは、自分の悲鳴と重なる、自身の骨の砕ける音だった。

他の武士たちも前へ飛び出し、攻撃を仕掛ける。が、彼らは久継に触れることすらできずに風に吹き飛ばされた。塀に、庭木に、大地に激突した彼らの口から悲鳴がほとばしる。

そのうちのひとりの手から太刀が離れた。実用一点張りの武骨な武器はくるくると廻りながら空に高く上がる。久継はそちらを見もせず、ただまっすぐに左手を掲げた。すると、彼の手の中に太刀の握りがきれいに納まった。まるで、太刀自身が進んでそこに飛んできたかのように。

久継は無表情に太刀で虚空をはらった。切っ先が何もない空間を裂いて一陣の太刀風を巻き起こす。

まだ息のある武士たちは、負けじと立ちあがり久継に殺到していく。しかし、彼らの身に太刀風が触れた途端、庭草の上には赤い扇が大きく広がった。ひと呼吸遅れ、風の刃（やいば）に腹を裂かれて絶命した武士たちは、濡（ぬ）れた真紅の扇面の上に——自らの血の上に倒れていく。

ほんのわずかな間に、庭にいた武士たちはことごとく命を落としていった。久継は自分が作り出した死体の山に見向きもせず、太刀を片手にひっさげて、ゆっくりと歩き出す。庭を横切り、建物のほうへ。

その背中に、野太い声が叩（たた）きつけられた。

「待て待て待てい!!」

久継は足を止め、肩越しに振り返る。大胆不敵に怨霊を呼び止めたのは、しろきだった。

垂れこめる暗雲を背景に、築地塀の上に方天戟を構えて立っている。牛頭鬼のすぐ横では、あおえが塀によじ登ろうと、片足をひっかけて、じたばたあがいている。

「この邸は冥府の軍勢が囲んでいる！　もはや、どこにも逃げられぬぞ！」

しろきがここぞとばかりに大見得を切る。それに対し、久継は特に何もしなかった。

だが風は動いた。

烈風が下方から吹きあがる。風の柱が立ちのぼり、しろきはもとより、ようやく塀の上にあがったあおえをも巻きこんでいく。

「うおお!!」

重低音の悲鳴が二重奏となって響いた。大柄で目方もたいそうあるはずの鬼をふたり、風がさらっていってしまう。吹きあがる風の力はすさまじく、あっという間にふたりの姿は空の彼方へ消えてしまった。

それでも、風はおさまらない。庭に咲き乱れていた撫子を薙ぎ倒し、薄紅色の可憐な花を無慈悲に散らしつつ、ごうごうと音をたて築地塀に沿って天へと吹きあがっていく。まるで風の壁が生じたかのように。これでは外をとりまくその他の鬼どもも、敷地内へは入ってこられまい。

久継は何事もなかったかのように前に向き直り、歩き出した。

きっちり閉ざされていたはずの戸は風に押されてばたばたと倒れ、御簾はちぎれて飛び、久継のために道をあける。何者もその歩みを阻むことはできない。

——庭での一連の騒ぎが、別荘の中に伝わっていないはずがなかった。

ひどく危険なものが迫ってきている。それは何も見ていない屋内の者たちにも、ひしひしと感じられた。

「早く、塗籠のほうへ！」

叫んだのは頭の中将だった。彼は腰の太刀をすでに抜いている。身を盾にして女たちを守る気だ。

女房たちはあわてて女御とともに塗籠へと避難する。深雪は臥せっていた美都子を支えて、そのあとに続こうとした。が、美都子は身をねじって深雪の手を振りはらおうとする。

「あなた！」

夫のそばへ行きたがっているのだ。そうはさせられないと、深雪は腕に力をこめて彼女を無理やりに引っぱった。

「いけません。駄目です、美都子さま」

深雪には、近づいて来る者が誰なのか、本能的にわかっていた。そしておそらく、頭の中将にも。美都子にも。

だからなおのこと、深雪は美都子を塗籠に押しこめてしまいたかった。なのに、思わぬ抵抗にあって、それがどうしても果たせない。飛び出していかないよう、押さえるのが精いっぱいだ。

そうこうしている間に、倒れた板戸を、床に落ちた御簾を越えて、誰かがやってきた。荒ぶる風をひきつれて、奥まで踏みこんできたのは――やはり、久継だった。

純白の直衣に施した金の鱗紋がきらきらと輝く。黒い指貫とあいまって、直衣の白も、紋様の金も怖いほどに美しい。その手にひっさげた、なんの変哲もない太刀すらも。

誰しもが息を呑み、硬直し、彼を凝視する。荒れ狂う風の中にあって、ふいに訪れた静寂の時間。

それを破った者がいた。

塗籠の扉があいて、深雪を押しのけ、前へと飛び出していく。長い黒髪が、色とりどりの袿（うちき）の裾が視界に躍り、一瞬、深雪は美都子かと思ってあわてた。しかし、彼女の腕の中に美都子はちゃんといる。

髪を振り乱し、泣きながら飛び出していったのは、女房の小宰相だった。

彼女は小ぶりな守り刀を両手で握りしめていた。その刃先を久継に向け、闇雲に彼にぶつかっていったのだ。

相手が怨霊だとわかっていたのかどうか。それとも、自分をだまし利用した男に一矢（いっし）報（むく）いることができたなら、あとはどうなろうとも構わなかったのか。いっそ、いっしょに死ぬ気だったか。

頭の中将はもちろん、久継までもが、突然駆けこんできた小宰相に驚いていた。だが、ふいをついたところで、どうこうできる相手ではない。

久継は身をかわすでもなく、小宰相の両手首を一度に握って引き寄せた。指が痺れたのか、彼女の手から守り刀が落ちる。拾いあげることなどできない。逃げることも。殺されてしまう――小宰相自身も含め、誰もがそう思った。塗籠の中からは早くも悲鳴があがる。

しかし、久継はそうせず、小宰相を片手で抱きしめて、その髪に指を這わせた。まるで彼女の暴挙を褒めるように。さらにその耳もとへ唇を寄せてささやく。

風のせいでその声は小宰相にしか聞こえない。彼女は久継のささやきを耳にするや、驚愕に大きく目を見開いた。

見る間にその表情から怒りや恨みが洗い流されていく。代わりにそこへ表れたのは笑み。果たして久継がささやいたのは謝罪だったのか、かつての睦言の再現だったのか。ため息をつくとともに力が抜けて、小宰相は久継の胸にくたくたと倒れこんだ。緊張の糸が切れて、完全に気を失ってしまったのだ。

久継は彼女の身体を床へ横たえさせると、改めて頭の中将に視線を向けた。

「久継……！」

名を呼んだ頭の中将に、彼は微笑みかけた。とても親密そうに。頭の中将はその笑みを前にして、苦しげに顔を歪めた。

「ついにわたしを殺しに来たのか」

「ああ」

風がやんだ。

久継が太刀を持つ手をすっと上げる。頭の中将に対して風は、怨霊としての力は使わないつもりなのだ。

太刀の鋭い切っ先を懐かしい友人に向けて、彼は言う。

「逢いたかった。本当に逢いたかったぞ」


二条から、がむしゃらに馬を飛ばしてきた夏樹、一条、賀茂の権博士の三人だったが、大堰の別荘が視界に入った途端、驚愕のあまり馬をとめてしまった。

別荘は風に包まれていた。それも、下から上に吹き上げる巨大な風の筒の中に、すっぽりとおさまっているのだ。通常ではあり得ない現象だ。つまりは、そこに久継が来ているという証拠に他ならない。

夏樹は食いしばった歯の間からうめき声を洩らした。

大堰ならば、その他大勢の術者たちに邪魔されることなく久継と対峙できる。彼と向かい合うのが怖い反面、そう期待していたのに、このままでは別荘の中に踏みこむこともできない。

中ではいったい、どのようなことがくり広げられているのか。女御は、深雪は、頭の中将の安否はどうなっているのか。

（頭の中将さま……）

なんと言われようと、夏樹にはあの頭の中将が自ら進んで親友を裏切ったとは思えなかった。きっと、当事者にしかわからぬような事情があったはず。あるいは魔が差したというか。どちらにしろ、頭の中将がそのことを深く悔いていることは間違いないのに。

（友達同士なら、話せばきっとわかるはずだから。この十一年間、頭の中将さまはずっと苦しんでこられたはずなんだから。取り返しのつかないことになる前に、ふたりをとめないと！）

そのためには、まずこの颪をなんとかしなくてはならない。

「一条」

どうにかならないか、と続けかけ、寸前で言葉を呑みこむ。いまの一条にあまり呪力を使わせてはならないと思い直したのだ。

弟子が駄目ならば師匠はと期待して、賀茂の権博士を振り返る。そのとき唐突に、頭上から何かが降ってきた。

危ないところで夏樹は馬の手綱を引き、後退させて落下物をよける。一条も同じようにして、とっさに位置を変えた。

なぜか、権博士だけが対応に遅れてしまった。その結果、天から降ってきたものの直撃を受けて落馬する。

「うわっ!!」

地面に倒れた権博士の上に、どんどんと続けざまに落ちてきたものはふたつ。武装した牛と馬、つまりはしろきとあおえだった。

鬼ふたりは完全に意識を失い、白目を剝いていた。権博士はそこまでは至らぬものの、鬼にのしかかられ、うつぶせになり小さくうめいている。

夏樹は啞然とした。あおえとしろきが降ってきたことも驚きだが、権博士がその直撃を免れ得なかったこともかなりの驚きだった。それは一条も同じだったらしい。

「保憲さま? また珍しく、派手なヘマを……」

弟子のあまりの言葉に、牛馬の下から自力で這い出してきた権博士は苦笑いした。打ちつけたらしく、左肩を押さえている。

「怨霊とやりあった際に少し怪我をしてね。たいしたことはないんだが、いささか注意が散漫になっていたらしい。同じところを、また打つとは……」

「大丈夫ですか?」

夏樹は馬から下りて、賀茂の権博士に手を差しのべた。が、権博士はその手をとらない。急に真剣な顔になって周囲に目を走らせる。夏樹も何事だろうと周辺を見廻し、彼らに気づいた。

牛頭鬼と馬頭鬼が幾人もいる。いつの間にか、夏樹たちはかなりの数の鬼たちに囲まれていた。武装しているせいもあり、相当な威圧感だ。

（まさかこいつら、しろきたちをこんな目に遭わせたのはぼくらだと誤解しているんじゃ……）

その心配は杞憂にすぎなかった。冥府の鬼たちの中から、つぶらな瞳の牛頭鬼が進み出てくる。以前、しろきに顎で使われていた若い鬼だ。

「夏樹さんに一条さんですね」

問う声もかわいらしかった。

「いつも、しろきさんたちがお世話になっています。早速ですが、藤原久継はあの邸の中にいます」

「あの有り様を見ればわかる」

と、一条がぶっきらぼうにつぶやいた。若い牛頭鬼は一瞬ひるみ、人間風情に弱腰になったのを隠そうと努めながら言葉を続けた。

「先輩たちは真っ先に乗りこんでいったのですが、突風に吹き飛ばされてしまって。そのまま邸はあの状態になったものですから、入りたくてもわれわれは入れないんです。

どうか、あの風の結界を破ってはいただけないでしょうか」

一条がまた文句をつける前にと、夏樹は急いで請け負った。

「もとよりそのつもりだ。ただし、それから先はわれわれに任せて、冥府側には介入してもらいたくないんだが」

牛頭鬼は背筋をまっすぐのばして、妙にはきはきと断言した。

「そういうわけにはまいりません」

「でも、そこで白目を剝いている先輩牛頭鬼は、任せると前に約束してくれたぞ」

夏樹が言うと、牛頭鬼は困ったように仲間たちを振り返った。牛頭馬頭の間で目配せが交わされ、ややあって例の若い牛頭鬼がまた口を開く。

「わかりました。けれど、邸の包囲は解きませんよ。あなたがたでは無理だと判断したら、ぼくたちはすぐにも中へ踏みこみますからね」

振り返ると、一条は軽く肩をすくめ、権博士は左肩をさすりながら首を縦に振る。それくらいは仕方ないだろうと、ふたりとも認めているのだ。夏樹もそう思い、「わかった」とうなずく。

「あ、あの！」

若い牛頭鬼は何か急に思い出したように声をあげた。

「先輩たちの武器、使っちゃってください。これなら、御霊だってひとたまりもありませんから」

ありがたい申し出だったが、夏樹は首を横に振った。

「いらないよ」

菅公ゆかりの太刀がある。

これで、自分の手で、久継に——好きだった、憧れだった彼に引導を渡す。渡さねばならないのだと、夏樹は腹をくくった。

鬼たちの注視の中、夏樹たち三人は別荘の門へと歩み寄った。

門扉は二枚ともはずれ落ちて地に転がっているが、そのむこうは風の壁に完全にふさがれている。頭から風の中につっこんでいけば、あおえやしろきのように天高く吹き飛ばされるのがオチだ。しかし、これを越えなくては久継に逢えない。

夏樹は一条や権博士が術を使おうと言い出す前に、腰の太刀を鞘から抜き放った。思った通り、刀身は白く輝いている。おおっとどよめきが冥府の鬼たちの間から起こる。

魔風に反応したものか、それとも近くにいる怨霊に反応してか、それはわからない。どちらであろうと、この神々しいまでの輝きなら両方退けることができるはずだと、夏樹は信じた。

光る太刀を構え、大きく息を吸って駆けこむ。立ちはだかる風めがけ、横ざまに太刀をふるう。

下から吹き上げていた烈風が、流れを断ち切られて、滞った。白刃の光の残像が、そのまま風の裂け目となる。まるで、風でできた御簾が落ちて、見えにくかったむこう側の光景が露わにされたように。

しかし、感動している暇も、ためらっている暇もない。

「あ！　待って！」

背後であの牛頭鬼のあわてる声が聞こえたが、夏樹は構わずに結界の内側へと飛びこんだ。そのすぐあとに、一条と権博士が続く。

境を突き抜けた瞬間、耳の奥が詰まるような不快感があった。顔や手足など、剝き出しになっている皮膚すべてに、細かな痛みがまんべんなく走る。

だが、それもむこう側へ渡った途端に消えた。三人が抜けたといっしょに、風の結界は裂け目を修復する。夏樹は後ろを振り返って、うなる烈風の壁に恐怖の入りまじったまなざしを向けた。彼が作った裂け目は、もはや痕跡すらない。

「もしも、あの境で立ち止まるような真似をしていたら……」

一条がにべもなく言う。

「そんな馬鹿なこと、考えてもしょうがないだろ」

その通り。

つかの間生じた隙間は完全に閉じて、再び風の結界が別荘を覆う。冥府の鬼たちは入ってこられない。謀ったわけでもなく、鬼たちを信じていないわけでもないが、結果的に夏樹たちの望んだように事は運んだと言えるだろう。

内側は無風状態だった。しかし、庭には無惨な死体が多数転がっている。全身の骨を砕かれ、不自然な形で塀に張りついた死体。扇のように広がった血潮の上に、いくつもいくつも転がる死体。上品にこしらえられた別荘の庭は、いまや酸鼻を極めている。風に吹き飛ばされて散乱する板戸。簀子縁の勾欄に無惨にからみつく御簾。庭で暴れ廻った風の化身が、庭から屋内へ進んだことは疑いようもない。

夏樹たちはためらわずに邸の中へと駆けあがった。

床に几帳が御簾が衝立が倒れ、障壁物がすべて取りはらわれて丸見えになった屋内に、澄んだ音が響き渡っている。剣戟の音だ。

太刀を交えているのは頭の中将と久継だった。彼らの太刀がぶつかり合うたびに、あの音が響く。身体だけでなく心まで斬り裂かれてしまいそうな、透明な音が。

塗籠の扉近くには深雪が、両腕にしっかりと美都子を抱きかかえてすわりこんでいた。美都子は弱々しく何度も首を横に振っている。その少女のように可憐な顔を、あふれる涙に汚して。深雪が抱き止めていなかったら、きっと危険も顧みず、夫と昔の恋人との間に身を投げ出していただろう。

たまらずに夏樹が叫んだ。

「久継どの！」

しかし、久継はこちらを見ようともしない。白と金の袖を翻し、大きく円を描くように大胆に太刀をふるう。頭の中将は太刀の鍔でからくもそれを止め、脇へ流す。

ふたりはほぼ同時に跳びのいた。次の瞬間、久継のほうが先に踏みこむ。間合いを詰め、太刀を斜めに斬りあげる。

頭の中将は髪の毛ひとすじの差で上体を後ろに反らし、うなりをあげて迫った白刃をかわした。

頭の中将はよくやっている。しかし、明らかに久継のほうが優勢だ。動きが違う。技のきれも違う。それ以前に、気持ちのうえで頭の中将が及び腰になっているのがはっきりとわかった。深い苦悩が頭の中将の表情を覆っていたのだ。

「やめてください！」

再び夏樹が叫んだ途端、風が起こった。

倒れた几帳の帷子がばたばたとはためき、あたりに四散した調度品や家具がガタガタと震え出す。そして、それらは一気に宙へ舞いあがった。

勢いよく襲いかかってくる大小さまざまな調度品を、夏樹は太刀で片っ端から叩き落とした。だが、きりがない。化粧道具を入れる唐櫛笥が飛んできたかと思うと、そのすぐあとに中身の櫛や毛抜きがばらばらと襲ってくるのだ。せっかくの光る霊剣も、こういった道具類が相手では霊力を生かしきれない。

それでも、夏樹は必死に太刀を駆使して、ふりかかる小物たちをはらい落とした。が、ほんの刹那(せつな)の隙をかいくぐって剃刀(かみそり)が一本、まっすぐに飛んでくる。よけきれない。

刺さる、と思った瞬間、剃刀の動きが止まった。真っ白い紙人形がいくつもいくつも飛んできて、剃刀にからみついたのだ。

紙で埋め尽くされてしまった剃刀は、勢いを削(そ)がれて床にぽとりと落ちる。振り返ると、一条と権博士がそれぞれ幾枚もの紙人形を手にしていた。

「風は任せろ」

そう言いながら、一条は手にした紙人形を宙に放(はな)った。人形たちは花びらのように散り、風に舞い狂う調度品に張りついては床へ落としていく。

「おまえはあの男だけを狙え。今度こそ決着をつけるんだ!」

約束通り、手出しはしないつもりなのだ。本当は、その手で確実にとどめを刺してやりたいだろうに。

一条に向けてうなずくと、夏樹は吹きつけてくる風の強さに顔をしかめながら前へと進んだ。進路を阻もうとして巻きあがる御簾や脇息(きょうそく)、円座(わろうだ)を、舞い飛ぶ紙人形たちが次々に覆って動きを封じる。気のせいか、風そのものの威力も紙人形たちの動きによって相殺(そうさい)されていくかのようだ。

ふたりの陰陽師の援護を受けて、夏樹は太刀を交わし合う頭の中将と久継のそばへ向かった。その手に握られた霊剣は、まばゆい輝きを放っている。これならば、黄泉比良坂で亡者の火の玉を滅ぼしたように、怨霊となった久継をも滅ぼせるはず。

それでも、夏樹はこう言わずにはいられなかった。

「お願いです、やめてください」

久継が振り返りざまに太刀を突き出す。それが彼の答えだった。

夏樹はとっさに久継の攻撃をはじき返したが、刀身に受けた激しい衝撃に腕が痺れ、危うく太刀を取り落としそうになった。

だが、その一撃のおかげで、夏樹にもようやく久継の本質の一端を知ることができた。

彼は相手が誰であれ邪魔をする者には容赦しない、と。だから、あのとき、夏樹と一条に向かって同時に二本の矢を放ったのは――やはり久継なのだ、と。

夏樹のことを久継がどう思っていたにせよ、邪魔だと感じた瞬間には殺そうとする。そこに矛盾はない。その相手への好意と殺意は別のものだから。

そうと知ったからといって、理解できたわけではない。やはり夏樹にはわからない。受け容れられない。久継本人を受け容れたくて仕方ないのに、どうしてもできない。

一方で、頭の中将は久継の太刀が夏樹に向けられたことに激しく反応していた。

「やめろ、久継！　おまえが憎んでいるのはわたしのはずだ、新蔵人は関係ない」

「憎んでいる？」

ふふっと久継は小さく笑う。斬りこんできた頭の中将の太刀を、彼の太刀が軽々と受け止める。

「そんなつもりは毛頭ない。いまも昔も。わたしがおまえを憎んでいるように見えたなら、それはおまえが罪悪感をいだいているせいだ」

夏樹もその言葉に衝撃を受けたが、やはりいちばん驚いたのは頭の中将だった。大きく見開かれた彼の目を間近から覗きこみ、久継は噛み合った太刀をすぐにはらって突き放す。

「そんなものを十一年間、後生大事にかかえてきたのか？　おまえはあの頃、わたしの存在を邪魔に思っていたのだろう？　そんなとき、邪魔者を排除する効果的な手段が目の前に差し出された。いいじゃないか、目的のために最も効率のよい手を選ぶ、それのどこが悪いんだ？」

しゃべりながら、久継はしゃがみこんで相手の足もとをはらおうとする。それをかわして後方へ跳んだ頭の中将の懐へ、すかさず踏みこんでいく。撃ちこまれた切っ先は、しかし、的が横に逃げたために虚空を突いたのみ。

「おまえは……」

息をはずませ、頭の中将は言葉を喉から無理に押し出した。一語一語に深い苦悩をにじませて。

「何もかも、あのときから、すでに、知って」

「知っていた」

頭の中将がどれほど長い間、どれほど深く苦しんできたか伝わらぬはずはないのに、久継の声は逆に淡々と冴えていく。

「定信がおまえを抱きこんで、わたしを都から追い落とすのにひと役買わせたことぐらい、言われなくとも知っていた」

久継が続けざまに太刀を撃ちこむ。頭の中将はその一撃一撃を受け止め、受け止め、後ろへ走る。久継も仮借なく追い詰めていく。

誰も彼らの間に介入できない。夏樹も、一条も、権博士も、深雪も、美都子も。ただ息を詰めて見守るだけ。

額に汗を散らして、頭の中将は叫んだ。

「では、なぜ、十一年前にわたしを斬らなかった？　なぜ、いまになって」

ひときわ高く、金属と金属のぶつかり合う音が周囲に響いた。その余韻の中で、久継が静かに告げる。

「いずれ身を引かねばならないと、とうにわかっていた――」

美都子が小さくうめいて目を閉じる。そうでなくとも、彼女とのことを言っているのだと、晩熟(おくて)な夏樹にもわかってしまった。

「だから、すべてを受け容れて都を離れ、大宰府に下った。その判断に悔いはない。彼(か)の地で新たな暮らしを築けるものと思っていた。だが、ある夜――南の海で不思議な馬と出逢った。空を駆ける伝説の龍馬だ。その背にまたがったとき、どこにでも自在に飛んでいけるのだと知ったとき、自分を抑えきれなくなった。都へと一気に龍馬を走らせた。かつての友人が、恋人が、いまどうしているか、ただそれだけを知りたくて」

久継の口調が微妙に変わっていく。まなざしの強さも変わる。

「久継……」

胸を衝(つ)かれたような頭の中将の表情。震える声。それに左右されることなく、久継は続ける。

「都に着いて、夜の闇にまぎれて様子をうかがっていると、おまえは彼女といっしょに泉殿(いずみどの)から月を見上げて――昔語りを始めた。おまえの口からわたしの名が出たときは、心臓が飛び出しそうになったよ」

久継は目を細め、こよなく柔らかな表情を浮かべた。

「嬉しくて」

その表情とは裏腹に、彼がくり出す太刀は速かった。頭の中将はとっさに腰を落としたが、完全にはかわしきれずに直衣の前を斬り裂かれてしまう。

直衣だけ。皮膚には至っていない。しかし、それをきっかけに、疲労と絶望感とが頭の中将の顔に色濃く浮かびあがる。久継は対照的に、何もかも押し殺した無の顔となる。

「そのときにおまえはなんと言ったか、自分でおぼえているか？」

頭の中将をみつめる彼の瞳は、その無表情ぶりとは異なり、くすぶった熾火を宿すかのごとく鈍く輝く。

「おまえは、後悔していると、罪滅ぼしをしたいと、遠い西国で苦労しているだろう友人を助けたいと、そう言った――」

その途端、久継の表情が動いた。完全な無から、ひどく険しい――激しいものへと急変する。

「後悔だと？　そんなもの、するくらいなら」

声も変わった。激情のすべてを内から一気にほとばしらせるように。

「最初から、あんな選択をすべきではなかったんだ！」

すさまじい一撃が来る。頭の中将は反射的に跳びのいたが距離が足らず、刃先が彼の顔を斜めに削いでいく。

美都子が小さな悲鳴をあげた。だが、彼女の声は夫にも、かつての恋人にも、もう届かない。

「久継、おまえは」

眉上の傷から流れてくる血が入り、頭の中将の右目があかなくなる。そんな状態だというのに、彼はおびえもせず、憤怒の塊となった久継をみつめる。片方だけの目で、つらそうに、哀しそうに。

「昔のわたしではなく――、いまのわたしに怒って――」

言いかけて、頭の中将は左の目も閉じた。太刀を持つ手がだらりと横に下がる。

「頭の中将さま！」

夏樹が声をあげる。久継は「ほう」と小さくつぶやく。

久継は無抵抗な彼の右腕に、ためらいもなく太刀を突き立てた。

寸前に太刀風を感じただろうに頭の中将はよけなかった。目もあけない。歯を食いしばり、ひと声うめいただけだった。

久継は刺した刃をさらに押しこみ、貫通させた。さすがに頭の中将も激痛に声をあげ、目をあける。久継を見る。ふたりの視線がからみ合う。

頭の中将は抵抗しない。逃げない。抵抗しない。

いけない、と夏樹は叫びたかった。

頭の中将が本心から悔いていることはよくわかった。身を投げ出して、そのことを久継に伝えようとしているのも。

でも、いけない――

このままだと頭の中将は久継に殺されてしまう。それだけは、いけない——と。

太刀を一気に引き抜いた久継が吼える。

「頭の中将さまはこのわたしをそこまで愚弄なさるのか!!」

久継は上段から勢いよく太刀を振り下ろした。すでに刀身を濡らしていた頭の中将の血が、飛沫となって宙に散る。ほどなく、もっともっと多くの血が流されるだろう。

今度こそ殺される。

殺してしまう。

そう思った瞬間、夏樹の身体は動いていた。

いままで、久継と頭の中将の間にどうしても割りこめず、声もなく立ち尽くしていたはずの夏樹が。

ほとんど無意識のうちに、太刀を。

まばゆく光る霊剣を。

身体ごと前へ——

突き出した。

久継の太刀が頭の中将の左肩に食いこむと同時。

夏樹の太刀は久継の身体を貫いていた。

背中から。

相手は亡霊のはずなのに、黄泉比良坂で消滅させた火の玉と、基本的には同質のはずなのに、あのときにはなかった手応えがなぜかあった。

夏樹は驚愕し、太刀を両手で握ったまま、後ろへ一歩さがった。

光る刀身が久継の身体からすうっと抜ける。刺したときとは違って、ひとの身体から太刀を抜くような手応えはまるでない。刃には血の一滴もついていない。

ひたすら白く輝いている。美しく冷たく。氷か、月光でできているかのように。

久継が片膝を床についた。ゆっくりと身体をねじって、彼が振り返る。夏樹に向けた目は最初こそ驚いているようだったが、すぐに違う表情に取って代わった。

微笑んで。

『よくやった、ぼうず』と、まるで兄が小さな弟を褒めるように。

それを見た途端、夏樹の手から太刀が落ちた。床に転がる刀身はもう光を放っていない。今回の役目をもう終えたと、太刀自身が認めたかのように。

頭の中将の左肩を斬り裂いた太刀も、久継の手から落ちる。彼の上体が斜め後ろに倒れこむ。それを支えたのは、頭の中将だった。

かなりの深手を負っていながら、とっさに右手を久継の背にまわして、彼が床に崩れ落ちる前に抱きとめたのだ。

久継の視線が動いて、頭の中将を見上げる。微笑みを保ったまま。

いや、笑みはもっと深まって、至福といってもいいものになる。

「久継……」

頭の中将の呼びかけに応えて、久継の唇も動いた。声は出なかったが、その動きで夏樹にも彼が口にしたかった言葉が読みとれた。

（――まさはる――）

瞳が閉ざされる。頭の中将の腕に、その身体が完全にもたれかかる。

そして、消えた。

風すら吹かない。逝ったのではなく、消えたのだ。

もはや、あの暗い黄泉比良坂にさえ彼はいない。怨霊は霊剣の力によって滅せられたのだ。頭の中将の右手は虚空を抱くばかり。

その右手を床について、頭の中将はがっくりと顔を伏せた。頬を流れる血、右腕からの血、そして左肩からのおびただしい血が、床に流れ落ちていく。

夏樹があのとき斬らなかったら、久継は確実に頭の中将を殺していた。

果たして、それだけで終わったろうか。否、歯止めをなくした激情のままに、久継は周囲のすべてを破壊し尽くしていただろう。

これで都は救われたのだ。

美都子が深雪の手を振りほどき、傷だらけの夫のもとに駆け寄った。塗籠からは他の女房たちが、おそるおそる顔を出す。外で渦巻いていた風の結界はすでに消えている。それでも、冥府の鬼たちは踏みこんでこない。怨霊の消滅を見ずとも肌で察し、踏みこむ必要はなしと判断したか。

しかし、夏樹にはその他のことなど何も見えてはいなかった。

誰かが後ろから彼の肩をつかんだ。一条だ。しかし、肩をつかまれているという感覚も、当人にはない。何も感じられない。消えてしまった久継といっしょに、自身の中身もごっそりとなくなって、涙さえ出てこない。

いつの間にか、雨が降り出していた。まるで、泣くことすらできない誰かのために降っているような、ひどく静かな雨だった。

あとがき

五冊分を三冊にまとめた『空蝉挽歌』も、とうとうラストの後編に。ここまでたどり着けたことに、読者のかたがたや編集さんやMinoruさんに、この場を借りて厚く御礼申しあげます。

――昔々、『空蝉挽歌』を脱稿して当時の担当氏に見せたところ、

「ここで終わり？　終章はつけないの？」と言われてしまった。

「はあ。ラストは舞台の幕がいきなりドーンと降りてくる感じで締めたかったので。……駄目ですか？」

「いや。そういうことなら」と了承してもらえた記憶が。

いまにして思うと、微妙なこだわりだったかなと反省しなくもない。じゃあ、直せるかというとそうでもなく、若書きだった文章を修正するのが精いっぱいだった。

で、いつもは本編のあとに、「サービス、サービスぅ」とつぶやきながら書き下ろしのオマケ短編を付けるのだが、今回はどうしてもそれ用のネタが思いつかない。終わり

かたがシリアスすぎるから……。さすがにこのあと、あおえのオチャラケ短編をつけるのはいかがなものかと、ストッパーが自然にかかったようだ。

ならば、夏樹視点のシリアス調しっとり掌編にしてみようかと考えてはみたものの、浮かんだ話は次巻の『狐火恋慕（きつねびれんぼ）』の冒頭とそのまんまかぶるようなネタだったので、これもまた相応（ふさわ）しくないなと断念してしまった。次巻はもう出せないと確定しているのなら、ネタかぶりを承知で、久継（ひさつぐ）を偲（しの）ぶ夏樹のシリアス掌編を書き添え、新装版を『空蝉挽歌』で締めるのもきれいかなと考えたのだが、おそらくきっとたぶん、次も出せるのではないかと（ありがたや！）。ならば、今回はオマケ短編なしにしましょうかとなった次第。

楽しみにしてくださっているかたには、本当に申し訳ない。その代わりというわけではないけれど、あおえは人物紹介を続投中です。これもまた、ささやかだけれど「サービス、サービスぅ」。

さて、新装版でも改めて言及させていただこう。書くのにさんざん苦労させられた久継だが、彼には実はモデルがいる。

奈良時代の貴族、藤原広嗣（ふじわらのひろつぐ）（?～七四〇）だ。

歴史上の広嗣は、橘諸兄（たちばなのもろえ）や玄昉（げんぼう）、吉備真備（きびのまきび）と対立したために、九州の大宰府（だざいふ）に左遷される。その後、かの地で挙兵。乱を起こすが企ては失敗し、粛清されてしまう。

伝説では、広嗣は死後、怨霊になった。政敵だった僧侶の玄昉は、怪しい黒雲に突然さらわれ、五体はばらばらに引き裂かれて地に落ちてきたとされている。また、広嗣には生前から神通力があり、不思議な龍馬を乗りこなしては、奈良の都と大宰府とを自在に行き来していたとも伝えられている。

そんな広嗣を祀っている神社が、佐賀県唐津の鏡山に建つ鏡神社だ。鏡という名は、神功皇后が新羅に攻め入る際に、山頂に鏡をかけて戦勝祈願をしたことに由来している。ちなみに奈良にも広嗣を祀る鏡神社があり、自分が知ったのはそっちのほうが先だった。奈良に旅行中にたまたま地図でみつけ、ちょうどその頃、鏡について調べていたものだから、ほてほてと早朝、寄り道をして、御祭神が藤原広嗣であることを確認したのである。

そのときは、「そういえば、藤原広嗣の乱って高校の教科書に小さく書いてあったな」程度の知識しかなくて。改めて調べてみたら、実は彼に怨霊伝説があることを知り、ほくほくとネタ袋に収納。

昔から歴史や民俗学が好きで、何に使うのかも不明なまま、勝手に取材を重ねていた。ちなみに、同じ頃、九州の装飾古墳についても趣味で調べていて、熊本のチブサン古墳や福岡の日岡古墳に実際に足を運び、地元の教育委員会に許可を得て、石室内の壁画を見学させてもらっている。面倒くさがり屋のはずなのに、自分が興味のあることに関しては、割に行動的だったようだ。

ただし、大学での専門は室町時代だった。能楽に興味があったので（仮面をつけた亡霊が舞台に現れて供養を求めるなんて、立派にホラーではないか！）、室町の文化史が学べればいいなぁと思っていたのだ。が、いろいろあって、そうもいかず。結局、大学では、混乱の京都での町衆の自治といった、華やかさの欠片（かけら）もないテーマで卒論を書く羽目になってしまった。

「なんだか、ちょっと思っていたのと違うなぁ。ま、いいか」

といったコースをたどることは、わたしの場合、よくある。ま、予想通りにいかないからこそ、その分、驚きやら次のお楽しみやらが増えたと思っておけば、精神衛生上、よろしいのではなかろうか。

室町時代を舞台にした話も書くには書いたが、平安時代の話のほうが断然、多い。能楽自体、平安文学をベースにした演目が多いので、違和感はまったくないのだが。それに、ひとつの時代に意固地にこだわっていたなら、『暗夜鬼譚』もこんなに長くは続かなかっただろう。

そう――『暗夜』はそもそも三冊目の『夜叉姫恋変化（やしゃひめこいへんげ）』が書きたくて始めたストーリーで、そこから先は影も形もなかった。予想外に好評だったので、ありがたいことに、その先も書かせてもらえるようになったわけだが、やがて、ネタ切れが発生してしまった。

「平安時代のネタがいま浮かばないや。どーすべー。平安初期のネタならあるんだけど、『暗夜』とは時代がズレるしなぁ……」

と悩むわたしに、先輩が、

「いいじゃん。そのネタ、『暗夜』でやれば」と言ってくれて。

「え？　ああ……。できる、かな？」

こうして生まれたのが『紫花玉響（むらさきたまゆら）』だった。

そして再び、ネタに詰まるときがやってきた。

「またネタに詰まってしまった。どーすべー」

「平安にこだわらず、別の時代ネタはないんかい」と先輩。

「あるにはあるけど……。奈良時代で、藤原広嗣っていって、これこれこういう人物で。でも、奈良朝の話を書く予定はないし、彼をどう料理するかも全然、決まっていなくて」

「それ、『暗夜』でやればいいじゃん。藤原広嗣そのまんまじゃなくて、モデルにした人物を創作して『暗夜』に登場させれば？」

「――おお、その手があったか」

煮詰まったときは自分ひとりで抱えこまずに、誰かに相談してみると、問題点の整理もできるし、うまくいけば新たな切り口が見えてくることもあると。そして誕生したのが、この『空蝉挽歌』であった。

困ったことに、細かい点はわたし自身もすっかり忘れていて、「えっ？　しろきって、ここが初登場？」ぐらいはまだいいが、「えっとぉ……。これって妙な感じがするけど、何かの伏線だったりするのかな？　ここで直しちゃったら、あとで整合性がとれなくなったりして」と悩むこともしばしばだったりしたけれど……、これもまた修行のひとつだわなと思い定めて、精進していきたく思っている。

それでは、よろしければまた。

令和三年九月

瀬川貴次

本書は一九九八年七月に『暗夜鬼譚　空蝉挽歌　四』、一九九九年一月に『暗夜鬼譚　空蝉挽歌　伍』として、集英社スーパーファンタジー文庫より刊行されました。

弐　姑獲鳥(うぶめ)と牛鬼

「泣く石」の噂を追って出掛けた都のはずれで
二人が見つけたのは、宣能の隠し子!?

参　天狗の神隠し

宗孝の姉が見たという「茸の精」の正体を確か
めるために山に向かった宣能と宗孝だが……。

四　踊る大菩薩寺院

奇跡が起こるという寺に参拝に訪れた二人は、
とんでもない騒動に巻き込まれることに!?

伍　冬の牡丹燈籠

ばけもの探訪をやめてしまった宣能を心配す
る宗孝。怪異スポットを再訪しようと誘い……。

七　花鎮めの舞

姉・梨壺の更衣の出産が迫る中、宗孝は中将宣
能とともに、桜の精霊の怪異を訪ねるが……。

八　恋する舞台

帝に舞を披露した事からモテ期が到来した宗孝。
だが、数多の恋文の中に、死者からのものが!?

九　真夏の夜の夢まぼろし

夏の離宮での宴に招かれた二人。過去にこの地で
惨劇が起きたと聞いて色めき立つ宣能だが!?

十　因果はめぐる

重大な秘密を知ってしまった宗孝は、賊の目をか
いくぐり都を右往左往する羽目になり!?

集英社文庫

暗夜鬼譚（あんやきたん） 空蝉挽歌（うつせみばんか） 〈後（こう）〉

2021年10月25日 第1刷　　定価はカバーに表示してあります。

著　者　瀬川貴次（せがわたかつぐ）

発行者　徳永　真

発行所　株式会社 集英社
東京都千代田区一ツ橋2-5-10　〒101-8050
電話【編集部】03-3230-6095
【読者係】03-3230-6080
【販売部】03-3230-6393（書店専用）

印　刷　中央精版印刷株式会社　株式会社美松堂

製　本　中央精版印刷株式会社

フォーマットデザイン　アリヤマデザインストア　　マークデザイン　居山浩二

ISBN978-4-08-744310-3 C0193